不如读诗

在黄鹤楼下谈诗

张执浩

——

著

长江出版传媒

长江文艺出版社

作者简介

张执浩，1965年秋生于湖北荆门。现为武汉市文联专业作家，武汉文学院院长，湖北省作协副主席。主要作品有诗集《苦于赞美》《宽阔》《高原上的野花》等，另著有长、中短篇小说集、随笔集多部。曾获得第七届鲁迅文学奖、人民文学奖、华语文学传媒大奖年度诗人奖、《诗刊》年度陈子昂诗歌奖等。

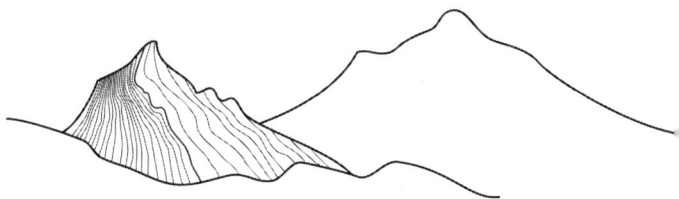

目录
CONTENTS

无名氏之歌

我相信，人类来到这个世界上所说的第一句话应该是诗，只能是诗，或者说是，那种后来被我们称之为"诗"的东西。震惊、狂喜、忧惧、愤怒、疑虑、伤感、妒忌，乃至哑默……诸如此类的各种情绪，唯有通过"诗"这种具有声音质感的形式，才能有型有效地传递出来，也唯有"诗"这种东西，才能呈示出人类——这个崭新的物种——初见这个奇异世界时，丰富、复杂而饱满的情感面貌。那是一种哑口无言、欲言又止，终至喋喋不休的、强烈的表达欲。在嘈杂又激越的喧哗声中，诗的声音由情绪表达，逐渐转化成了情感表达："啊"被拉抻成了讶异、惊叹或称颂，"唉"被拉抻成了沮丧、喟叹或哀怨，"哦"被拉抻成了顺服或回应，"哎"被拉抻成了某种表示亲近的情绪反应……所有的这些感叹，都将随着人类对陌生环境的适应和熟悉程度，渐渐转化成面积宽阔、内蕴丰沛的心灵感怀，滋生成为某种越来越深沉、饱满、具有普遍意义的情感经验，沉淀在人类的公共记忆中。这种记忆会在人类日后的生活中反复被唤醒，让人类的情感史有迹可循。

"日出而作，日入而息。凿井而饮，耕田而食。帝力于我何有哉！"清人沈德潜编过一本影响深远的《古诗源》，以此确立"古诗"这一概念的内涵。这部诗选以远古的《击壤歌》为开篇，终止于隋朝无名氏所作《鸡鸣歌》。在这首短短的歌谣中，前四句以干脆利落的陈述语句，铺垫出了荒蛮原始的农耕景象，而末句的感慨则向我们传达出了一种古老豪迈的生命意志。沈德潜在介绍《击壤歌》时称："帝尧以前，近于荒渺。虽有皇娥、白帝二歌，系王嘉伪撰，其事近诬。故以《击壤歌》为始。"意思是，《击壤歌》应该才是我们的汉语歌诗之源，当然也是后世潜流暗涌的"无名氏之歌"的先声，且先声夺人。在考据学盛行的清代，编者的意图其实很明显，他首先否定了东晋方士王嘉在《拾遗记》里关于皇娥与白帝的传说，进而肯定了世俗层面上《击壤歌》存在的价值。据《帝王世纪》记载："帝尧之世，天下大和，百姓无事。有八九十老人，击壤而歌。"这首古老的谣曲所描述的，正是这样一种距今大约四千年前中华农耕文明的劳作嬉戏的场景，自然，祥和，随性，但在自足自娱中充满了某种蔑视物权的定力。

我在习诗之初并不十分了解这种力量的重要性，但后来随着我对生活、对诗歌的理解逐渐深入，才慢慢意识到，所有精神强健的诗人都是以对自然的敬畏与忠诚为凭依的，顺应然后获取，继而沉醉其中，夫复何求。一旦找到了这样的凭依，写作者就可以无惧于其他因素的干扰。"帝力于我何有哉"，大致指的就是人类与生俱来的这样一种天然的、心无旁骛的抗干扰能力，这种能力越强，则越能葆有我们内心的静谧，越能体味生活的本义和真情，也即所谓的"诗意"或"诗性"，因为，除了自在、自为、自得、自乐、自生和自灭之外，诗意不可能是其他那些天花乱坠、怪力乱神的东西。《击壤歌》向我们呈示出来的正是这样一种近乎天荒地老的原始蛮力，铿锵又平和，拙朴而常新。没有人知道这首歌谣的作者是谁，甚至连它原始的唱腔我们也无从知晓，但它传递出来的喑哑、沉默、悠绵的声音感，那种铿锵有力、层层推进的节奏感，却不会因岁月的古旧而锈蚀，初听让人震颤，再听依然如此。

无名氏的歌谣在汉语诗歌数千年的流变进程中，究竟是怎样的一种存在，它们又是如何凿开生命的冰封，刺穿时光的帷幔，抖落岁月的尘埃，如璞玉般熠熠生辉的，这早已不是一个新鲜的话题，却是一个常谈常新的话题。

按照学界业已成型的共识，中国最早的一部诗歌总集是《诗经》，这部相传由尹吉甫采集、孔子删选编撰的诗集，收录了从西周初期到春秋中叶大约五百年间的诗歌，总计三百零五篇。这些篇什都是没有作者的，它们在口口相传的文学传统中自成体系，后来被人从散佚的语音传唱状态里寻找回来，以文字的固态形式化身成为一种汉语语言文学的早期模板。《诗经》里的诗歌以四言为主，少则二言，多则八言，上古先民或许认为，四言句法均衡匀称，且节奏顿挫明快，拥有一种无与伦比的美感吧，当然也许是出于音节、易记等方面的考量，总之，四言体一直主导着那一时期的文学生活方式。《诗经》之后，在中国南方又出现了一种崭新的诗体，世人称之为"楚辞"。与《诗经》不同，《楚辞》是有明确作者的，主要篇什为屈原和宋玉所作，也收集了一些后代文人仿屈、宋之作，在西汉时期正式编订成册。这种诗体运用楚地的文学样式、方言声韵，抒写楚地的山川人物、地形地貌、历史风情，具有浓厚的地方特色，所谓"书楚语，作楚声，纪楚地，名楚物"。就语言形式来看，《楚辞》打破了《诗经》以四言为主的句式，取而代之的是以五、六言乃至七、八言为主的长句句式，并保留了咏唱中的叹声词"兮"（在有些篇什里又作"只"字，如屈原《大招》），这种节奏上的变化更容易"言情入韵"；从体制上来看，它突破了《诗经》以短章、复叠为主的局限性，发展成为"有节有章"的鸿篇巨制，更适合表现繁复的社会内容，书写在较大时段跨度中所经历的复杂情感，譬如说，《离骚》就长达 373 句、2490 字，奠定了中国古代诗歌的长篇体制。《楚辞》影响后世的主要是"骚体"和"歌体"两类，前者依据屈原的诗《离骚》而得名，后者主要是指"楚辞"中的《九歌》等。两者的区别在于句法上的变化，"骚体"句式稍长，篇幅也长一些，成为后来汉大赋的先驱；而"歌体"的句式、篇幅都略微短小，因为是用来祭祀鬼神的巫歌，当然也有男女之间传递浪漫之情的歌咏，这也是后来七言诗的先河。

如果说，《诗经》开创了中国文学的现实主义之先河，那么，《楚辞》则开创了中国文学浪漫主义之先河，两条大河并行不悖，交叉汹涌，共同构成了中国上古文明的精神基柱。

《楚辞》之后，乐府诗兴起。有史料记载，秦朝开始设乐府机构，但到了汉代这一体制才日趋成熟完备。汉武帝曾设官署太乐府，派协律郎到各地采集民间歌谣，然后配上音乐来传唱，一些文人也投其所好，写了一些可以配乐吟唱的诗，"略论律吕，以合八音元调"。如《文心雕龙·乐府》称："诗为乐心，声为乐体。"后世将这一时期的歌诗统称为"汉乐府"。这些诗有四言诗，也有杂言诗，但最终形成了五言体歌行。直到建安时期，"曹氏父子"和"建安七子"继承了乐府诗的现实主义传统，以沉雄悲凉的笔触书写社会与人生，最终将五言诗体推向了前所未有的高度。至此，五言诗才逐渐成为中国诗学的大宗。之后的汉乐府、南朝乐府（吴歌、西曲）、北朝乐府等，大多是以五言体的形式留存于世的。但是，这些诗篇在流传后世的过程中多数失去了作者的确切姓名，即或部分篇什有，也难以考证真伪，充满了各种各样的歧义。

南朝梁代昭明太子萧统自幼博闻强记，广纳贤才，《南史》本传称他"于时东宫有书籍三万卷，名才并集，文学之盛，晋、宋以来未之有也"。萧统主持编撰出了一部中国现存最早的汉语诗文总集，史称《昭明文选》。也就是在这部囊括了从先秦至南朝梁代八九百年间100多个作者、700余篇各种体裁的文学典籍中，专门设立了一个名为"杂诗"的栏目，从近60首作于两汉之间、没有确切作者、处于散佚状态的"古诗"中精心挑选出了19首诗，这才有了"古诗十九首"之说。作为现存最早的汉语诗文总集，萧统为了保证作品的质量，没有收录在世者的诗文，其编选的标准也十分严苛："事出于沉思，义归乎翰藻"，要求只有辞藻和情义兼具者才可收录。萧统在此有意识地将文学作品与学术著作、疏奏之类的应用文区别开来，反映出了他当时对文学应有的特征和范围的认识已经日趋明确。而以"杂诗"之名入选其中的"古诗十九首"，全都没有确定的作者。若是按照今人的观点，一首诗如果没有作者，甚至连写作者生活的时代背景也无法认定，那么，它流传后世的可能性、持久性、经典性一定会大打折扣。但是，我们在"十九首"这里，看到了一个与现今传播学迥乎不同的传播路径：它们不仅被广泛地承继并流传了下来，而且对后世的汉诗诗学体貌，乃至诗歌意境、技法都构成了深远的影响。

在文学史上，最早对"古诗"做出回应的，是后来被唐太宗李世民誉为"百代文宗"的陆机。陆机是西晋人氏，生于东汉灭亡之后不到半个世纪的时期。杜甫早年曾反复研习过"古诗"，在绝句《解闷》中他坦言："李陵苏武是吾师"，意思是，他认为这些佚名诗其实是李陵、苏武之作。如果真是这样的话，那么，早生于杜甫多年、距离汉代更近一些的陆机，就应该更清楚这些诗的具体作者是谁了。然而，我们发现，即便是像陆机那么有家学、诗学背景和功力的人，也没有弄清楚这些诗的真正由来。所以，陆机在世的时候，也只是写了许多"拟乐府"之作，以此向那些潜在的文本作者致敬，譬如，《拟行行重行行》《拟青青河畔草》等，全属"拟作"。在陆机笔下，无论是诗歌意趣还是文本内容，都基本上是对早期古诗的笨拙仿写。多年以后，南朝宋代出现了另一位重要的文论家刘勰，他在其重要的著作《文心雕龙·明诗》中说，"古诗"的作者"或称枚叔；其《孤竹》一篇，则傅毅之词"。而对于这些诗的写作年代，刘勰推论道："比类而推，两汉之作乎。"看来，他也很犹豫、踌躇，没能给出关于作者和创作年代的具体答案。稍晚于刘勰的论家钟嵘在其《诗品》中说："古诗眇邈，人世难详，推其文体，固是炎汉之制，非衰周之倡也……旧疑是建安中曹（植）、王（粲）所制。"此外，还有徐陵在《玉台新咏》里认为，这些"古诗"作于两汉，其中有八首应是枚乘的作品。唐代李善注《昭明文选》时说："盖不知作者，或云枚乘，疑不能明也。"总之是众说纷纭，莫衷一是。

有没有作者对于一首诗来讲，究竟重不重要？有多重要？以我们现今的眼光来看，这自然是一个不言自明的问题，因为解读一首诗的法门，通常是由作者及其创作者生活的时代背景来共同筑构的，若是我们失去了对作者生平、性情、经历的了解，就几等于失去了进入这首诗所蕴含的内在精神的那扇"窄门"。再则，在日渐看重"署名权"的后世，一首诗拥有作者似乎是一件天经地义、毋庸置疑的事情。

我一直觉得，所谓的"诗人"，应该是在人群中负有某种情感使命的人，他（她）要通过不断地书写这种名为"诗"的东西，以诗之名最终塑造出某种或某一类"人"的形象来，而这一形象要合乎某种或某一类人共同共通的情感寄托。也就是说，诗歌最终要抵达的是具有普世性的情感经验，以此来承载世人的精神寄托。在这样一种不间断的写作过程中，"诗"实际上变成了一种纯粹的精神载体，它要凸显的是躲藏在"诗"背后的那个"人"，因为唯有这种显明的人物形象，才能唤起人类的普遍情感，让诗歌这种源于心灵的艺术，在苍茫人境中发出经久不息、绵绵不绝的召唤之音。如果以这个论断来反推文学史，我们很快就能发现，诗、人合一可能仍然是传统诗学的大道，无"诗"难以成"人"，反之无"人"，"诗"之焉附？但是，当这一论断遭遇到诸如《诗经》《古诗十九首》，或更多的汉魏南北朝"无名氏之歌"时，我们又发现它是失效的，起码充满了破绽，因为"无名者之歌"强调的是"歌"，而非歌咏者本尊。在失去了歌者之后，这些"歌"必须以自足的形式存在于世，诗意必须由某种恒定坚实的诗歌美学来支撑和驾驭，如此才不至于坠入沉沉的历史烟云之中。难度显而易见，但诗歌的纯粹性也因此进一步得到了保证。这一现象显然有悖于我们业已形成的阅读经验，它将阅读者置于某种孤立无援的审美境遇中，让诗歌与读者狭路相逢，唯有相互激活才能保全彼此。由此，便又催生出了一种全新的阅读方式。

> 行行重行行，与君生别离。
>
> 相去万余里，各在天一涯。
>
> 道路阻且长，会面安可知！
>
> 胡马依北风，越鸟巢南枝。
>
> 相去日已远，衣带日已缓。
>
> 浮云蔽白日，游子不顾返。
>
> 思君令人老，岁月忽已晚。
>
> 弃捐勿复道，努力加餐饭。

我们先来看看这首《古诗十九首》的开卷之作，全诗五言八联，句句平实，却句句锥心。不用典或少用典，可能是这一时期诗歌的显著特征之一，毕竟处于汉语语言文学的萌发期，澄澈纯粹的情感需要明净坦荡的语言与之匹配。在这首荡气回肠的爱情诗《行行重行行》中，时间与空间相互交织，但整首诗里除了"胡马""越鸟"这两个相对具有地域指向性的意象，留下了少许可寻的情感的蛛丝马迹外，读者几乎再也找不到任何可能佐证作者踪影的地方。也就是说，这首情感浓郁的诗行以牺牲作者的方式，直接抽离了情感的发生地，以及情感的缘起和出处，任何人任何时候都有可能是诗中那位远行的游子，同样，任何人任何时候都可能是那位翘首以盼的思妇。而事实上，这种情感"元诗"似的写作，几乎贯穿了整个"十九首"，夫妻生离、友朋死别、文士游宦、离乱相思、生死契阔……这些人生中最常见、最常态的情感世相，在这些劈面而来的诗歌里得到了最真切、最质朴的反映，所谓"情真、景真、事真、意真"，"真"成为这些诗歌的唯一内核，真实，真诚，真切，真心，绝无虚头巴脑的矫饰之笔。正是缘于这种直面人性困境的真实写作，使得这些诗自始至终流照艺林，光景常新，总能给人以情长纸短、回味无穷的审美效力。尽管后世有无数注家论者在字里行间反复爬梳打捞，试图寻找写作者的真身，以及这些诗歌的诞生背景，但是，普通读者根本就不会去理睬这些诗的作者究竟是谁了，因为他们从中认领、获取的情感慰藉，已经远远大于对作者的好奇之心。

游子和思妇，这两个主题是《古诗十九首》中涉猎最多的，当然这也是人性中最柔软最原始的情感发生地，它们分别对应着家和爱，即亲情与爱情。从"青青河畔草"到"涉江采芙蓉"，从"冉冉孤生竹"到"迢迢牵牛星"，再到"明月何皎皎",乱世飘蓬的人生现场与相思相离的心灵处境正面对接,纵横交织,组成了一张情感的弥天大网,令人逃不得,也逃不脱。而最为摄人心魄的,依然是"人生天地间,忽如远行客""同心而离居,忧伤以终老""独宿累长夜,梦想见容辉""置书怀袖中,三岁字不灭",等等,这样一些直逼我们内心世界的诗句,如无鞘之刀,遇光而寒,遇火则熔。值得注意的是,为了达到感人肺腑的情感效果,这一时期的许多诗,都是以女性视角和口吻来书写的,譬如,"昔为倡家女,今为荡子妇。荡子行不归,空床难独守"(《青青河畔草》)。可以肯定,在女性地位卑微的时代,它们不可能出自女性之手。那么,这种性别移位的书写,其目的当然是为了进一步烘托和渲染歌行的思念缠绵之情。除却这一类至情至性的情感高峰体验外,在《古诗十九首》中,还有一部分追问人生意义的诗篇,同样也占去了大量的篇幅,像"回车驾言迈""驱车上东门""去者日以疏""生年不满百"等诗,都是叩问生命终极价值和意义的诗篇,其主题紧紧围绕着人生短暂、命如朝露、及时行乐和盛衰有时等思量来展开,在看似消极、无意义的生命追寻叩问中,探讨人之为人活着的价值所在:"浩浩阴阳移,年命如朝露。人生忽如寄,寿无金石固。万岁更相送,圣贤莫能度。"(《驱车上东门》)纵观中国古代文学史,似乎还没有哪一个时期的文士,能像这一时期的文士这样,如此集中,如此执迷于书写时光与肉身的主题,而且居然都是以看穿世相的心态和笔触来抒发的，毫不掩饰生命的困顿感与迷惘感，直接，通透，彻底，一次次让人醍醐灌顶。究竟该怎样度过"如寄"的人生？又该如何在虚妄乃至无望的生活境遇中保存住生命的希望之火？这些中下层文士们心灵的觉醒，在这一阶段尤显突兀，而这样的觉醒对后世的文人是具有启发性的。

汉魏六朝四百年，"无名氏之歌"始终以一种明心见性的风格，赢得了后世的爱戴。正如南朝民歌《大子夜歌》云："慷慨吐清音，明转出天然。"刘勰干脆用"直而不野""婉转附物""怊怅切情"这样三个词来形容它们，是有道理的。所谓"直而不野"是指这些诗作的语言质朴生动，甚至多少有点野气，裸身相向却并不显得污秽粗俗；"婉转附物"是指其创作手法往往从咏物起兴，比兴交错，即景生情，意象简单而情感繁复；"怊怅切情"则是指其情感真挚烫人，愁肠百转却清丽动人，尤其明显的是，在这批诗中叠字句法被大量大胆地使用，进一步强化了这些诗情的艺术感染力。钟嵘在他的《诗品》里直接把"古诗"列为第一品"上品"，说"其源出于《国风》……文温以丽，意悲而远，惊心动魄，可谓几乎一字千金"。应该说，这样的评价虽高却并不过分。在那个以四言为"正体"、五言为"流调"的时代，"古诗"一直在汉大赋与四言体诗的夹缝之中顽强地生存着，如地下河一般潜流不止，如遇洪暴亦可滥觞倾泻。作为一种崭新的文学样式，如果它缺乏鲜明的艺术个性特征，和浓烈炙热的情感力量，它的生命力无疑会大打折扣。然而，正是在这样逼仄的生存环境的催逼之下，"古诗"反而焕发出了一种前所未有的活力，它以直击人心的拓扑之力，将颠沛时代世所共有的真情实感，以一种前所未有的方式存留了下来，给后来历代诗写者以极大的启迪。

"不惜歌者苦，但伤知音稀。"（《西北有高楼》）当我们读过这样的捶胸顿足的诗句之后，再读杜甫的"百年歌自苦，未见有知音"（《南征》），就对唐代诗人为什么总是以《文选》为师，几乎手不释卷，一点都不感觉奇怪了。不唯杜甫，唐代的很多大诗人都深受"古诗"的影响，而这种影响和师承往往是全方位的，从句法构成到意象运用，都成为后世诗家竞相模仿借鉴的对象。孟棨在《本事诗》中这样说李白："尝言寄兴深微，五言不如四言，七言又其靡也。"意思是，李白的骨子里其实是以四言为宗体的，但事实上呢，我们看到他的诗中多有"十九首"的影子在飘闪。有人曾经做过统计，说李白存留于世的近千首诗篇中，仅仅写悲秋的诗，就有多达九首用到了"白杨秋风"的意象，而这一意象始出于《去者日以疏》："白杨多悲风，萧萧愁杀人。"晚唐李商隐更是从个人气质到诗歌意象上，广泛继承了"古诗"传统，最终形成了他愁绪缠绵、绮丽怡人的诗歌风格。更不用说白居易了，他以"新乐府"为题，写下了大量的针砭时弊的诗作。甚至"鬼才"如李贺者，也对乐府诗多有研习，从中找到了一种与自身气质和处境相匹配的"变体乐府"，譬如《艾如张》《巫山高》等，都属借乐府旧题别开生面之作，而《老夫采玉歌》更是将乐府诗推向了"古今未尝经道"的地步。

唐代众多诗人都是以这一时期的乐府诗为写作蓝本的，师法乐府，有的干脆直接以乐府诗为题目，旧瓶新酒，重酝佳酿，这体现了汉魏乐府诗强健的生命力，因为当时的诗人们都认识到，只有以乐府诗为精神模本，才是成就自身写作的可靠途径，才能让自己的诗歌有根有据。"十九首"在五言诗史上的先导作用，在很大程度上得益于后来者的推动，建安时代乃至曹魏前期的五言诗，正是它的深度转化。所以说，"十九首"的经典地位，是由其特殊的艺术成就和美学价值所决定的。沈德潜在《古诗源》序中言："诗至有唐为极盛，然诗之盛非诗之源也。今夫观水者至观海止矣，然由海而溯之，近于海为九河，其上为漎水，为孟津，又其上由积石以至昆仑之源。"设若没有《古诗十九首》和汉乐府的存在，唐代诗歌的繁盛不过是无本之源而已。

"无名氏之歌"的命运一如民间草根在世间的命运，稍得雨露阳光就会蓬勃生长。这种旺盛的生命力无疑源自这些诗篇所蕴含的内在情感张力，它们都结结实实地扎根于身边的生活，采自于心灵的旷野或近郊，"心中恻，血出漉，归告我家卖黄犊"（《汉乐府·平陵东》）；"种莲长江边，藕生黄蘗浦。必得莲子时，流离经辛苦"（《南朝乐府·读曲歌之六》）；"男儿可怜虫，出门怀死忧。尸丧峡谷中，白骨无人收"（《北朝乐府·企喻歌之二》）。在数量庞大、同属无名写作的南北朝乐府诗中，这种来自底层、血肉模糊的真实体验更是比比皆是。"小麦青青大麦枯，谁当获者妇与姑。丈夫何在西击胡。吏买马，君具车。请为诸君鼓咙胡。"从声律学的角度来看，这类乐府诗其实并不完全入律，但已俨然具备了某种绝句的调式及调性，稍加调整，就能合乎声律了。后来杜甫正是受上述这首《小麦谣》的启发，作《大麦行》："大麦干枯小麦黄，妇女行泣夫走藏。东至集壁西梁洋，问谁腰镰胡与羌。"可以说，唐诗尤其是初唐诗，基本上就是古乐府诗的天然延续，变化的只是声律和韵体，内核却被完全保留了下来。

"饥者歌其食，劳者歌其事。"（《公羊传·宣公十五年》何休注）"感于哀乐，缘事而发。"（《汉书·艺文志》）在摈弃了华而不实的美学趣味之后，这些"无名氏之歌"在风骨上深刻地影响了后世。由于它们既具有直陈其事、直抒胸怀的勇气，又具有感人肺腑的艺术感染力，有论者在看到了这一点之后，断言这些乐府诗是"忍无可忍才写的诗歌"。所谓忍无可忍，指的就是作者情感喷薄，脱口而出，发出了内心深处最真实的呻吟、感慨和嗟叹。无论是悲欢离合、爱恨交加，还是情天恨海、生死契阔，都变成情感自然生发的策源之地，被无所顾忌地表露出来，又被地久天长所存留。而至此，作者隐去的姓氏，反倒变成了一种无意识的保护，因为这歌已是众人之歌，这情的悲与苦已经不再由一己之力来承受，扩展成了所有生者的分担，抑或共享。我们也因此才能在浩帙如烟的诗篇中，读到一如《上邪》般坚贞惨烈的情愫，也能读到随风摇曳、恬静嬉戏的《江南》；我们能读到"愿得一人心，白首不分离"（《白头吟》），也能读到"少壮不努力，老大徒伤悲"（《长行歌》）……前人皆言"古诗"格古调高，句平意远，说的就是这些"无名氏之歌"，于普遍的人性中拓展出了一片片幽冥嶙峋的情感空间，哪怕是再混沌之人，一头撞入其中也会顿生惊悚，但立马就能镇定下来，心领神会，继而心绪难平。而这就是好诗的魅力所在，犹如人世间最好的人声合唱团，他们的共鸣腔里蕴藏了一个错落有致的宇宙。

楚天愁云

年年四月菜花黄，黄花鱼儿朝宋王。

花开鱼儿来，花谢鱼儿去；

只道朝宋王，谁知朝宋玉。

　　一首六朝无名氏的歌谣一直在荆楚大地上传唱，唱者无心，听者亦无意，就这样，歌声伴流水，年复一年地流来淌去，一如江汉平原、云梦泽畔那铺天盖地、迷乱人眼的春光。这首《黄花鱼儿歌》里其实沉埋着一段鲜为人知的秘史，它事关一个人和一个王国的迁逝与流转，在将近一千年之后才被慢慢打开。历史的魅力之处就在于，我们明知有真相，但真相却从来不曾以清晰的面目示人，即便你凑得很近，也不一定能够看得清。在象形文字的世界里，"王"乃一土之上的人，子曰："一贯三为王。"而三生万物。董仲舒进一步阐释道："三者，天、地、人也，而参通之者王也。""玉"则不然，它表示用绳子串联起来的石头。"玉"字从王从、（读音同"主"，意为"进驻""入住"），"王"与"、"联合起来表示"进驻王者腰部"，意即，王者腰部佩挂着的美石。《说文解字·玉部》里说，"玉"有五德："润泽以温，仁之方也；鳃理自外，可以知中，义之方也；其声舒扬，专以远闻，智之方也；不挠而折，勇之方也；锐廉而不忮，絜之方也。"这也分别象征着君子的"仁""义""智""勇""洁"五种德行。从汉字的形态、形象入手来解读这样一首似有所指，又无从所指的民谣，犹如我们为这座沉睡在岁月深处的衣冠冢，添加了些许魂魄，待解读之后，一切便能真相大白。

埋在荆楚大地深处的那个人，究竟是"宋王"还是"宋玉"呢？一字之谬，谬之千里；千年之谬，足以让人永世不得翻身。记得早些年看郭沫若新编历史剧《屈原》，看到剧中风流成性、变节求荣、毫无骨气的"登徒子"宋玉时，不禁恨得牙痒痒。后来读李、杜，读王维，读李商隐、苏东坡、秦观、柳永等人，才发现，宋玉也并没有剧中那么不堪嘛，不然的话，后代诗人何以会频频回顾，以众多的诗词来揄扬他呢？

"摇落深知宋玉悲，风流儒雅亦吾师。怅望千秋一洒泪，萧条异代不同时。江山故宅空文藻，云雨荒台岂梦思？最是楚宫俱泯灭，舟人指点到今疑。"这是杜甫在《咏怀古迹·其二》

一诗中所生发出来的感叹。杜甫于唐代宗大历元年（766 年）从夔州出三峡，途经江陵，曾专程瞻仰过宋玉旧宅怀念宋玉，联想到自己也是这般身世飘零，禁不住感慨万端。诗中体现了诗人对宋玉的尊崇之情，并为宋玉死后被人曲解而鸣不平。在杜甫看来，宋玉既是诗人，更是有气节的志士，但他死后却只被人视为楚王的文学侍从，对其政治上的抱负和矢志不渝之情，却缺少认知，以致频遭误解。这既是宋玉一生遭遇中最可悲哀之处，同样也是杜甫自己一生遭遇中最为伤心的地方。作为隔代知音，杜甫特别能够体会宋玉生前的人生况味，他甚至在那首具有诗学经验总结性质的诗《戏为六绝句》里这样写道："窃攀屈宋宜方驾，恐与齐梁作后尘。"意思是，后世文人都应该以屈宋之精神和才学为楷模，与他们并驾齐驱，唯有这样，才不会步齐梁文人们艳俗轻浮的后尘。不独杜甫，苏轼后来在仔细研读了宋玉的作品后，也给予过其公正客观的评价："不知者以为谄也，知之者以为讽也。"讽世文学风格是宋玉的文学精髓，但后世一直在曲解他，以为他写的那些辞赋只是为了谄媚楚王，这真是令人悲哀。总之，后世诸多文人诗家不断咏叹宋玉的命运，每一篇诗文都如同一块拭布，一遍一遍擦拭着这块蒙尘的玉石，渐渐显示出了宋玉原本的光洁和风采。

　　一个重要的文学人物因其生前地位卑微，身世扑朔迷离，为文躲闪多有曲笔，而最终被后世演绎成了文学作品中的人物，对其生前的真实行迹和心灵动机几无考究，这实在是中国文学史上的一大奇观，不知是幸也非也。黄花依旧年年盛开，黄花鱼儿依然络绎不绝，春光明媚，黄土一抔，人世间的事终究还要人来评说。

《史记·屈原贾生列传》里是这样记载的："屈原既死之后，楚有宋玉、唐勒、景差之徒者，皆好辞而以赋见称。然祖屈原之从容辞令，终莫敢直谏。"这段话透露出了这样几点信息：宋玉是屈原之后以辞赋见长的文人，他模仿借鉴屈原的行文方式，以辞赋闻名于世，但宋玉身上显然缺乏屈原的那种敢于犯上直谏的精神和行动力。由于《史记》在中国文化中的特殊地位，这段文字就变成了后世评判宋玉的总体基调，后人对于宋玉的评价始终围绕着这几点展开。

我们都知道，《楚辞》是中国古代极为重要的一部诗集，对我国后世的文学发展有着非常重要的影响，甚至对后世文人的人格形成都具有决定性的意义。这部浪漫主义诗歌总集的编撰工作始于西汉，汉成帝河平三年，校中秘书刘向领衔整理屈原、宋玉等人的作品，历时数载，最终编订成书。其实，"楚辞"这个名称早于这项编撰工作之前，大概得名于公元前 4 世纪，它是在楚国民歌的基础上开创出来的一种崭新的诗体，其声韵、歌调、体制、思想乃至精神气质，都具有鲜明的楚地特色，一如宋人黄伯思所言："皆书楚语，作楚声，纪楚地，名楚物。"（黄伯思《东观余论·翼骚序》）由于屈原的《离骚》是"楚辞"的登峰造极之作，所以，"楚辞"又被人称为"楚骚"，或"骚体"。到了汉代，人们普遍把"楚辞"称为"赋"了，《史记》中就说屈原"作《怀沙》之赋"；《汉书·艺文志》中也列有"屈原赋""宋玉赋"等名目。"楚辞"对中国文学的最大贡献在于，它首先从形制上突破了《诗经》的四言格式，代之以五言至八言的长句句式，发展成为"有章有节"的体制，扩大后的诗句容量远超前代，诗歌的表现力也得到了大大提升。屈原之后，宋玉、唐勒、景差对这种文体加以效法，汉代又有贾谊、东方朔、王褒，以及淮南王刘安的一些门客等承续此风格。

中国古代文学有两大源头，一般的说法是，《诗经》开创了现实主义的先河，而《楚辞》则开创了浪漫主义的先河。但是，如果我们细究起来，又发现，宋玉尽管被纳入了"浪漫主义"文学的麾下，而事实上，他存留下来的许多作品都呈现出了强烈的现实主义色彩，甚至可以说，宋玉是"楚辞"群像谱中的一个异类，他或许也是中国历史上第一个用文学来反映重大社会现实问题的文人，虽然他采用的方式大多为旁敲侧击，以曲笔进言，没有屈原那么刚烈，也不似屈原那样"直谏"。宋玉多以"讽谏"的手法阐述自己治国为人的理念，整体风格也要委婉得多，正是因为这种独特的表达手法，使得宋玉关于治国修身的理念更加宽泛从容，他可以借助许多社会世相或寓言传说，旁征博引，用和缓的叙述层层推进他想要表达的观念。这样的手法更需要高明的语言技巧，对声音的层次感和语气把控能力都是一种考验。从这种意义上来讲，宋玉所开创的这种特殊的语言技巧方式，其实更吻合楚人的处事风格，更能代表楚地的语言风貌——圆滑，机巧，充满水一般的韧性。

班固在《汉书·艺文志》中提到"宋玉赋十六篇"；南朝萧统编《文选》，录有宋玉的《高唐赋》《登徒子好色赋》《神女赋》等；刘勰作《文心雕龙》又在多处以宋玉作品如《风赋》《钓赋》《登徒子好色赋》《神女赋》等为范例，首次论定了他在文学史上的地位，即所谓"屈宋逸步，莫之能追"。然而，我们看到，宋玉的作品越往后传，就越是真假难分了，除《九辩》可以肯定是宋玉的作品外，其余的要么被认定为"伪作"，要么被寄放到了他人的名下。文学史永远不可能有至清至澈之日，如同还有人怀疑宋玉其人的真实性一样，怀疑本身也会构成肯定的一部分，至少，我们现在一提到"空穴来风""愿荐枕席""东邻美女""巫山云雨""阳春白雪""下里巴人""曲高和寡"等词语和意象时，脑海里就会立刻浮现出一个人物的形象来，甚至当我们心生"悲秋"之情时，也会怅望楚天云烟，想到宋玉其人。

公元前 298 年前后，宋玉出生在鄢郢（今湖北宜城东南），此地时为楚国别都，是楚国的北大门户。在宋玉青少年时代，这里曾发生过著名的"鄢郢之战",秦将白起率军重创楚军。不久后,元气大伤的楚国被迫迁都陈城(今河南淮阳)。

"余既滋兰之九畹兮,又树蕙之百亩。畦留夷与揭车兮,杂杜衡与芳芷。冀枝叶之峻茂兮,愿俟时乎吾将刈。虽萎绝其亦何伤兮,哀众芳之芜秽。众皆竞进以贪婪兮,凭不厌乎求索。"这是屈原在《离骚》里的一段话,兰、蕙、留夷、揭车、杜衡、芳芷均为香草植物,诗人以此来形容他对有才之士的渴望,以及对士子失节的失落感。王逸作《楚辞章句·九辩序》称:"宋玉者,屈原弟子也。"后来的人便都循此误以为宋玉是屈原的弟子,其实不然。《钓赋》中说:"宋玉与登徒子偕受钓于玄渊,止而并见于楚襄王。"也就是说,宋玉在"志于学"时曾拜"稷下精英"环渊(即玄渊)为师,他与登徒子学成之后就去见了楚襄王。"大夫登徒子侍于楚王,短宋玉曰:'玉为人体貌娴丽,口多微辞,又性好色,愿王勿与出入后宫。'……王曰:'子不好色,亦有说乎?有说则止,无说则退。'"(《登徒子好色赋》)在这则广为人知的故事中,年轻的宋玉在见到楚襄王后本欲行苏秦、张仪之策,他天真地以为可以"以钓喻政",说服楚王"以贤圣为竿,道德为纶,仁义为钓,禄利为饵,四海为池,万民为鱼",以此策略治理楚国,但平庸的楚王似乎并没有吸取前次大败于秦的教训,依然奉行"以射喻政",对宋玉的态度十分冷淡。见此情形,登徒子趁机进言诋毁宋玉,于是,才有了这篇为后人所熟知的著名辞赋。

宋玉在这篇赋里把自己塑造成了一个对女色无动于衷、近乎禁欲的男人，为了堵住登徒子之口，他采取了"攻其一点，不及其余"的凌厉攻势，反嘲登徒子"其妻蓬头挛耳，龋唇历齿，旁行踽偻，又疥且痔。登徒子悦之，使有五子"，使得"登徒子"成为后世文学作品中特殊的经典性代称。但事实上，这篇赋文的真正用心还在于，劝诫楚王不要沉溺女色，而应该专注国事。《登徒子好色赋》展现了宋玉作为一个文学家的理性的逻辑能力，及其高超的语言雄辩能力，最终，楚王不得不对他另眼相待，"于是楚王称善，宋玉遂不退"。这样，靠着能言善辩的口才，宋玉才勉强被留在楚王身边，充当了一介地位低下的"文学侍臣"。我们由此可见，从初见楚王开始，宋玉的政治前景就极不乐观，既不受君王待见，又为同侪忌恨。为了践行自己的人生理想，宋玉必须谨言慎行，用具有针对性的语言策略来达到为国进言的目的。

宋玉早期的作品都具有"以文为戏"的色彩，或指东道西，或指桑骂槐，但是"皆有托寓"，在嬉笑怒骂之间直击问题的核心。这种语言策略也反映出了宋玉低下的社会地位，和他极其聪慧的资质，正因为如此，"讽谏"便成了他这一时期最为重要的语言特色。《神女赋》是其又一名篇力作，此赋讲述的是"楚襄王与宋玉游于云梦之浦，使玉赋高唐之事"。《战国策·楚策》中说，楚襄王是一个"专淫逸侈靡，不顾国政"之徒，宋玉在他进谏的辞赋中有四篇都在劝谏楚王戒色，借章华大夫之口反复劝诫楚襄王，要正确地对待美色，不要沉溺其中，而应该恪守礼制："目欲其颜，心顾其义，扬诗守礼，终不过差。"高唐神女是流传在巫山高唐一带的古老传说，当襄王问宋玉"寡人方今可游乎"，宋玉并没有立刻回答他，而是顾左右而言他，先把高唐风光描绘得如同仙境一般，而后又将神女描绘成了不食人间烟火的情貌，令楚王一会儿心荡神摇，一会儿反躬自省，最终不得不打消了原本想"云雨"一番的愿望。"思万方，忧国害。开贤圣，辅不逮。九窍通郁，精神察滞，延年益寿千万年。"这是他最后为楚襄王开出的良方。具有讽刺意味的是，宋玉素以"美男子"形象为世人所熟知，因为形容俊美，他一登场就遭遇了"好色"的指控，在《讽赋》中"唐勒谗之于王"，也曾指控宋玉"好色"。而现在作为楚王的侍臣，宋玉却要反过来一再劝诫楚王戒色。这也恰好说明，宋玉当时的生存环境之险恶，他唯有以克己自律甚而自虐的方式才能自澄其清，赢得楚王的信任。作为一介微臣，司马迁批评宋玉"终不敢直谏"，固然是中肯的，但当我们每每读到他那些苦口婆心、长篇累牍的进谏之言时，却又不禁为其良苦用心所打动。正是凭借这种字斟句酌的进谏艺术，宋玉才保全了君臣两者的颜面，获得了楚王的赏识，最后还获得了"云梦之田"的封地。

"无内之中，微物潜深。比之无象，言之无名。蒙蒙灭景，昧昧遗形。"(《小言赋》)现在看来,宋玉的命运真的是暗合了楚国当时"蒙蒙灭景,昧昧遗形"的国运。

公元前299年,自楚怀王被秦国骗去客死咸阳后,楚国国力迅速委顿。楚襄王试图"以射喻政",一雪前耻,结果被白起大败,被迫迁都。楚考烈王继位后任用春申君为令,国力曾有过短暂的恢复,但很快又在尔虞我诈的合纵外交中失败,又一次被迫迁都寿春(今安徽寿县),从此便一蹶不振。宋玉身逢其时,人微言轻,不得不巧言令色,试图用自己千锤百炼的言说能力来影响楚王,可这种在夹缝中求生存的技能,并不能充分保证他有一个善终。所谓"倾巢之下安有完卵",宋玉最终还是在楚襄王死后等来了"失职"的命运。在公元前226年左右,秦开始大举攻楚,宋玉失职,离开了国都,辗转来到了湖南临澧,在先王分封给他的"云梦之田"度过了最后的晚年。公元前222年左右,卒于此地。

"楚天长短黄昏雨,宋玉无愁亦自愁。"唐大中二年(848年),诗人李商隐离开他入幕的桂府,由漓水,经湘江,入长江,到达江陵,曾在楚地盘桓多日,写下了《席上作》《宋玉》《过郑广文旧居》等数首与宋玉有关的诗作,凭吊先贤,正所谓"异代不同时""千秋一洒泪"。与杜甫当年感怀宋玉类似,这首《楚吟》弥漫着无解的哀怨之情,极为贴切地展现出了两位异代诗人叠合在一起的命运,楚地离宫,黄昏暮雨，正是诗人郁结难解的内心写照。对于李商隐来讲，"愁"是他长期寄人篱下、抱负难展的真实写照；而对于宋玉来讲，"愁"则是他低回不已的情感象征，既有身世飘零之愁，又有家国不幸之哀，而最终将这种无以排解的情感推向高峰体验的，是他在晚年的扛鼎之作：《九辩》。在这首极具美学价值的辞赋里，宋玉为中国文学贡献了一个重要的主题：悲秋——这个主题被历代文人反复模仿演绎，成为中国文学史上少有的经典意象。无论是曹丕的《燕歌行》，还是李白的《宣州谢朓楼饯别校书叔云》、杜甫的《登高》、柳永的《雨霖铃》等，都有宋玉的身影在其中摇曳。甚至可以说，如果没有宋玉的《九辩》，中国文学作品中就不会有那么多"悲秋"的作品，而自然节气里的秋意，也不会被人为地抹上一层又一层苦涩哀怨的色彩。

"悲哉，秋之为气也！萧瑟兮草木摇落而变衰。憭栗兮若在远行，登山临水兮送将归。"这是《九辩》开篇之笔，空阔，辽远，落寞，充满了肃杀的意味。宋玉一下笔就直逼主题，弹拨出了令人屏息的筝音，随之而来的是一浪盖过一浪的萧瑟之气。

"九辩"原为古乐曲名，"辩，犹遍也，一阕谓之一遍。"（王夫之《楚辞通释》）。也就是说，"九辩"近乎将一种或一类情感讲述演绎了"九遍"，反反复复，层层叠加，以此烘托出一种浓郁的情感氛围。王逸说宋玉"闵惜其师，忠而放逐，故作《九辩》以述其志"（《楚辞章句·九辩序》）。在王逸看来，《九辩》应是宋玉哀悼屈原而作，但如果我们结合宋玉一生的遭际，不难发现，与其说他是在哀悼屈子，莫如说他是在自哀自悼。

在这首具有明显自传性的长篇抒情诗里，宋玉一改往日的书写风格，不再使用讽谏笔法，而是直面自己的人生遭际，自叹自怜，自咏自歌，着力书写了贫士失职、怀才不遇、老而无成和报国无门的愤慨，全诗紧紧围绕着作者"失职"之后，仍旧为复兴楚国而矢志不渝的心路历程来展开，各个章节之间既有统一的主题统摄，又有不同情感的侧重点。"坎廪兮贫士失职而志不平，廓落兮羁旅而无友生，惆怅兮而私自怜。""失职"无疑是宋玉人生的重大转折点，对于像他这样一位以复兴楚国为己任的人来讲，失去进谏路径，报国无门几等于耕者失地、樵夫失林，于是，悲秋的画卷由此展开，燕、蝉、雁、鹍鸡、蟋蟀，几乎同时都发出了悲鸣；"愿一见兮道余意，君之心兮与余异"。到了第二章时，诗人在悲伤叹息中渐生愤懑之情。第三章描述自己的生不逢时，报国无门，抱怨的情绪在进一步增加；"岂不郁陶而思君兮？君之门以九重。猛犬狺狺而迎吠兮，关梁闭而不通"。第四章他开始自省自悟，认识到以自己的才智服侍这样一个昏聩的君王有可能是错误的。但到了第五章他写道："君弃远而不察兮，虽原忠其焉得？欲寂漠而绝端兮，窃不敢忘初之厚德。"诗人想断绝对君王的眷念，却又忘不了王恩，这种矛盾的心境进一步加剧了内心的苦闷。第六章引出了申包胥这个为了楚国而"哭秦庭"的人，以示自己仍将坚持理想，绝不背弃自己的志向。第七章是感叹韶华易逝，"年洋洋以日往兮，老嵺廓而无处。事亹亹而觊进兮，蹇淹留而踌躇"。第八章主要控诉那些魍魉奸佞之徒，败坏国家，损公济私，希望君王好好整饬，"愿寄言夫流星兮，羌倏忽而难当。卒壅蔽此浮云，下暗漠而无光"。在第九章中，诗人又一次表明了自己青天明月可鉴的心志，"原赐不肖之躯而别离兮，放游志乎云中。乘精气之抟抟兮，骛诸神之湛湛。骖白霓之习习兮，历群灵之丰丰。左朱雀之茇茇兮，右苍龙之躣躣"。至此，这篇结构完整、规模宏大的辞赋才告结束。宋玉无疑是一位语言大师，他对楚地语言的精准把控能力至少在《九辩》中丝毫不逊于屈原，奇崛的想象力，精妙的形容，语言形象生动，遣词造句却不生僻，另外就是叙述结构的层次推进感，都显示出了一位高超文体作家的功力。由于诗人的情感极为真挚，甚至迫切，因此，我们在阅读《九辩》时会有一种身不由己的带入感。这篇大赋全然摆脱了宋玉之前的曲笔风格，再也没有欲言又止，而是胸臆直抒，各种情感乃至情绪喷薄倾泻而出，直接衔接了屈原的骚体风貌。"屈宋长逝，无堪与言。"这是李白对宋玉的至高评价，就像他在《宿巫山下》中所写："雨色风吹去，南行拂楚王。高丘怀宋玉，访古一沾裳。"

2020 年深秋时节，我们驱车行进在新近凿成重筑的两沙运河旁，暮云低垂，旷野寂寥，一望无际的江汉平原上涌荡着厚重苍凉的秋意。望着窗外一晃而过的景色，我的思绪突然回到了两千多年前，仿佛看见了曾在这块土地上辗转徘徊的诗人宋玉。奇怪的是，那天，始终有一只喜鹊在身边的运河上空伴飞着，它既不偏离航道，也不鸣叫，只是顺着水道一味地逆风而飞。两沙运河又叫古扬水运河，是连通沙洋与沙市的水上要通，连接着汉水与长江。这条运河始建于公元前 601 年，由楚国令尹孙叔敖主持修筑，这是我们所知中国最早的运河，也是世界上第一条人工水道。尽管这段运河在当时只有短短的五十来公里，但在春秋战国时代却是楚国的命脉所在。

"为什么它要这样把自己暴露/在水天之间？翅膀闭合/扇动周围的空气，空气中/飘拂着肃杀的气息"，望着窗外默默伴飞的那只喜鹊，我信笔在手机上记下了这样的疑惑，接着又写道："我们沿着运河驱车上行/前往更为漆黑的楚国，不经意间/路过了春申君的故里/我一直在留意这只伴飞的喜鹊/它似乎有明确的目的/无论河面上的风怎么吹/它都带着均匀的黑白/贴着暮色逆风而飞。"写完这首诗，我依稀看见宋玉抖落身体的蒙尘，渐渐清晰地出现在了天地之间，至少我看见了他翻飞的一角衣袂，形同漫天的云絮，袅绕在楚国大地之上。此番景象让人顿感"楚"字之无助，因为这个字总是在不经意间与

"痛""苦""酸""悲""凄"等字结缘，当然，也因此类的大悲而成其为"翘楚"。"楚，丛木也。一名荆。"（《说文》）"翘翘错薪，言刈其楚。"（《诗·汉广》）但无论我们从何种意义上去理解这个"楚"字，总会在它的根源处与屈宋遭逢。

"乘精气之抟抟兮，骛诸神之湛湛。骖白霓之习习兮，历群灵之丰丰。左朱雀之茇茇兮，右苍龙之躣躣。属雷师之阗阗兮，通飞廉之衙衙。"（《九辩》）现在，当我们吟哦着这种元气充沛的诗句时，无论身处何种逆境困境，都能从内心深处腾涌出展翅的愿望。而事实上，这样的愿望自从我们来到人世间，就从来不曾有过止息之日。

宋玉死后，在他曾经流离颠沛过的地方，留下了至少五处疑冢，尽管湖南临澧建有宋玉城，有诸多关于宋玉的传说，但据考证，可信度较高的，应该还是他家乡鄢郢（今宜城）的宋玉墓，清嘉庆二十一年（1797年）重修墓碑，碑文上有"阳春白雪千人废，暮雨朝云万古疑"等句。距离此处不远的钟祥，还有一座"阳春白雪"碑，有嘉靖皇帝之父兴献王朱祐杬亲制的"阳春台赋"汉白玉石巨碑。

归去来兮

　　陶渊明的名字始终是与南山、明月、青松、菊花，和酒，这样一些司空见惯的事物紧密相连的，这种独特的能指和所指关系反复提醒我们，诗人作为"大地上事物的命名者"，即便隐逸得再深、遁迹得再远，其形象也终将会被他所创造描绘的事物勾勒出来，哪怕是寥寥数笔，也有蛛丝马迹可寻。差别仅仅在于，有的清晰，有的模糊。陶渊明的形象在后世经由无数代文人的丰富想象和拓展，渐渐演变成了一种趋之若鹜的理想生活方式，"像陶渊明一样生活"代表着成为陶渊明那样的人，或者，以陶渊明的生活作为我们人生的范式，追求一种亲近自然、返璞归真的东方美学趣味。这种巨大而持久的影响力，恐怕是诗人生前未曾料及的：他以本心塑造了自我，但这样的"自我"却并非非我莫属，而是进而化成了公众生活的一部分。

　　纵观整个中国古代文学史，尽管陶诗有众多的追随者和呼

应者，但在我看来，仅有五百年之后的苏轼，才真正找到了与
之浑然对接的精神联系，并在此基础上开创出了另外一种更为
开阔嶙峋的人生范式。从某种意义上来讲，陶、苏二人都应当
视为为中华文明提供生存经验的人，他们的文学成就无论是被
高估，还是被低估，都已经不重要了，重要的是，他们所提供
的生而为人的心灵路径，已经深入而持久地植入了我们民族文
化传统的肌体和血脉之中。

有趣的是，在苏轼之前，作为奠定陶渊明个人形象的代表
之作《饮酒》（系列之五）：

> 结庐在人境，而无车马喧。
> 问君何能尔，心远地自偏。
> 采菊东篱下，悠然见南山。
> 山气日夕佳，飞鸟相与还。
> 此中有真意，欲辨已忘言。

这首诗一直都是以异文的形式流传于世的，特别是诗中最
重要的一联，"采菊东篱下，悠然见南山"，究竟应该是"见"
还是"望"呢，始终众说纷纭，直到苏轼手里才一锤定音：
"因采菊而见山，境与意会，此句最有妙处。近岁俗本皆作望
南山，则此一篇神奇都索然矣。"在苏轼看来，"见"更能体现
陶诗随性自然的心境和气度，而"望"则显得主观牵强了，仿

佛作者需要渴望和努力才能达到和实现,这显然与诗人恬淡的性情气质相悖。南山之"见"与南山之"望",一字之谬,意境却相隔天壤,唯有真正能够理解陶渊明精神气象的人,才能融入陶诗所开创的那片"人境"之中,并由此获得物我两忘的自由和任真。苏轼一直视陶渊明为典范意义上的诗人,甚至以魏晋以来第一诗人来定位他:"吾于诗人,无所甚好,独好渊明之诗。渊明作诗不多,然其诗质而实绮,癯而实腴,自曹、刘、鲍、谢、李、杜诸人,皆莫及也。"(《与苏辙书》)尤其是在他屡遭贬谪,离权力中心越来越远之后,苏轼更是"细和渊明诗",以其为人生楷模了。苏轼向来以"辞达"为文学的最高境界,在他心目中,陶渊明无疑是少数真正做到了"达"的诗人,哪怕是"穷达"。

而作为广受后世爱戴的诗人,陶渊明可能也是在印刷术出现之前被异文化最多的诗人之一,他几乎没有一首诗没有被异文过。在不断地传抄、临摹和改写的过程中,陶诗非但没有被损耗,其精神肌理反而越来越被强化凸显了出来。这一独特的现象,既反映出了陶诗的流传之广、影响之深远,也从某个侧面佐证出,后人对他的拥戴不独是因为他的诗文,还缘于陶渊明所开创出来的独特精神生活范式,在很大程度上加入了后世之人尤其是后世文人对生活的想象成分,乃至对个体生命的宽阔理解。也就是说,陶渊明的人格形象注定会让他的诗文以异文的形式被广泛传承下来，同理，这些千奇百怪的异文又会反过来佐证他的人格形象。多重声部的加入带来的并非嘈杂和无序，而是更为盛大也更加恢宏的生命合唱。由此意义上来讲，至少有两个陶渊明存在于世上：一个是他自己创造出来的那个"五柳先生"——"好读书，不求甚解""性嗜酒，家贫不能常得""不戚戚于贫贱，不汲汲于富贵"（陶渊明《五柳先生传》）；而另外一个则是世人心目中的"隐逸高士"——"因闲观诗，因静照物，因时起志，因物寓言，因志发咏，因言成诗，因咏成声，因诗成音者。"（南宋魏了翁《费元甫注陶靖节诗序》中论陶诗）当然，或许远远不止这两类，毕竟对于大多数中国人来说，每个人心目中都住着一位不一样的陶渊明。

公元365年左右，陶渊明出生在浔阳柴桑（今江西九江）一个没落的官宦之家，他出生的时候正是中国历史上门阀门第制度愈演愈烈之期。作为东晋开国功臣陶侃的后人，陶渊明并未从曾经身居高位的祖父那里继承到应有的荣贵，相反，他一来到世上映入眼帘的就是每况愈下的家境，按照他自己的说法就是，已经到了"短褐穿结，箪瓢屡空"（《五柳先生传》）的地步。他的外祖父孟嘉是二十四孝中"孟宗哭竹"之后，武昌望族身份，也是东晋清流名士，孟嘉操持"渐近自然"的人生态度，倒是对陶渊明早期人格的发育和形成产生了相当大的影响。从日后陶渊明的人生走向来看，如果说他早期曾有过成为社会人的志向，那么他后来日渐倾向于成为自然人，无疑深受外祖父的影响。"栖栖失群鸟，日暮犹独飞""因值孤生松，敛翮遥来归"（《饮酒》之四）——"失群鸟"与"孤生松"的形象很早就出现在了陶渊明的诗里，它们是诗人对自我境遇的明确喻体，如果说"失群鸟"是因为遭受主流社会的排斥而做出的一种被迫的、本能的选择，那么，"孤生松"则是他日后要主动追求的人生境界，孑然而遒劲。陶渊明的早年生活基本上是在亦耕亦读的状态里度过的，家里没有仆人，家务需要自理，还要亲自参与一部分农事劳作："春秋代谢，有务中原。载耘载籽，乃育乃繁。"（《自祭文》）在这样的状态中，诗人渐渐养成了沉静孤僻的心性、淳朴勤劳的性情，以及对田园山水的天然亲近感，而早年形成的这些性格特征，后来伴随了他整整一生。

东晋是中国历史上特别崇尚清谈和玄学的时代，读书的风气意识非常淡薄，但陶渊明却是无所不览，从《山海经图》到《穆天子传》《高士传》等，他可能是那一时期最为博学的人之一，但与他人不同，陶渊明读书不为清谈，也不为穷经注疏，他是真正做到了以读书为乐："开卷有得，便欣然忘食。"（《诫子书》）这种超越于功名之上的阅读，让陶渊明真正拥有了一个活泼自由的内心世界，达到了与天地、古今水乳交融的"心游八荒"的境界。读书之外，陶渊明还热衷于抚琴，《宋书·陶潜传》载："潜不解音声，而畜素琴一张，无弦，每有酒适，辄抚弄以寄其意。"意思是，陶渊明并不懂琴音，但平时面前总是摆放着一种"无弦琴"。这种说法尽管有些夸张，但至少说明了陶渊明学琴的本意，并非是为了炫耀琴技，如同其读书"不求甚解"一般，只是为了寄托个人情怀罢了，所谓"大音希声"，技近于道，抚琴于陶渊明来讲，只是对自身精神世界的某种提醒，不过是为平淡的生活平添一份别样的乐趣。陶渊明生前为数不多的好友之一颜延之曾为其诔文，称他"弱不好弄"，意在说明他身处乱世边缘，虽然血液里流淌着祖父陶侃建功立业的激情，但又混合了外祖父孟嘉风流名士的孤傲和清疏，最终形成了陶渊明独有的单纯、内敛又丰富的性格特征。作为当时文学和操行都知名于世的人，陶渊明的才学本应足以让他有望跻身于名士圈，即便不能高官厚禄，也完全可以做到衣食无忧，成为世俗意义上的成功人士，但他最终却选择了退避，始终与高门士族，包括王、谢之流保持着距离，"草庐寄穷巷，甘以辞华轩"（《戊申岁六月中遇火》），这种清醒的人生选择从来不是草率之举，而是诗人深思熟虑之后的结果。

魏晋时代的"九品中正制"让高门子弟成为历史主角，而在门阀制度之外为寒素士子留下的晋身之途，主要是乡举里选制，即，所谓的举秀才，举孝廉，举隐逸。《晋书》本传中说，陶渊明"少怀高尚，博学善属文，颖脱不羁，任真自得，为相邻所贵"。虽说陶家并非高门望族，但祖上毕竟也是官宦之家，与宦途官场多有瓜葛，而陶渊明出众的个人才华自然也会吸引当地州府的关注、举荐。而事实上，他也一直在等待一个合适的时机出仕，但贫窘的家境促使他无法按照自己的内心去从容选择生活，至于何时出仕，仕于何人，这些都是他无法控制的。

晋孝武帝太元二十一年（396 年），新婚不久的陶渊明第一次外出做官，担任江州祭酒（其时，江州刺史为王羲之之子王凝之）。祭酒在当时其实是个比较显耀的职位，掌管着江州的学政与兵戎，算得上是个不小的官职。但这样的俗务终究不是陶渊明想要的，在任上没过多久他就主动辞去了职务。没想到的是，这一举动反而促成了官府对他的加倍关注，不久他又被州府召为主簿官，但陶渊明觉得这个职务更麻烦，再一次选择了辞职。陶渊明三十岁的时候，原配妻子去世，留下了长子俨和次子俟，这对于原本困顿的家境来说无异于雪上加霜。两年后，陶渊明娶翟氏为续弦，"夫耕于前，妻锄于后"，真的过上了与普通农家无异的日子，但这样的生活并不足以解决一大家人的温饱问题。迫于生计，陶渊明于公元 399 年再赴江陵出任桓玄幕府。桓玄乃大司马桓温之子，自负而好文，略有雄才，但野心勃勃。在桓玄看来，能将陶渊明这样的名士纳入麾下，自然是一桩值得向外界夸耀的政治资本。此时的东晋已然是一个皇权旁落的王朝，各地门阀权倾朝野，各怀异心，争斗不休。陶渊明长期躬耕山野，自然看不出阴霾时局背后的惊天骇浪。果然没过多久，桓玄便纠集势力谋逆而动，自号相国楚王。随后门阀刘裕以复晋为由，兴兵讨桓，大败桓玄。兴许是苍天有眼吧，就在桓玄起兵兴事前夕，陶渊明接到了母亲病卒的消息，他匆匆从江陵赶回浔阳居丧，这才避免了被更深地卷入政治旋涡的命运。

公元 404 年刘裕督江州，征召服丧期满的陶渊明为参军。我们现在已经无法确知陶渊明入幕刘裕麾下的真实动机了，但大致可以推断出，刘裕此番征召陶渊明，显然也是为了增加自己的政治资本，而陶渊明好不容易侥幸逃脱桓幕，又入刘幕，若不是为了保全家计，很有可能是担心被人疑为留恋旧主罪臣桓玄，以致招来杀身之祸而作出的权宜之计。次年，陶渊明转任到建威将军刘敬宣幕下，司参军之职。这年八月，在刘裕的关照和其叔太常卿陶夔的帮助下，陶渊明得到了彭泽令的职位，彭泽是豫章郡中比较富庶的地方，且离家只有百里之遥，这自然是个很好的职位，薪俸也很不错，但陶渊明在此任上也不过百日。"郡遣督邮至，县吏白，应束带见之。潜叹曰：'我不能为五斗米折腰向乡里小人。'即日解印绶去职。"（《宋书·陶潜传)》陶渊明不愿"为五斗米折腰"，就以其妹病逝、前往武昌奔丧为由，辞官归里了。这便是陶渊明最后的从官经历，此后他便再也没有动过出仕的念想。

我不践斯境，岁月好已积。

晨夕看山川，事事悉如昔。

微雨洗高林，清飚娇云翮。

眷彼品物存，义风都未隔。

伊余何为者，勉励从兹役？

一形似有制，素襟不可易。

园田日梦想，安得久离析。

终怀在壑舟，谅哉宜霜柏。

　　这首题为"乙巳岁三月为建威参军使都经钱溪"的诗，可能是陶渊明宦海生涯中的最后一首行役诗，从字里行间我们不难看出，行役途中的陶渊明始终未能放下内心深处的那个田园之梦，行走在充满自省的路上，诗人总感觉步履仓皇，眼前的生活非我所愿，眼前之景也难得深入。自打出仕以来，从江州祭酒到彭泽令，陶渊明历经桓玄、刘裕、刘敬宣等人的幕府，在劳顿于役的这些年中，他已经充分领略了岌岌可危的人间世相和首尾难顾的尴尬情状，他本是一个淡泊名利之士，本性宽厚仁恕，唯有回归心心相念的自然状态，才能不损他的"素襟"之志，哪怕是"壑舟"而行，也要忠实于自我。

　　而作于此间的《归去来兮辞》，则可视为陶渊明泥泞多舛的人生生涯中一块醒目的界石。至此，诗人归隐的志念再无丝毫动摇："饥冻虽切，违己交病。"再也不能违心而活了，不然就形同病人一般了，心理之疾已经危及诗人的生理状况。可见，这一抉择虽然困难，但十分必要。这篇辞的序言朴实无华，陶渊明明白无误地说明了他辞官的原因，作为敦厚诚实之人，其情真意切之心，读来令人感佩、唏嘘：

> 归去来兮，田园将芜胡不归？既自以心为形役，奚惆怅而独悲！悟已往之不谏，知来者之可追；实迷途其未远，觉今是而昨非。

这两段辞赋诗人均以设问起笔，却将笔触径直戳往自己的内心深处，发出人生苦短、来日可期的感慨，笔调流畅婉转，书写出了回归家乡掸落风尘之后的快意，而这快意仍然根源于他对自然毫无保留的热爱，以及对亲情的眷顾和依恋。诗人甚至在新生活尚未展开之际，就已经想象出了日后生活的种种细节，酣畅淋漓的情绪在笔端翻涌："富贵非我愿，帝乡不可期。怀良辰以孤往，或植杖而耘籽。登东皋以舒啸，临清流而赋诗。"一种在极度压抑之后的人性释放，让陶渊明彻底将自己还原成了一个自然之子："园日涉以成趣，门虽设而常关……云无心以出岫，鸟倦飞而知还。"我们要注意，陶渊明的精神支柱除了来自儒家守志、固穷的观念之外，还深受庄子和佛学的影响，庄子以回归自然为生命的真正归宿，甚至进而提出了"恶生悦死"的观念，但陶渊明却是一个珍惜生命热爱生活的人，这一点体现在他后来非常重要的《形影神》组诗中："贵贱贤愚，莫不营营以惜生。"从《形赠影》，到《影答形》，再到《神释》，诗人建立了一整套与自身经历和生活经验极为熨帖的生命哲学，即，追求彻底的完整意义上的自然人的理性，而不依赖于外在的力量和信仰，单凭自我的力量来彻悟和勘测生命的真相，以期解决困扰肉身的各种情绪，而这一切都需要在实践中得到实证："纵浪大化中，不喜亦不惧。应尽便须尽，无复独多虑。"（《形影神赠答诗》）从这一点上来看，陶渊明所崇尚的自然主义精神与佛道皆有不同，其思想的彻底性不是通过对肉身的弃绝来完成，而是通过对自然的皈依来实现的。

早在江州祭酒任上，陶渊明就曾写过一首《劝农》诗，极力倡导勤劳耕作、自食其力的人生观，他在诗中既描绘了一幅淳朴悠然的上古农耕图，又抨击时弊，劝诫世人亲近田园，勉力而作："卉木繁荣，和风清穆。纷纷士女，趋时竞逐。桑妇宵兴，农夫野宿……民风在勤，勤则不匮。宴安自逸，岁暮奚冀？担石不储，饥寒交至。"在陶渊明看来，劳作不仅是谋生之必须，且是一桩有益心智的事情，除了能解决温饱，还能达致人与自然的共情状态。因此，他的归田绝不能简单地视为庸常意义上的隐居，而是对生命形态的更深层体悟与发掘。

归隐之后的诗人无疑是快乐的，身与心、形与神达到了高度的和谐状态，这反映在他这一时期写就的《归园田居五首》诗里，一种回归大地、正本清源、至清至纯，乃至生机盎然的自然景象扑面而来，溢满纸面，令人读来神清气爽：

　　暧暧远人村，依依墟里烟。狗吠深巷中，鸡鸣桑树颠。

　　相见无杂言，但道桑麻长。桑麻日已长，我土日已广。

　　日入室中暗，荆薪代明烛。欢来苦夕短，已复至天旭。

　　……

　　这已然不仅仅是对田园风光的客观描述了，而是诗人亲力亲为、沉醉在劳作带来的丰颐之后，由内心中所生发出来的对生命的崇高礼赞，生活的奖赏与生命喜悦感相互交织，足以慰藉人心世道。令人惊愕的是，在从社会人到自然人的转换过程中，陶渊明似乎没有遇到任何阻遏，这显然与他早年亲近农事，后来又一再顾盼山野有关："少无适俗韵，性本爱丘山""久在樊笼里，复得返自然"，此时的诗人只是服膺于内心的渴求，毫无姿态和做作。鲁迅曾撰文《魏晋风度及文章与药及酒之关系》，嘲笑那些住在租界里的有钱人，雇来花匠种数盆菊花便作诗："秋日赏菊效陶彭泽体。"他们不知道也不可能理解，陶渊明与山水田园之间的那种近乎互惠的关系，实则缘于诗人的天性使然。陶渊明完全融入了和谐自然的生活状态里，而这些诗篇又天衣无缝地处理了这样的生活，给读者带来了强烈的感同身受的带入感，以至于若干年后，苏轼在与友人共读这些诗篇时，还在"相与太息"。

大约是在陶渊明归隐四年之后，他生活的园田居遭遇了一场火灾："正夏长风急，林室顿烧燔。一宅无遗宇，舫舟荫门前。"（《戊申岁六月中遇火》）这场大火焚毁了诗人之前所有的辛劳成果，使其物质与精神都饱受重创，他的隐居生活也由此发生了转折，而其后的诗篇也由平淡闲适逐渐走向激越，内心中的矛盾和挣扎之声也不时漫溢出来，"怨诗楚调"渐渐成为他后期诗文的普遍基调。

园田居被毁之初，陶渊明带着家眷先在附近的船上暂居，稍后又搬回了柴桑城里的旧所，又过了两年，才举家移居南村，直到他去世。

陶渊明的几乎所有诗文都可以视为对他个人生活情景的真实写照，尤其是对他面对归隐这一重大人生抉择的阐释，可谓是翔实可靠的心灵独白。作为当世才子、名门之后，他的这种选择无疑会引来世人的各种腹诽，包括亲朋好友的不理解，甚至冷嘲热讽。毕竟他乱世出仕，一仕再仕，且屡更府主，出入进退完全不由自主，等到他终于立定去意回归田园后，却又遭遇无妄之灾，并由此陷入了漫长的困顿期。唯求苦节，以忠素志，这自然成了他跌入人生低谷之后的终极信条。

公元420年，刘裕终于决定对晋王室动手，废掉晋恭帝，自立为宋，南朝由此开始。这一变故对陶渊明内心的冲击无疑是巨大的，因为他毕竟是东晋名臣之后，而且自己也曾一度入幕刘府。但这一变故同时也让他更加坚定了先前所作出的归隐选择，他知道在眼前的现实乱局中自己已经不可能再有所作为了，除了在回忆和读古时还有少许的侠气豪情在心中翻涌（如《杂诗其五》："猛志逸四海，骞翮思远翥。"）外，其余大部分时光里，他的心理活动主要凝聚在坚持固穷守节的生活观念，以及如何获得个人内心的宁静上面。陶渊明越来越坚定地走在了独善之路上，"养真衡茅下，庶以善自名"（《辛丑岁七月赴假还江陵夜行涂中诗》）；"寝迹衡门下，邈然与世绝"（《癸卯岁十二月中作与从弟敬远》）。"真""素""善""衡"，还有"僶俛"（即，勤勉）——这样一些充满自我训诫和提示意味的词语，大量出现在了这一时期的诗人笔下，从另外一个侧面说明了诗人"苦节"之苦，和"素志"之坚。

在中国古代，隐居本身其实是一种文化资本，它需要一定的经济实力去付诸实践，通俗地讲，隐居是需要代价的，隐易而居难，只有在解决了居的问题之后，隐才有实现的可能性。陶渊明早年辗转各种府门，不过是为了终有一天能够不受或少受这种代价的困扰。我相信，"南山"一定是他精心选择的结果，但现在园田居已毁，"素志"仍未完全实现。移居南村之后，陶渊明依然过着亦耕亦读的日子，从目前的资料来看，他家境虽然依旧贫困，但诗人与附近村邻之间的交往却多了起来："昔欲居南村，非为卜其宅。闻多素心人，乐与数晨夕。怀此颇有年，今日从兹役。弊庐何必广，取足蔽床席。邻曲时往来，抗言谈在昔。奇文共欣赏，疑义相与析。"（《移居》）作为一位性情温敦、看重情谊的诗人，陶渊明很快就得到了大家的爱戴，他一度凄惶的内心也随之得到了少许安抚。南村一带当时聚集了相当多的文人学士，大家同耕共读，相交甚欢，陶渊明与彭城来的刘程之、雁门来的周续之并称为"浔阳三隐"。"春秋多佳日，登高赋新诗。过门更相呼，有酒斟酌之。农务各自归，闲暇辄相思。相思则披衣，言笑无厌时。"（《移居》）一种其乐陶陶、如鱼得水的生活状态又回到了诗人的现实中，这对于素来孤芳、性讷的诗人来说是非常不易的，也让穷顿中的诗人获得了内心的舒缓之期。

《饮酒二十首》是我们进入陶渊明精神世界的重要通道之一。魏晋时代，饮酒不独是一种生理需求，还是一种精神生活方式，也就是说，饮酒总是带有某种思想倾向的，体现出了崇尚自然的道家哲学，也张扬着率性任真的自然人性格特征。作为最真实的自然人，陶渊明当然也不例外，在他看来，酒和道是相通的。"酒"在陶渊明的文学命题里一直占据着重要的位置，几乎无诗不酒，但我们从他的诗文里却看不出多少醉态来，即便有过短暂的佯狂、失态，他总能立马予以纠正，譬如，当他信手写下"若复不快饮，空负头上巾"，马上就补充道："但恨多谬误，君当恕醉人。"把作为儒生象征的"头上巾"拿下来擦嘴，这自然属大不敬之言，所以，他赶紧说明这不过是自己酒后的胡言乱语，不可当真。由此看来，"醉人"并未真正醉去，他不过是借助一双醉眼洞察着混乱的世相罢了，他已经料到现实世相只会越来越乱，而自己唯一能做的事情就是他现在正在进行的事情：走在独善其身的路上，成就更加清洁赤子般的自我。

在《连雨独饮》一诗中，陶渊明仔细描述了一番酒后飘飘欲仙的状态："试酌百情远，重觞忽忘天。天岂去此哉，任真无所先。"诗人试图通过饮酒来达到内心的和谐，凸显任真的性情，甚至以酒来体味"道"，通往"道"，实践"道"。应该注意到，这组《饮酒》二十首诗并非都是写饮酒之事的，譬如，最有名的第五首"结庐在人境"，就是借饮酒之名，抒发其精神志向。无论是作为"醒客"还是"醉客"，陶渊明的诗中都充满了强烈的自我叩问性质，例如第九首"清晨叩门去"，就讲述了一位好心的田父，带着酒壶前来与他对酌，劝他出山谋取一官半职，以便摆脱全家受困的场景："且共欢此饮，吾驾不可回。"如同屈原行吟泽畔，与那位渔夫的交谈一般，诗人用夹叙夹议的笔触表达了自我坚定的意志，哪怕"孟公不在兹，终以翳吾情"（《饮酒》之十）。梁昭明太子萧统说："有疑渊明之诗，篇篇有酒，吾观其意不在酒，亦寄酒为迹也。"
（萧统《陶渊明集序》）这一说法可谓知音之论。

　　一般来说，淳朴人格的建设需要以相对淳朴的社会环境为
前提，陶渊明作《桃花源记》就试图艺术地再现这样一种"不
知有汉，无论魏晋"的理想社会，这篇带有寓言性质的诗文，
本质上是诗人对其认知的理想社会的精心描绘，体现了他独出
于时的思想境界。桃源社会无疑是淳朴返古的社会，它应该只
存在于善良之人的内心世界里，"黄唐莫逮，慨独在余"，其实
陶渊明也清醒地意识到了，自己心目中的"桃花源"不过是一
个"绝境"，所以，后人"不复得路"，最后止于"无问津
者"。而置身于乱世之中的陶渊明，一直以"羲皇上人"自况，
他崇尚的是上古淳朴社会的理想的行为规范，在他看来，社会
越往后发展，淳朴的社会风俗就会越来越淡薄，因此，才更加
需要诸如"荣叟""黔娄""仲蔚"等这样一些圣贤和隐逸高
士。在《咏贫士七首》中，陶渊明一再抒发着自己对这些贤哲
的倾慕之情，以壮己志。在这些令其心仪的人物中，"荣叟"
（荣启期）应该是最让陶渊明尊敬之人。荣叟是与孔子同时代
的高人，相传他有"三乐"之说："天生万物，唯人为贵，吾
得为人，是一乐也；男女之别，男尊女卑，故以男为贵，吾既
得为男矣，是二乐也；人生有不见日月，不免襁褓者，吾既已
行年九十矣，是三乐也。"（西晋皇甫谧《高士传》）荣启期

的"三乐观"通俗地讲，就是我们常言的知足常乐观念，这种观念在极大程度上影响了陶渊明的人生态度，从早年的"家乏"，到晚年的"长饥"，贫困虽然一直是诗人挥之不去的梦魇，但固穷守节的理念却是暗夜里拯救诗人的一盏长明灯。

陶渊明曾经写过一首题为"乞食"的诗："饥来驱我去，不知竟何之。行行至斯里，叩门拙言辞。"其窘态溢于纸面。诗人之乞本质上无异于他人，但诗人对待贫困所采取的正视、不规避的态度，却更能让我们明了其"素志"不移的人生观。史载，江州刺史檀道济久仰陶渊明的大名，到任不久即车载米肉前来探望他，檀道济说："贤者处世，天下无道则隐，有道则至。今子生文明之世，奈何自苦如此？"陶渊明回答："潜也不敢望贤，志不及也。"从这段对话中我们可以看出，陶渊明回归田园的初衷与其他隐士皆有所别，他完全不是为了吸引世人的注目，成就所谓"贤者"之名，而寻求归隐的，他的选择完全是他遵循本心的结果。"饥食首阳薇，渴饮易水流。不见相知人，惟见古时丘。路边两高坟，伯牙与庄周。此士难再得，吾行欲何求。"在《拟古九首》中，陶渊明得心应手地借用了"古诗十九首"的形式，"用古人格作自家诗"，回顾他一生的遭际，反复向世人传达着心中的志念。同样是"游子"的主题，但在陶渊明这里体现出来的却不仅仅是归来的艰难，和人生的虚妄之情，而是更为旷达的人生现场："山河满目中，平原独茫茫"，而诗中折射出来的也是更加饱满激越的人生态度："春蚕既无食，寒衣欲谁待？本不植高原，今日复何悔！"
（《拟古》之九）诗人最终将个体的命运与晋室的覆亡关联在了
一起，显示出无怨无悔的人生本色。

魏晋时期是中国文人的整体生命意识逐渐觉醒的时期，也
是个体生命极为活跃、丰沛和张扬的时期。但在以门阀士族为
主流的文坛上，陶渊明可以说知音寥寥，他并非恃才傲物之
人，而且一向为人处事温敦淳厚，从未与人有过任何仇隙，尽
管如此，诗人在诗里诗外总给以人形单影只的寂寥落寞印象，
他有限的朋友无非南村时期的那几位隐士，他们是陶渊明在耕
读之余欢饮闲聊的对象。随着陶渊明的影响渐大，庐山一带慢
慢有了许多文学名士的出没，形成了以僧慧远为中心的僧俗交
际圈，刘程之、周续之就是慧远的俗家弟子。陶渊明与慧远有
过交集，也深得慧远器重，他晚期的生命哲学在一定程度上受
到了佛理的影响。但二人终究探讨的不是一个问题，或者说不
在一个层面上，陶渊明更在乎今生的气节，而慧远讲述的往往
是三世轮回的往生观。因此他们之间尽管有过不少交往，却并
无真正意义上的心灵沟通，不过是彼此精神世界的探触与碰撞
而已。《莲社高贤传》一书中记载过这样一件事情：慧远请陶
渊明去庐山见莲社众人，陶渊明问，我去了能不能喝酒啊，若
是能，我就去。慧远让人传话他说可以，于是，陶渊明就去
了，然后又"忽攒眉而去"。这件事估计是真实的，因为这种

情景合乎陶渊明时而刚烈不阿的性情，他从来不善于掩饰自己的好恶感。或许正是缘于诗人率性任真的性格，加之纯良的心性，陶渊明始终保持着与现实生活中的交际圈的疏离感，他的朋友大多是精神层面上的那些上古贤者高士，他从他们那里获得的慰藉远大于现实生活中的。

文学史上常常将陶渊明与稍晚于他的谢灵运相提并论，称他们共同构建了中国早期山水田园诗的基石。事实上，陶谢二人在审美趣味及审美手段上差异很大。陶渊明所沉醉的是心灵的和谐自然、淳朴的日常生活，以及身体力行的自然劳作，由此得到的精神养料，具有强烈的人文气息；而谢灵运则重视自然山水中的新奇异象，笔下有浓厚的猎奇色彩，他是通过外在的风光描述来宣泄自己政治上失意的情绪，寄托和抒发自己对人生的感慨。作为莲社中人，慧远就一针见血地说谢灵运"心杂"，不像陶渊明那般自然高妙。生于门阀之家的谢灵运不可能不知道当世名士陶渊明，但现存的文献上居然没有找到两人交集的任何记载。倒是刘宋文坛最负盛名的颜延之，与陶渊明交集甚深，两人的交游也极其欢洽。颜延之不仅在生活上资助过陶渊明，而且在陶渊明死后作《陶征士诔》，第一次对陶渊明的隐逸行为和高尚人格做了阐述。这篇诔文后来奠定了陶渊明之形象的基础，从此之后，直到南北朝、唐代，陶渊明的主要形象都是高逸的隐士形象。

　　大约在刘宋永初二年（421 年）前后，陶渊明所患痁疾（即疟疾）似有加重，而此时的他已经年过半百，自恐来日不多，便开始着手安排后事。事实上，诗人在五十岁上下对生死问题就已经多有思考，他这一时期的诗文也越来越聚焦于死亡命题。

　　陶渊明一共育有五子，虽说没有什么珍贵的财产留给他们，但其珍视一生的志趣仍算得上是一笔不菲的精神遗产。在洋溢着舐犊之情的《与子俨等疏》中，诗人回顾自己的一生，教导孩子们要以管鲍等先贤为表率："兄弟同居，至于没齿。"这封带有遗嘱性质的家书对生死、贫贵做出了达观的陈述，基本呈现了陶渊明豁达的人生态度。这种态度在他稍后所作的《拟挽歌辞三首》里被进一步清晰地阐发出来："有生必有死，早终非命促。""千秋万岁后，谁知荣与辱。""昔在高堂寝，今宿荒草乡。""死去何所道，托体同山阿。"诗人甚至依稀看见了自己死后亲人们的祭奠现场，但是以一种极为平静的眼光目送着自我湮灭的生命，唯一的动情不甘之处却是："但恨在世时，饮酒不得足。"这样的生死观无疑是理性的，也是极为通透的。

　　公元 427 年深秋九月，陶渊明意识到自己很快就要离开人世的"逆旅"，归向死亡的"本宅"，写下了著名的《自祭文》，这是一篇更为平静的文章，没有丝毫情感上的起伏："天寒夜长，风气萧索，鸿雁于征，草本黄落。"他终于成功地将自己的一生兑换成了草木生长与凋零的过程，源于自然，归于自然，终至圆满。

颜延之记下了诗人临终时的情形，动用了"视死如归"这个让人惊心动魄的词。

穷途之恸

　　唐朝之盛表征为唐音和唐彩（唐彩暂且不论，这里单说唐音）。所谓"唐音"，指的是盛世大唐内在精神世界的律动感，具体说来，就是唐诗的蓬勃气象。从某种意义上来讲，传递唐音的介质主要是通过唐诗来实现的，但成就唐诗之辉煌的关键一环，应该是唐之前汉语声律学的成熟。

　　早在汉魏时期，诗人学士们就留意到了，汉语除了具有象形的特质外，还有形声和会意之美，每一个声母、韵母拼合紧密，音色明亮，诵读起来抑扬顿挫。西晋陆机作《文赋》说"暨音声之迭代，若五色之相宣"，大约就是这个意思。随着佛教传入中国，梵音也给诗人们带来了更多的启示，高声诵经，声浪起伏，音声清净，平和而辽远。到了南朝，刘宋至南齐永明年间，一些文人学士在已有的汉语声韵学基础上，进一步发现了汉语音节的平、上、去、入四声规律，这是汉语音韵学上的一件大事。永明年间形成的以竟陵王萧子良为首的文人集团尤其重视声韵之学，同属"竟陵八友"的沈约就著有《四声谱》，他认为历代文学，文体上虽有发展进步，声律上却未睹其秘；名篇佳作，多为自然天成，虽与音律暗合，实不知其所以然也。面对这样一种认知上的懵懂状态，沈约进而提出了具体的声律理论、写作法则及其原理，也就是汉语四声法则，企图在诗文写作中调和配置四声音调，以及声母、韵母，以便让诗文读起来既有节奏上的变化，又能做到和而不乱，即所谓平头、上尾、蜂腰、鹤膝、大韵、小韵、正纽、旁纽"八病"之说，史称"永明声律论"。作为对五言诗的写作要求，遵循"四声"，避免"八病"，这就是以沈约为代表的永明声律论的主要内容和核心所在。诗人们由此遵循汉语的声律规则，用更加自觉的态度来完善自我的写作，"永明体"逐渐成为汉语诗歌由古体走向近体（格律诗）的关键环节。

齐梁以降，确乎是一个美文时代，"诗缘情而绮靡，赋体物而浏亮"（陆机《文赋》），作为这种创作风气的核心人物，梁简文帝萧纲和梁元帝萧绎不仅带头写作这类诗赋，而且还从理论上大力加以鼓吹，更让这种文学风气成为文学时尚，写作者趋之若鹜。对此，《文心雕龙》的作者刘勰表示赞许，而写《诗品》的钟嵘则表示反对。赞同者重在肯定声律论在我国文学史、诗歌史中的历史意义，反对者则着眼于声律论对诗歌的束缚，和因重格律所产生的形式主义的流弊，双方各执一词。

在这个问题上存在分歧并不奇怪，见仁见智，总的来说，永明体对后来唐朝近体诗的繁荣还是起到了不可低估的作用。唐宋之后讲究平仄规整的格律诗之所以能够大行其道，应该说，就滥觞于永明声律之论的规范效应。魏晋南北朝是我们诗歌史上极其重要的一个时期，从建安风骨，到南北乐府，无论是咏物诗、宫体诗，还是永明体，如果没有几代诗人在音调、体式、意象、风格上面的不懈探索，就不会有后来唐诗的繁荣，也就断然出现不了李白、杜甫和王维们。

后世常有人诟病这一时期的诗风过于绮丽冗赘，矫饰太多，但在这一片华美丝弦的宫体齐奏之中，我们总能不时闻听几声发自荒野的低沉喑哑的管箫之音：

　　风云能变色，松竹且悲吟。

　　胡笳落泪曲，羌笛断肠歌。

　　秋风别苏武，寒水送荆轲。
　　（以上均选自庾信《拟咏怀诗》）

这声音来自庾信，犹如旷野呼告一般。庾信就是这样一位诗人，他成长于奢靡之风盛行的文学环境中，却意外地结出了沉雄苍凉的命运之果。

"清新庾开府"，这是杜甫在《春日忆李白》中用以称颂李白的诗句；"哀伤同庾信"，则是杜甫在《风疾舟中伏枕书怀三十六韵奉呈湖南亲友》中对自我生平的反刍和自况。杜甫在晚年经历了太多的丧乱之后，一次次感觉到自己的命运与庾信多有重叠之处，一样的乱世飘蓬，一样的流离颠沛，一样是在频频顾念中回望故国山川，在感同身受之下他写下了这样的诗句："庾信平生最萧瑟，暮年诗赋动江关"（《咏怀古迹五首·其一》），以及"庾信文章老更成，凌云健笔意纵横"（《戏为六绝句·其一》）。由此可见，庾信的诗尤其是他晚期的作品对杜甫影响甚大。当然，受此影响的远不只杜甫一人，还有许多后世诗人都与庾信存在着精神上的承继关系。这是诗人之间隐秘的精神通道，哪怕上溯若干年，脐带看似业已脱落，但诗人们每每在不经意间抚摸自己的肚脐时，依然能够感受到某种遥远的神秘的悸动。

公元 513 年，庾信出生在湖北江陵的一个"七世举秀才""五代有文集"的家庭，其祖上是西晋末年为避战乱从河南新野迁居到此的士族。"诛茅宋玉之宅，穿径临江之府"（《哀江南赋》），庾信的祖先来到江陵后，就把战国时期有名的辞赋家宋玉的旧宅重新修葺一新，然后定居在了这里。尽管庾氏一族在士族中的地位并不算太高，但他们与萧梁皇族渊源颇深。庾信的伯父庾黔娄曾任昭明太子萧统的侍读，另外一个伯父庾於陵曾任萧统的太子洗马，还担任过晋安王萧纲（后来的简文帝）府中长史。庾信的父亲庾肩吾更是萧纲的"高斋学士"，长期任职于东宫。而庾信年纪轻轻就被萧纲遴选为东宫学士，既担任过萧统的侍读，又担任过萧绎（后来的梁元帝）的常侍，可谓满门名臣，深受皇室器重。然而，南朝却是一个政治闹剧令人目不暇接的时期，皇族官僚门阀之间钩心斗角，废立频仍，乱象丛生。首先是刘宋大将萧道成威逼宋顺帝"禅让"，建立了南齐；之后是萧衍逼迫南齐皇帝"禅让"，建立了南梁；再之后是著名的"侯景之乱"，北方的西魏趁机大举南侵，南梁重臣陈霸先再一次导演"禅让"闹剧，登上了帝位，建立南陈。这种乱象一直延续到了公元 589 年，隋文帝杨坚派兵直取建康，活捉陈叔宝，延续多年的乱世才宣告结束。

庾信就是在这样一种极其动荡不安的世相里成长起来的，他的一生以四十二岁（即公元 554 年）为分水岭，前半生是在南方度过的，后半生则长期生活在北方，从西魏到北周，直到公元 581 年隋文帝开皇元年，庾信以六十九岁的高龄去世。

现存的《庾子山集》收录了庾信诗三百余首，赋十五篇，就数量来看，他是六朝文人中最多的几家之一。作为六朝诗文的集大成者，庾信早年在南方的作品并不特别受后人重视，倒是其文学观念有一定影响，其力倡"新""逸"的文学主张，也并没有逃脱当时流行的文学风尚。"荷风惊浴鸟，桥影聚行鱼。日落含山气，云归带雨余。"（《奉和山池》）这是他与萧纲唱和的诗句，清新，灵动，也颇具飘逸之美，但个人化风格明显不足。庾信在江南的生活是优渥的，他三十岁出任郢州（江夏郡治，今武汉）别驾，后来受聘于东魏，以文章词赋获得了很高的声誉。由于皇室重视文才，那时候南北双方的外交场合中多有文人的身影，庾信自然是其中极为活跃的一位。"新年鸟声千种啭，二月杨花满路飞""一丛香草足碍人，数尺游丝即横路"……在这首《春赋》中，庾信将他早年的文学才华发挥到了极致，富含情韵、清新隽永的诗句，有机地融合到了典丽华美的赋俳结构之中，五言、七言交织，歌与赋处于共生互倚状态，只可惜笔力不逮，整体架构上流于小巧，尚欠遒劲的生命力。梁武帝萧衍统治早期，社会清明，国力强盛，与北朝关系稳定，但到了晚年就日渐昏聩起来，终至"侯景之乱"。公元 548 年，东魏降将侯景举兵反叛，不足两月便攻入建康，时为东宫学士的庾信受命领建康令，负责京师保卫之职，萧纲命他率人驻守朱雀航（秦淮河上的一座浮桥），但庾信见敌军来势汹汹，便弃军逃走了。侯景得以入城。萧衍忧愤而亡。萧纲被挟持登位，即简文帝。庾信趁乱逃往江陵，与其父庾肩吾相见。不久，庾肩吾病逝。过了两年，萧纲被侯景杀死，湘东王萧绎派兵打败侯景，在江陵称帝，即梁元帝。侯景之乱让南梁元气大伤，叛乱平定后，萧绎并不计较庾信战时之过，派他出使西魏。在庾信滞留长安期间，西魏大军大举南下攻陷江陵，萧绎被杀。从此以后，庾信开始了他在北方背井离乡的生活，再也没有机会回到南方。

作于公元 557 年的《哀江南赋》，被公认为是庾信抒写乡关乡情最重要的作品，也是中国辞赋史上的鸿篇巨制之一。由于此赋用典繁多，后世注家几乎人言人殊，连陈寅恪先生都感叹道："岂易读哉。"大体上来看，这篇声情并茂的骈文可分为三个部分：第一段主要抒发自己的流离之苦，第二段"悲身世"，第三段"念王室"。所谓"魂兮归来哀江南"（宋玉疑作《招魂》），起因于"哀"字，"不无危苦之词，惟以悲哀为主"。作者将自己的身世之悲与江南亡朝之哀紧密相连："傅燮之但悲身世，无处求生；袁安之每念王室，自然流涕。"作者的江南之哀，所哀为梁朝由盛而衰而亡，而作者的身世之悲，则要复杂得多，既有对王朝往昔荣光不再的叹息，又有对自己流离天涯无法还家的自哀自怜，还有对自己屈身仕敌的羞愧，以及"路穷""道阻"的抑郁……各种五味杂陈的感受交织在心怀，诗人不吐不快，却又哽咽难言。诵读此文，总让人感觉哀怨之声不绝于耳，悲苦难遣，但又不时有金刚怒目似的雄健之气在胸腔翻涌，譬如："将军一去，大树飘零；壮士不还，寒风萧瑟""呜呼，山岳崩颓，既履危亡之运；春秋迭代，必有去故之悲"，强烈的情感浓度被控制在隐忍的声腔之中，产生令人心悸的艺术震撼力。

江陵既亡，庾信遂仕于西魏，在西魏授予庾信的各类官职中，抚军将军是勋官，右金紫光禄大夫是散官，大都督、车骑大将军是戎号，这些都是虚衔而非实职，"从官非官，归田不田"，这样的生活状态持续了很多年。在《小园赋》中，庾信曾这样描述当时家人的生活状态："蓬头王霸之子，椎髻梁鸿之妻。燋麦两瓮，寒菜一畦。风骚骚而树急，天惨惨而云低。聚空仓而雀噪，惊懒妇而蝉嘶。"由此可见，在羁北的那些年间，其生活境况相当贫寒困顿。因此，才有了庾信抒发其悲痛之情的《拟咏怀》二十七首，之所以是"拟"作，是因为他是仿阮籍五言《咏怀诗》而作。庾信时常以阮籍、嵇康自比，他内心深处一直对这两位高迈之士颇为神往："步兵未饮酒，中散未弹琴。索索无真气，昏昏有俗心。涸鲋常思水，惊飞每失林。风云能变色，松竹且悲吟。由来不得意，何必往长岑。"（《拟咏怀》之一）但庾信自知自己无法成为心目中的那种高洁之士，于是，他在《拟咏怀》系列中不断追逼着、诘问着自我，哀怜之声不绝于耳："倡家遭强聘，质子值仍留。自怜才智尽，空伤年鬓秋。"尽管表面上看来，他在北国颇受礼遇，但精神上的压抑和束缚依然让他形同"倡家""质子"一般，无从把握自己的命运，也毫无自由可言。"眼前一杯酒，谁论身后名""残月如初月，新秋似旧秋""谁言气盖世，晨起帐中歌"……大量的、无端涌现的愁绪和悲凉感，以一种不可遏制、不断喷涌的方式反复出现在这批诗作中，在着力渲染诗人的愁闷之情的同时，也向世人呈现出了一幅流离颠沛的时代画卷，这幅画卷里不只有他一人，还有许许多多与他一样的去国亡国者。然而，显而易见的是，作者在这幅画卷里使用的不再是他从前惯用的工笔手法，而是写意泼墨的笔法，在大开大合中完成了对北国风光和苍凉人境的形象勾勒。庾信常把自己羁旅北朝的经历比作吴起辞魏、韩非入秦、李陵北去、荆轲不还，等等，以大量的古人古事作为自己比兴寄托的对象，"借彼之意，写我之情"，频繁的用典自然给读者带来了阅读的艰涩感，但也让其诗文的笔法趋于简练。庾信到了北朝之后仿佛换了一支笔，似乎不再是一位擅长细致刻画与描写的诗人，虽然他也经常用花草树木来抒发自己的情感，但总体上讲，他更看重那种直抒心胸的写作技法，这种技法与"古诗十九首"颇为暗合，"但睹性情，不见文字"（唐·皎然《诗式》），譬如《寄王琳》一诗："玉关道路远，金陵信使疏。独下千行泪，开君万里书。"寥寥数笔，就勾勒出了茫茫天际之中的人间友情；再如《伤往二首》："见月长垂泪，花开定敛眉。从此一别后，知作几年悲。"这样浓情于诗，却不着笔墨的手法，总给人以情长纸短的艺术感染力。

庾信与徐陵父子在南朝均以"徐庾体"成名。所谓"徐庾体"，大致具有如下特点：一是他们擅以五言或七言诗句入赋，形式上与旧体诗多有不同，"颇变旧体"（《陈书·徐陵传》）；二是讲求声韵，庾信的诗赋大都声律和谐，工整精密，"音简韵健";三是文辞华丽;四是用典繁多而贴切。在入北以后,诗人除了在文辞上回归素朴、苍凉道劲外,其余三点都被保存了下来,尤其是"清丽"方面,更是被庾信彰显出来:"阳关万里道,不见一人归。唯有河边雁,秋来南向飞。"(《重别周尚书》)短短的二十个字,一幅辽阔深远又孤寂清凉的北国秋意图跃然纸上,真可谓"不着一字,尽得风流"。沈德潜在《古诗源》中称庾信"以造句能新,使事无迹",大抵是指他善于用新奇的词句入诗,侧重于性情的渲染和烘托,而非世相的录入,其练字的功力非同凡响。

"夸目侈于红紫,荡心逾于郑卫。"(令狐德棻《周书·王褒庾信传论》)如果说,庾信在南朝时期的作品除了具有清丽、自然的特点,还更沾染上了南朝诗人"夸目""荡心"的习气,那么,他到了北朝之后则变得苍劲沉郁、浑厚凝重起来,尽管用典依旧繁复,清丽仍存,但他大大发展出了一种苍凉、幽峭、道劲的文本风格,在作品中注入了北方草原莽川的粗犷之美。这种风格的形成并非诗人刻意追求所致,而是源自作者自身的生活处境的变化,以及这样的处境对其内心所构成的强力挤压。

庾信在北朝所感受的最大屈辱自然是北人对他的轻慢和折辱。公元557年,北周正式代魏,朝廷开始考虑对南方降人的安置问题,庾信成了第一波被授予实权的南方士人,于是,他又从仕魏转为仕周。庾信在北周担任的第一份实职是司水下大夫,负责水利工程事务,级别很低,但相较于他以前在西魏的那些闲职，这毕竟是一个有事可为的官职。庾信很认真地在任上做了两年多时间，随后被调任为弘农郡守，弘农地处周、齐边陲，战事频繁，作为一介文人，庾信自然心怀忧惧，就像当年他在南梁领守建康的结局一样，他本质上不适宜军务工作，所以他在此任上过得很不开心，既有牢骚不平之意，也有失节为官之愧，仿阮籍《拟咏怀》这组诗就作于这一时期。"畴昔国士遇，生平知己恩。直言珠可吐，宁知炭欲吞。一顾重尺璧，千金轻一言。悲伤刘孺子，凄怆史皇孙。无因同武骑，归守霸陵园。"（《拟咏怀》之六）诗人在这首五言诗中，情深义重地回想起当年梁元帝对他的知遇之恩，表达出漆身吞炭报答君恩的愿望，以及因无以为报、无法尽忠而生发出来的悲伤之情，而这悲情之中又杂糅着深深的愧意和悔恼，这是庾信以前的作品里从未有过的一种情感。也就是说，诗人在北朝所经受的除了北人的轻慢之外，还有他内心深处对自己背信入仕北朝的羞惭之情。而事实上，在由南入北的士子中，像他这样为生计之故被迫入仕的人并不在少数，只不过庾信作为诗人更为敏感，因此愧意更甚。

公元 575 年，庾信得到了他入北以来最满意的一次升迁，被任命为司宪中大夫，正五品，而此时他已经进入了垂暮之年。"秦关望楚路，灞岸想江潭。几人应泪落，看君马向南。"（《和侃法师》）随着他对北国环境的适应，以及地位上的变化，怀乡之情仍然丝毫没有减损，但他感到自己已然走到了人生的尽头，对职务上的升迁与仕途上的荣辱已不再记挂于心了，"穷愁方汗简，无遇始观爻"（《园庭诗》），一种淡淡的愁绪萦绕在心际，"穷愁"也好，"无遇"也罢，天意如此，诗人最终也没能从弥天的愁绪中挣脱出来。

"唯彼穷途哭，知余行路难。"（《咏怀》）多年以前，我曾在闲读中遇到了这句诗，然后开始寻找这首诗的作者，了解他的生平，试着走进他的内心世界。后来我甚至为自己创作的一部长篇小说取名为"穷途纪"（发表在《青年文学》2006 年的"长篇小说增刊"上，出版时更名为"水穷处"）。在我的潜意识里，"穷途"一如"单行道"，而这种无法折返的人生就是我们共同的命运，这样的命运在哪怕宽厚如陶渊明者身上也有过体现，只不过，陶渊明将此理解为"逆旅"与"本宅"之间的游弋。《晋书·阮籍传》载："时率意独驾，不由径路，车迹所穷，辄痛哭而返。"阮籍之哭缘于他每每"率意"之行总逢绝径，而庾信之恸则缘于他始终做不到"率意"之行，他总是被命运推搡着，艰难地行走在背井去国的路上，且愈行愈远，前方是愈来愈沉坠的落日，身后是越来越急促的风声。

"齿落未是无心人，舌存耻作穷途哭。"这是杜甫在《暮秋枉裴道州手札》中发出的感喟，当我们的诗人在无边的寂寥中走到落日身边时，他会不由自主地垂下头来，表达他对命运的原宥，不是放弃反抗，而是不得不接受命运的蛮力。

隐者真容

　　我问过归元寺的和尚，也问过长春观的道士：为什么同为忌荤食素之人，两者的体态在世人眼中却差别这么大？他们的回答与我在心中琢磨出来的答案并没有多少出入，即，主要原因在于修行方式不太一样。和尚修行多以念经打坐为主，参悟佛理，修身养性，种菜，扫地，化缘，运动不多，以致心宽体胖；而道士呢，除了静坐悟道外，还要时常外出历练，练艺防身，讲究养身保健，甚至还发明了服气辟谷之术，以期羽化登仙，因此大多数道士都显得精瘦清癯。当然，这些可能还只是表象，更深层的原因不在本文的探讨范围之内。

　　在中国文学史上，王维素来以"诗佛"著称，按照我的理解，这个称谓不仅是指他诗文里弥漫出来的自然散淡平和之气，以及饱满的佛光禅意，也应指向他的为人处世方略、以静制动的人生态度。我相信"相由心生"，于是，便在典籍里、网络上查找他生前的画像，结果大多千篇一律：微胖，蓄须，愈到晚年愈呈富贵体貌。在盛唐庞大的诗人群体中，王维可能是最为特别的一个：他几乎是在朝为官时间最久的诗人，更是少有的在世时就已经声誉显隆的诗人，也是经历了"安史之乱"却几乎不着一字的诗人。

　　唐代薛用弱《集异记》里有一则很有名的故事，讲述了青年王维初入京城时的一幕：开元九年（721年），年轻的王维随岐王李范入宫拜见一位公主，席间，公主命人演奏新曲，曲调哀怨悱恻，举座莫不动容。公主问："此曲何名？"一旁的王维随口回答：郁轮袍。趁公主好奇之际，岐王向她推荐说，这个年轻人不得了啊，不仅精通音律，而且诗文也达到了很高水平。公主在看了王维的诗之后，更加惊讶道：这些诗我都耳熟能详了，还以为是古人所作呢，原来是你写的呀！于是公主答应在来年的府试中大力推荐他。果然两年之后，王维高中进士。尽管这段故事出自野史，可信度有所折扣，但唐人孟棨《本事诗》中则记录了王维入宁王府，创作《息夫人》一诗的经过："莫以今时宠，能忘旧日恩。看花满眼泪，不共楚王言。"其出口成章的才华令举座惊叹。这件事让我们相信，王维早年确曾与京城王公贵戚们有很多交集，甚至可以说，他是一个在权贵圈中如鱼得水的人。

　　王维生于武则天长安元年（公元701年，与李白同年生），幼年丧父，母亲崔氏笃信佛理，表面上看来，他当属于孤寒门第的士子，但太原王氏和博陵崔氏都是当时的名门望族，与京城有着千丝万缕的联系。王维自幼受到良好教育，天资聪颖，诗、书、音、画样样得心应手，作《九月九日忆山东兄弟》时他才十七岁，在入京之前就享有了一定的诗名。在盛唐时期所有诗人中王维算是出生门第非常显耀的一位了，因此也拥有一般士子难以企及的人生起点。

王维的求仕之路应该说是非常顺利的，一试及第之后，玄宗皇帝任命他做的第一个官职是太乐丞，掌管皇家音乐，这对于精通音律的王维来讲算是人尽其才了。王维果然不负众望，在任上创作了大量的"歌诗"，由宫廷乐手谱曲配以舞蹈在宫中表演，他与当时最负盛名的歌手李龟年有着非常默契的合作关系。"红豆生南国，秋来发几枝。愿君多采撷，此物最相思。"这首著名的五言律诗《相思》，其实还有一个诗名：江上赠李龟年。由此说明二人的关系很不一般，他俩一起合作了很多歌诗，深得精通音律的玄宗喜爱。但是，万万没有想到，原本顺风顺水的王维不久就出了事，原因是，他私自排演了一个只能给皇帝看的"黄狮舞"，因此触犯了天规。当然，真实的原因恐怕还是一向单纯、缺乏心机的王维平日里与岐王、宁王他们走得太近，引起了皇上的猜忌，因为那时候玄宗已经觉察出了一些政坛隐患，决定控制诸王对王位的不断威胁。王维获罪后被贬到了山东济州，任司仓参军，看似一帆风顺的仕途陡遇第一次挫折。好在王维性情随和，也没有把这件事当作人生过不去的坎儿。几年之后，他离开济州回到长安待命，不久，被改官河南淇上，但他也没有在这个官位待多长时间，就弃官在当地隐居了起来，后来又回到长安闲居。

公元 734 年，王维的弟弟王缙任职登封，王维再一次跑到嵩山就近隐居起来。这段时间居无定所、时隐时现的生活状态，反映出王维骨子里其实是一个闲散的、向往自然的散淡之人，他对为官之道还不太精通，也可能是兴趣不大。"田舍有老翁，垂白衡门里。有时农事闲，斗酒呼邻里。"（《偶然作》）早年的王维骨子里对陶渊明沉醉自然的生活状态是十分钦羡的，也向往着自己有朝一日能够过上这种躬耕田园的生活，只是此时，他对自己就这样轻易放弃仕途仍存不甘之心。直到开元二十二年，胆识过人的张九龄出任中书令，王维感觉到命运之门又一次向他打开了，于是作《上张令公》干求："学易思求我，言诗或起予。当从大夫后，何惜隶人馀。"他希望得到张公的援引。随后在张九龄的举荐下，王维出任右拾遗，迎来了他人生中的灿烂一刻。"不宝货，不耽乐，不弄法，不慢官，无侮老成人，无虐孤与幼"（《送郓州须昌冯少府赴任序》），经历了贬黜之后的王维积极追随贤相张九龄，克己奉公，政治觉悟明显提高了许多。然而，宦海沉浮，尔虞我诈，没过几年，张九龄在与李林甫的权力斗争中落败，被罢相，出为荆州长史，这对王维是个莫大的打击，"所思竟何在？怅望深荆门。举世无相识，终身思旧恩"（《寄荆州张丞相》）。公元 737 年李林甫开始把持朝政，不久，王维被派到河西节度使幕中兼判官，劳军两年多后回到长安任殿中侍御史，不久又被派到南方主持"南选"考试。

总的来说，王维这一时期在动荡的宫廷权力之争中基本上处于随波逐流的状态，从早年的开朗活跃到后来的抑郁消沉，他过上了半官半隐的生活，有人称之为"朝隐"。

隐文化在传统中国文化里向来根深蒂固。传说在远古时代，有个叫许由的人，品格清奇，他听说尧想让位于他，就赶紧跑到河边去清洗耳朵。没料到在河边遇到了一个比他品格更清高的人，叫巢父。当时巢父正准备牵牛去河边饮水，看见许由在洗耳朵，就问他为什么要这样，许由说明了原委，巢父恼怒地说道：你把河水都洗脏了，我的牛怎么饮水呢?! 于是就把牛也牵走了。这种决绝的、不干世事的人生态度，后来经由老庄思想的一再推动，进一步发展成为古代文人理想生命人格的体征。"来去捐时俗，超然辞世伪。得意在丘中，安事愚与智。"（张载《招隐诗》）显与隐，出与入，济世与修身，显达与守穷，从来就不曾疏离过这一特殊群体的成长路径，甚至在同一位儒生士子身上，我们都能同时看到这两股相互矛盾的力量在相互拉扯，搏击，此消彼长。魏晋时代的竹林七贤自不必说，单看谢灵运和陶渊明二人的命运，就足以窥见这种力量是怎样附依在他们身上的了。谢灵运出生于豪门世家，有充足的资金满足其游山玩水的愿望，素来性情任纵，为官时常常在朝堂放言高论，批评朝政，结果被贬为永嘉太守，愤懑之下开始学佛，试图通过游乐的方式排遣满腔郁闷之气，却仍然没有得到他想要的宁静，最后被流放至广州，随后被污为谋逆罪而杀头，死时年不足五旬；陶渊明呢，在官场宦海几进几出，最后面对家族亲情和世人的腹诽等各种压力，义无反顾地选择了归隐，过上了与世隔绝的生活。同为诗人，同为归隐者，他们留下来的作品却显露了不同的心迹。如果说谢灵运的隐逸生活并没有为他换来内心的宁静，那么，陶渊明则真正做到了与田园山水共融共通，无论是"采菊东篱下，悠然见南山"，还是"此中有真意，欲辨已忘言"，我们都能从中感受到某种难以言喻的祥和之气。相比之下，谢诗只能让我们随同他的足迹领略人世间各种美景风情，感叹一番人生之艰、山水之美，却难以让人获得生命的归宿之感。王维早年的确是非常推崇陶渊明的铮铮傲骨的，也写过"宁栖野树林，宁饮涧水流"（《献始兴公》）的诗句，但他后来的态度发生了转变，认为陶渊明虽然高洁，终受"乞食之惭"："倾倒强行行，酣歌归五柳。生事不曾问，肯愧家中妇。"（《偶然作》之四）他觉得陶渊明可以这样愧对家人，固穷守真，但自己却不能也没有必要去效法："一惭之不忍，而终身惭乎？"这种志趣上的变化，既与王维礼佛之后看待事物的眼光和思维方式有关，更与他本人优柔寡断的性格本身有关。已经有无数史家学者指出，王维其实是一个内心懦弱的人，也是一个善于保全自身的人，虽然不至于圆滑世故，但他的性情远不似陶渊明那么果敢决绝。对于陶渊明来说，田园是他的安身立命之地，也是他精神意念中的净土；而对于王维来讲，田园只是他修身养性之所在。在我个人的感觉里，王维之所以能多年沉浮宦海，而不致溺毙，除了性格的原因，也有既得利益者的考量，甚至说他是一个古典的精致利己主义者也不为过。所以，王维的隐，从来都没有真正彻底过，哪怕是在后来的乱世阶段，在被安禄山俘获后，他宁愿吃药"佯喑"，装聋作哑，也要接受安禄山授予他的给事中的官职。

尽管如此，作为开元天宝年间最负盛名的宫廷诗人，王维的诗歌成就依然获得了广泛赞誉。他的朋友苑咸称他为"当代诗匠"，唐代宗李豫盛赞他为"天下文宗"。在天才辈出的唐代，只有王维能够与李、杜并肩，各行其道，最终发展出了唐诗的又一极。

中国文学史上，很少有人像王维那样具有如此全面的艺术才华，因为精通音律，所以他的诗歌中有很强的韵律感，极易歌咏，也便于传播；因为擅长绘画，所以他"诗中有画，画中有诗"，王维几乎所有的诗篇，哪怕是极其严苛的短制，都给人以强烈的视觉冲击。尤其让人惊佩的是，越是短制绝句，他发挥得越是从容、高妙，后世称他为"绝句大师"，广受追捧。

从某种程度上来讲，王维和李白一样，都是为盛世大唐而生的诗人，一个在朝，一个在野，一个端肃，一个放浪，他们迥异的形象存在不仅满足了时代气象，也满足了后人对盛唐的无限想象。但与李白塑造出来的醒目的诗人形象不同，王维为我们贡献出来的是诗歌文本的内在潜能，即，如何在这样一种有限度的诗歌形制中，让汉语语言产生出强大的情感张力。

在王维传世的作品中，五律占据了绝大多数篇幅，七律并不多，但后人都认为，王维的七律其实最能体现和代表盛唐的七律特征："漠漠水田飞白鹭，阴阴夏木啭黄鹂。"（《积雨辋川庄作》）叠字的用法在汉魏乐府诗中很常见，但在之前的七律中并不常见，王维却能很好地把握汉语的声形之美，使诗意的传递毫无阻遏之感。王维炉火纯青的语言锻造能力、敏锐的视觉听觉感受能力，以及长时间沉浸在语言内部，耐心把玩的专业态度，让汉语之美浓缩在精妙的短制中，又得到了舒缓地释放。在王维那里，诗歌被严格控制在技巧范围之内，但这技巧又高妙得完全不着痕迹，极于工，却免于刻意，既拙朴又精致，如同他矛盾的性格一样，他的诗也是某种矛盾的产物，但却有效地避开了诗意与诗艺之间相互抵消的命运。王维曾经写过一首典型的"应制诗"《奉和圣制从蓬莱向兴庆阁道中留春雨中春望之作应制》，在这首奉旨唱和的诗里，诗人表现出了极高的艺术才华，既彰显了皇家富贵气象，又避免了阿谀的唱腔："云里帝城双凤阙，雨中春树万人家。为乘阳气行时令，不是宸游重物华。"非大才难以为之。一般来讲,"应制诗"是对写作者才华的某种考验,相当于戴着镣铐跳舞,倘若没有过人的才华,很可能会流于平庸,但王维就在这首诗里显示出了非凡的语言功力。

每当我在心烦意躁、意乱情迷的时候,只要打开王维的诗,随便翻读几句,内心就会变得安宁纯粹,仿佛人间真有空谷足音,至少曾经有过这样的胜景可慰人生:

明月松间照,清泉石上流。(《山居秋暝》)

大漠孤烟直,长河落日圆。(《使至塞上》)

人闲桂花落,夜静春山空。(《鸟鸣涧》)

江流天地外,山色有无中。(《汉江临眺》)

归燕识故巢,归人看新历。(《春中田园作》)

松风吹解带,山月照弹琴。(《酬张少府》)

空山不见人,但闻人语响。(《鹿柴》)

行到水穷处,坐看云起时。(《终南别业》)

这些深深嵌入了中国人脑海里的诗句,不间断地传递着东方文化的内在神韵,在封闭寂寥的人世间为我们勾勒出了宁静广袤的精神蓝图,而这番图景并非空穴来风,它就根植于我们民族的肌体内部。在王维的这些诗句中,高度凝练的诗情画意始终以丰饶具足的物象气态弥漫氤氲着,静中有动,动中含静，均匀，平稳，呈现出开阔又幽谧的东方美学特征。

公元 740 年，时任殿中侍御史的王维在南选途中路过南阳，曾与慧能的弟子神会谈论佛法多日。神会告诉他："众生本自心静，若更欲起心有修，即是妄心，不可得解脱。"唯有回归本心才能达成内心的安宁。我相信，神会的观念后来对王维的精神价值取向影响很大。既然问心无愧，何故再起修心？佛教的"空"理在他后来的文本中特别突出，譬如，为他赢得经久不息的声名的《辋川集》第一首，《孟城坳》："新家孟城口，古木余衰柳。来者复为谁，空悲昔人有。"这里的"空"并非绝对的虚无，而是与"有"相呼应的一种存在，所谓真空假有罢了。王维字摩诘，同时他也很喜欢读《维摩诘经》，曾在作品里多次引用，尤其向往"不厌世间苦，不欣涅槃乐"的境界。在天宝三年之前，王维主要隐居在终南山别业，之后在蓝田辋川，他买下了前辈诗人宋之问曾经居住的别业，与好友裴迪一同隐居于此，两人"携手赋诗，步仄径，临清流"，寄情于山水清音，过上了佛徒居士的节俭生活。

在世人的眼里，王维的形象一直是感怀诗人和山水诗人，他尤其擅长用隐忍内敛的笔法来处理个人的情感生活，那些常用于中国水墨水彩画中的白描、点缀手法也被大量地移植到了他的诗歌写作中，诗作清淡，简朴，同时又高邈辽阔，如同深流静水、洗净铅华一般，他追求诗歌的意境与意蕴，乘运任化，"应无所住而生其心"。禅宗的"不立文字""自性自悟"理念在王维诗歌里时有闪现。我们在读他的诗时，尤其能感受到那轻描淡写、风轻云淡的疏朗气息，即便是用情很深的诗篇，譬如《送元二使安西》："渭城朝雨浥轻尘，客舍青青柳色新。劝君更尽一杯酒，西出阳关无故人。"在这样浓情的诗中，王维的语速也是轻缓的，深切的眷念化为风中的长喟短吁，伤别离与空悲切，在可控的情感区域内自由流淌，婉转而缠绵，断然不会有千里之溃之忧。白居易正是因为不能忍受隐含在这首诗中的离情别苦，写下了"相逢且莫推辞醉，听唱《阳关》第四声"的诗句。

宇文所安在论及王维的时候用了一个相当精妙的词：抑制。在他看来，"王维的多数诗篇中存在着一种抑制法则：思乡的普遍情感、贬逐悲伤的文学史背景，及诗体的模式联系，这些都向读者表明，在诗篇的平静表面之下隐含着某种更深刻的意义或更强烈的情感"。王维的这种抑制手法固然与他个人的生活经历、性格有关，也与他后来深受禅宗教义的影响有关。"空"与"静"构成了王维诗歌的基本特色，而传递这种特色的介质是"妙悟"，如南宋严羽在《沧浪诗话》中所言："大抵禅道惟在妙悟，诗道亦在妙悟。"叶嘉莹先生在讲到王维的时候曾经用过两个成语：羚羊挂角，和羝羊触藩。所谓"羚羊挂角"是指，你在读了王维的诗后，心里会有一种感觉、一种体会，而这样的体悟并不是外表文字所显示的内容，而是你内心里对文字外的世相的一种觉悟，也就是说，王维的诗追求的是一种诗外的效力，诗意缘起于诗句的终止之时，他让读者感受到的不只是语言之美，还是沉默之后无边无际的寂静空廓之美；而"羝羊触藩"则是指王维进退两难的人生处境：一旦你身陷荣华富贵，再想脱身归隐就不是那么容易的事了，在囹圄中也许唯有顺应才能更好地保全自我。所以，我们看到，王维在诗写中总是会尽量克制住情绪，他深知情感一张扬就会现出破绽，而王维又是一个追求完美的诗人，当某种情感的苗头即将溢出纸面时，诗人一定会及时果断地掐灭它，他从不干力透纸背的事情，这或许也是王维的诗歌总给人感觉欲说还休的原因所在。与我们在前文中提到的谢、陶二位山水诗大师相比，王维笔下的山水自然是有生命、有情谊的山水自然，而不是标本化的景物或景致，那些河流、村舍、明月、清泉、渔舟、浣女、炊烟、白鹭……都是非常自在自足的生命本体，有着自己的节律和运势，诗人的工作不过是通过观看和体悟，用一种命名的方式让它们走出蒙晦之境，赋予它们存在的尊严与光亮。应该说，从诗艺上来讲，从魏晋南朝时代延续到唐代的山水田园诗一脉，到了王维手里才达到了最高成就。

公元 755 年，安史之乱爆发，玄宗仓皇逃往蜀中。年近半百的王维来不及随之出逃，等安禄山攻陷长安后就被俘了。安禄山逼他就地为官，王维又一次表现出了其消极和妥协的性格特点，他在半推半就中接受了给事中的官职。史料里记载过这样一件事：为庆祝胜利，安禄山召集了许多乐师为其演奏，有一个叫雷海青的琵琶师不肯演奏，把琵琶摔在了地上，被当场杀死。当时王维还被囚禁在菩提寺中，没有参加此次聚会。他后来听闻此事写了一首题目很长的诗——《菩提寺禁裴迪来相看说逆贼等凝碧池上作音乐供奉人等举声便一时泪下私成口号诵示裴迪》："万户伤心生野烟，百官何日再朝天。秋槐叶落空宫里，凝碧池头奏管弦。"这是王维在乱世之中写过的唯一一首从侧面呈现时局的诗，他万万没想到，正是这首即兴之诗后来竟然救了他一命。据说，这首诗经前来探监的好友裴迪口诵，流传到了很远的地方，直到远在巴蜀的玄宗那里，皇上听后深受感动。长安光复后，按照律法，所有在沦陷区担任过伪职的人都要被三等定罪，但是王维因作了上述之诗，加上他弟弟王缙收复失地有功，替哥哥求情，于是就被赦免了。不仅如此，朝廷还授予了他太子中允的官职。

但经此变乱，王维的心境越发低落消沉了，《旧唐书》本传里是这样记载的："在京师，日饭十数名僧，以玄谈为乐，斋中无所有，唯茶铛、药臼、经案、绳床而已。退朝之后，焚香独坐，以禅诵为事。"王维的余生晚景大致就是这样在佛光香火中度过的，这也应验了他对自我人生的总体设计，有波折起伏，但绝无巨浪沉渊。

与同时代的诗人比较起来，王维的生命状态仿佛有刻度在计量着，他自己也写过很多关于时光流逝与心境流变的诗，从"中岁颇好道，晚家南山陲。兴来每独往，胜事空自知"（《终南别业》）到"晚年惟好静，万事不关心。自顾无长策，空知返旧林"（《酬张少府》）。从这种意义上来看，他是一位真正将生活与生命，乃至命运达成了和解的诗人，圆润，通透，尽管有时候不免让人生疑：他是否过于圆润和通透了呢？有人甚至认为，王维的艺术感受能力确实是无与伦比的，但他的诗歌里面终究缺少一种真挚挠心的感情力量。从感觉到感受，再到感情，一个写作者在自我锻造的过程中会不断有意外加入进来，从这种意义上来看待生命的结果，每一种结果都是意外。命运在造化，茫茫世间，真正能有几人摆脱这种蛮力呢？

唐肃宗上元二年（761 年），王维去世，官终至尚书右丞，世称"王右丞"。

天马之行

　　但凡有任何别的出路和可能性，谁愿意做一个当代诗人呢？如果说，在古代中国成为一位诗人是教育和造化的结果，是出于功利的考量，或者说是立命安生所需，那么，在当代做一位诗人则是一种自我选择，而且是，"非如此不可"的选择，这一选择只指向纯个人的精神世界，固然美丽旖旎，却充满了风险。而最大的风险莫过于，你以为自己听见了缪斯之神的召唤之声，但实际上那只是一种幻听，充斥着各种各样的不确定性。当无用之诗在实用世界里日趋边缘的时候，生活的残酷性和生命的真相才逐渐显现出来，锤击和塑造出我们的精神形象。具体到我个人的精神成长路径来讲，这么多年来，我居然会一直执迷和沉醉于"诗歌"——这种我其实并不知道其为何物的东西，想必与某个人的召唤有关，这个人不是别人，正是世人都耳熟能详的：李白。

在许多时候，"李白"不是一个具体的个人，他是一个特别的符号，一种声音，一类指向，一条道。而事实上，随着年事渐长，我已经越来越清醒地意识到，我个人的气质与李白不仅有龃龉和冲突，而且大相径庭。我是在阅读了李白的诸多诗篇，以及后世若干代人关于他的注解、评传之后，才逐渐发现并沮丧地承认这一事实的。也就是说，一开始的时候我以为自己是李白（当然是，而且只能是），或者，可以成为李白那样的人（除了他，还能成为谁呢），后来才觉悟出，我根本就不是他，或者说，我根本就成为不了他，当然也不想成为他。每一个现代中国人在面对李白的时候，或多或少都有过类似于我这样的认知偏差，传播学和接受学在悄然塑造着我们，营造出某种莫名的幻境，让我们深陷其中，难以自拔。

"李白是谁？"现在看来，这其实是一个巨大的隐喻，一个难以回避的美学命题，它早晚会迫使我们这些正行进在诗学途中的晚生者给出自己的答案。

按照唐人殷璠《河岳英灵集》的编辑体制，开元十五年（727 年）左右可以被视为唐诗风格真正成熟的标志之年。在以这一年为中心的前后十多年间，一大批最具代表性的盛唐诗人粉墨登场，如王维、储光羲、綦毋潜、崔颢、王昌龄等均已进士及第，开始在长安诗坛渐露峥嵘；还有高才落榜者如孟浩然、高适、王之涣等人，也时常蹿行在京、洛两地之间，初度在文坛亮相。相对松散的才士型文人群体，逐渐取代了唐代初期的侍从型宫廷诗词臣群，文学的功用也开始摆脱以前完全为生计、职场服务的实用性目的，部分呈现为社交场合上的才华展示，以及个人性情心志的张扬。总之，一时之间，长安城内真气鼓荡，超迈之情满盈于世，以至于唐玄宗无比自豪地以"英特越逸"一词来盛赞开元文人的磅礴气象。政治清明、经济繁荣与文学的百舸竞流，虽非一直是三位一体，但总会有相向而行的时候，它们在此间角力，而后合力，共同昭示出大唐王朝强盛的国力。也许正是受到了这种世风的激励，新婚不久、原本"酒隐安陆"的李白，决意昂然西向北上，开启了他"力抵卿相"、建功立业的人生之途。

公元 730 年，繁华的长安城内又来了一位浑身充满英特越逸之气的青年，他此行的目标是干求玉真公主。熟悉这一段历史的人都知道，这位身份特殊（玄宗之妹）、早年入道（王屋山仙人台下的灵都观）的唐朝长公主，在京城文人圈里扮演着极其重要且微妙的角色。怀揣着一首真气充沛、文采斐然的《玉真仙人歌》："玉真之仙人，时往太华峰。清晨鸣天鼓，飙欻腾双龙。弄电不辍手，行云本无踪。几时入少室，王母应相逢"，青年李白兴冲冲地来到了京都，他试图通过当时执掌文坛的宰相张说次子、时任卫尉卿的张垍求见公主，结果事与愿违，并没有马上获得他早年的精神偶像、前辈文人司马相如当年的那种礼遇和风光。李白被人安置在了终南山上的玉真别馆，蹉跎数日，终无缘见上公主一面。在留下了"弹剑谢公子，无鱼良可哀"（《玉真公主别馆苦雨赠卫尉张卿二首》）的诗句后，他怏怏不快地离开了长安城。这一年，李白年届三十岁。在此之前，他已经有过了广泛的游历，也积累了足够的名声，为这一生即将到来的腾达高举做好了准备，起码，他自以为如此："天为容，道为貌，不屈己，不干人：巢由以来，一人而已。"（《代寿山答孟少府移文书》）

自负天才，胸怀天下，只需展翅一试，即可飞黄腾达，这在年轻的李白看来不过是早晚之间的事情，命运有什么大不了的。可是在那个时代，几乎所有才俊之士要想谋取仕途，只有两条路径可走：要么高唱升平曲，行科举之途，十年寒窗，金榜题名，入仕晋身，但这条路对于他这样的人来说显然过于漫长了，只合那些安分守己者所用；要么另辟蹊径，从军投戎，建功立业，像高适、岑参一样，虽说李白曾自诩"十步杀一人，千里不留行"（《侠客行》），但若是真让他为搏名而搏命，直奔沙场而去，却是另外一回事情。因此，李白是断然不会选择上述两条路径的，他可是已经写出了"飞流直下三千尺，疑是银河落九天"（《望庐山瀑布》）的天才，更是写出了惊世之作《乌栖曲》的诗人，据说，连当时的文坛巨擘贺知章，在读罢此诗后都不由得惊叹："此诗可以泣鬼神矣。"然而，人生终究由不得自己的谋算，所有的人算最终都要经由天算才有望达成，更何况他是一匹双翅生风行于冥天之上的"天马"呢？

"眸子炯然，哆如饿虎，或时束带，风流酝藉。"这是魏灏在《李翰林集序》里对他赴江东初次见李白时的情景描述，在魏灏无限崇拜的眼里，李白绝非凡尘之人，飘然若天客一般。事实上，我们现在关于李白的各种想象，包括他的身世之谜、他的情态、他的家常、他的许多不合常理的行径，等等，很多都与魏灏的记述有关。而作为那个时代李白最忠实的拥趸，魏灏这些貌似贴身的记录也是疑云纷呈。因为这些记述，尤其是关于李白的身世和早年生活的记述，多半都是诗人在自说自话，充满了李白个人想象的成分，比如，他一会儿说自己是陇西李氏，汉代飞将军李广的后裔，与大唐皇室同宗；一会儿又说自己是东晋凉武昭王李暠的九世孙。尽管诗人的攀附之心昭然若揭，但世人大多不会计较，都会对此报以会心一笑，因为李白的个人才华足以抵消他的胡言乱语。宇文所安就曾一针见血地指出："传奇的李白有着丰富的资料，盖过了凡人李白贫乏的资料，而李白自己的叙述也是对前者的贡献远超过后者。但是在文学研究者看来，传奇远比真人重要，于是李白的多数作品都被用来帮助和美化传奇的形象。"历代李白研究者在李白身世上下足了工夫，他们驻足于此，做了大量的考证，却得出了南辕北辙的结论，不仅没有澄清这一段历史，反而越掘越浑浊,而大河奔腾,水花四溅,这番景象倒进一步丰富了李白的个人魅力。"五岁诵六甲,十岁观百家"(《上安州裴长史书》),"十五观奇书,作赋凌相如"(《赠张相镐二首》)。无论类似的疑云怎样在我们的想象中穿插,盘旋,有一点是可以肯定的,即,李白的确身世不凡,受教亦不凡,更重要的是才华不凡,因此,他早年的成长经历注定要为他后来埋下不同凡响的传奇人生。

文学史上总是有两类写作者在并辔而行:追踪溯源的,和毁尸灭迹的。前者是为了找到自己的出处,后者是为了神话自己的归宿。然而,李白似乎把这两类都占了。一方面他的出生、血统,甚至长相,都具有足够传奇的色彩,而他本人极度夸张、极度张扬的性格,又善于利用世人的好奇心,将这些传奇推向了虚无缥缈之境;另一方面,他在作品中执拗地强化着清晰的个人情貌:他既是狂饮的酒徒、佩剑的诗人、狎妓者、笑傲权贵礼法的人、自然率性的天才,又是身怀大鹏之志却频遭"谤议"的沦落之人。他显然是想通过清晰的文学风格对浑浊的个人身世加以澄清,但勇猛的力道反而加剧了河水的浑浊。而如此,就给后人带来了这样一种错愕:这个人明明栩栩如生,怎么倏忽一见,就转瞬即逝了呢?好似晴天流云,夜空流星一般。李白的独特性正在于此:他既是人们眼中的大诗人,又具足了人们心目中想象里的大诗人形象——这形象既清晰无比,直干云霄,又因其缥缈高远,令人望尘莫及。

公元 730 年秋末，李白在梦断长安之后为了遣怀去闷，游历至长安城西的太乙山，写了一首颇值得玩味的五言诗：《登太白峰》，诗中有"太白与我语，为我开天关。愿乘泠风去，直出浮云间"之句。在我看来，这首意味深长的诗不仅仅只是诗人奇思妙想的产物，更是他对自我的来历和去向的某种确认，至少是某种暗示。相传，其母梦见长庚星（即太白星）入怀而生李白，是以"太白"为其字号。而在这首诗中，山、星、人达到了高度吻合的状态，形成了三位一体的自然格局。此时的李白正求仕无门，在走投无路之际依稀看见了天门已然向他打开，他也由此确定了今生要行于碧空浮云间的坚定意志。"谪仙人"之说，据传源自贺知章初见李白，在读了他的《蜀道难》之后，如此称呼他的，这在《本事诗》等很多文献里都有记载。李白虽自幼生长在巴山蜀水之间，醉心于游历，却并不曾切身体察过蜀道之险，但诗人在这首气势磅礴的诗篇里所营造出来的意境，达到了一种高空俯视的视觉效果，仿佛诗人是在天上俯瞰大地。传说与现实、自然风貌与个人心境奇妙地交织在一起，处处荡漾着神迹与仙气。从文本上来看，这首诗五言、七言、杂句、骚体并置而错落有致，节奏爽朗，铿锵有力，突破了各种文体的束缚，真正达至自由大化之境。这种廓大磅礴的气象日后在他的《行路难》《梁甫吟》《扶风豪士歌》等诗篇中得以进一步彰显，无拘无束，纵横捭阖，蛮霸的想象力与昂然的生命意志浑然一体。

所以，历代李白的研究者们都喜欢用"天马行空"一词来比喻诗人的行文风格，读者也许会眼花缭乱，但这匹天马却步态从容，步伐不乱。如果深究何以如此，可能还是根源于诗人早年的文学教养，和他不羁的放荡天性。对于像李白这样的诗人来说，能够约束他的唯有他个人的意志，即便这意志迫使他在遭遇挫折后有过短暂的收敛，但很快他又会以看穿世相的心态我行我素："君不见高堂明镜悲白发，朝如青丝暮成雪"（《将进酒》）；"君不见晋朝羊公一片石，龟头剥落生莓苔"（《襄阳歌》）……人生的虚妄感，与生而为人的局限性，得意与失意，万古愁与及时乐，各种极端的情绪在李白身上极其显豁、自然地呈现出来，我们因此看到的李白正是一副不断在挣扎，不停在空中蹬踏的天马形象，嘚嘚的蹄声正是那错落有致、排山倒海的诗句。

"我本楚狂人，凤歌笑孔丘。"（《庐山谣寄卢侍御虚舟》）李白素来以"大鹏"自诩，早在出川经停江陵时，在遇见道师司马承祯后，就写过一首《大鹏遇稀有鸟赋》，中有"一鼓一舞，烟朦沙昏。五岳为之震荡，百川为之崩奔"的自况之语，其扶摇云天之态异常从容，绝非他人能及。而事实上，貌似不羁的李白其实也并非那么离经叛道，在作于公元 762 年的绝笔诗《临路歌》中，他又一次以"大鹏"自诩，在哀叹完自己坎坷的时运不济的一生后，他写道："后人得之传此，仲尼亡兮谁为出涕？"他认为，当今之世，其实只有他才是夫子的真正的哭丧人，也只有他才真正理解孔子的内心世界。李白定居东鲁后曾写过一首《嘲鲁儒》的诗，这首诗被很多人认定他是一个反对礼法之制的人，但细读后你会发现，他反对的只是那些墨守成规、死读经书的儒士，"君非叔孙通，与我本殊伦"，李白想要的只是"时变"的礼制，即，一种合乎时代气象的礼制。如前文所述，李白是那个时代所有文人的集体化身，身上杂糅着各种相互矛盾的因子，亦庄亦孔，亦道亦儒，游弋在庄孔之间，只不过，在他身上庄子的成分体现得更为突出一些，但只要有一点机会，他就不会放弃兑现"大鹏"之志的宏远，不会轻易放弃"达则兼济，穷则独善"的儒家信念，哪怕"事了拂衣去，深藏身与名"（《侠客行》）。

就在李白"诗战"鲁儒两年后的公元 742 年，玄宗皇帝改元"天宝"。这一年秋天，李白终于迎来了他人生的高光时刻。"仰天大笑出门去，我辈岂是蓬蒿人"（《南陵别儿童入京》），其狂喜之情溢于纸端。而这一次李白的闻达，应该与他常年习道修仙有关，当然也归功于玉真公主的推荐。

李白是一个道缘很深的人，早年习道，诗里行间满是紫霞云霭之气，佩剑走江湖是可能的，但像他自言"脱身白刃里，杀人红尘中"（《赠从兄襄阳少府皓》）却断不可能，他至多也就是以诗为剑，"杀人"于无形之中罢了，就像他力战鲁儒、逞口舌之利那样。李白一生中结交过至少两位对他人生前程产生过重大影响的道士：司马承祯和元丹丘，而这两人都与玉真公主交好。倘若说上一次入京干求未遂，令他心灰意冷，生发出"醉月频中圣，迷花不事君"（《赠孟浩然》）的感慨，那么，这一次奉诏入京，则让李白"高歌取醉欲自慰，起舞落日争光辉"（《南陵别儿童入京》），积年的悲喜至此倾泻而出，如脱缰之马来到了心仪的辽阔草原。

后来李白曾自述过这段遭际："天宝初，五府交辟，不求闻达；亦由子真谷口，名动京师：上皇闻而悦之，召入禁掖。"李阳冰在《草堂集序》中描述了玄宗皇帝接见李白的场景："降辇步迎，如见绮皓""以七宝床赐食，御手调羹以饭之。"还说："卿是布衣，名为朕知，非素蓄道义，何以至此？"可见规格之高。现如今，我们听到看到的所有关于李白的离异传奇，几乎都集中在了他这不到三年的翰林待诏生涯里，什么"李白一斗诗百篇""天子呼来不上船"啦，什么醉草"吓蛮书""令杨国忠研墨，高力士脱靴"啦，等等。由于李白身上寄寓了我们对诗人形象太过丰富的想象，所以，当放浪形骸的诗人与肃穆庄严的庙堂连接在一起时，人们总能从中找到戏剧性的时代张力。

在写了一些诸如"云想衣裳花想容""可怜飞燕倚新妆"（《清平调》）之类的升平曲之后，我们的诗人终于渐渐意识到昔日自己朝思暮想的腾达，不过是一场绮丽繁华的大梦罢了，他自己在朝堂里扮演的角色，其实也没有他期待和想象中的那么有分量，这种近乎帮闲的身份，离他心目中的济世济民的理想实在是相去甚远，而诗歌不过是君上高兴时的玩物，诗人不过是宫廷政治的玩偶。"学剑翻自哂，为文竟何成？剑非万人敌，文窃四海声。儿戏不足道，五噫出西京。临当欲去时，慷慨泪沾缨。"（《经乱离后天恩流夜郎忆旧游书怀赠江夏韦太守良宰》）在一场场沉醉之后，唯有这一次，李白终于不再醉眼蒙眬了，他清清楚楚地看见了自己为之努力的事业，在人家的眼中竟同"儿戏"一般。公元 744 年，李白送别了告老还乡的贺知章之后，敏感地意识到朝堂氛围的变化，在一片谤声中他决定主动上疏请辞，抽身而退，玄宗也正好顺水推舟，诏许"赐金放回"。这样的结果反倒保全了诗人的体面，当然这也是盛世大唐的体面。

在李白离世后的一千多年间，不断有史家学者在不停地爬梳着吉光片羽般的史料，寻找这匹天马在人世间的活动轨迹。有一位名叫松浦久友的日本学者就发现，李白身上有一种对白色的、闪光的、亮色调元素的始终如一的憧憬。这种憧憬和迷恋伴随着一种辽远恢宏的气势，在不同时期呈现出色彩上的变幻。从早年的纯白，到中期明亮与荫翳交替，到晚年的明晦对照甚至对冲，白云千载与浮云万里相互叠加，这番景象唯有置身于盛大开阔的云端天际，才能一睹真容。所以，几乎没有人怀疑过李白是天才，甚至是"来自天上的人"，人们毫无疑虑、心甘情愿地把"诗仙"的美名冠在他的头顶，以寄托世人尘埃般卑微的情怀。被放大的李白也天然地吸附了世人所有的目光，这目光里满含钦羡，完全忽略了诗人曾经遭遇过的种种狼狈和不堪。譬如说，在我们牙牙学语的阶段，一首《静夜思》几乎就成了唐诗的代名词；又譬如，只要端起酒杯，李白就会不请自来，化身为我们身边的"邀月人"。究竟是什么原因造成了这样一种似是而非的现实，我们还得回到李白的文本特色上来。

李白是一位特别擅长吸收他人之长，并拿为我用的诗人，自出蜀后，一路游历，在荆楚、吴越之地学习当地的民歌曲调，化雅为俗，雅俗并举，这使得他的部分诗作完全不似唐代文人盛行的典雅与规矩，民歌中极度夸张、率性、直白、极其坦荡的抒情性，在他的很多诗句里得到了进一步彰显。不拘常理常情，却又在变幻无端中猛然劈开人世间的幽情、迷情，直达深情。可以说，李白是盛唐诗人群中最具口语写作气象的诗人，他的绝大部分诗篇都使用了口语化的表达策略，尽管他也擅长用典，但尽可能化典为言："十月三千里，郎行几岁归"（《巴女词》）；"仍怜故乡水，万里送行舟"（《渡荆门送别》）；"请君试问东流水，别意与之谁短长"（《金陵酒肆留别》）；"笑入荷花去，佯羞不出来"（《越女词》）；"一叫一回肠一断，三春三月忆三巴"（《宣城见杜鹃花》）；"抽刀断水水更流，举杯浇愁愁更愁"（《宣州谢朓楼饯别校书叔云》）……这些信手拈来、信笔写下的诗句，在李白流传下来的1100多首诗中占去了大量篇幅，后世的读者在争相诵咏的同时，也大量仿制，以至于很多人考据出，李白"留下来"的许多诗篇"存伪"的可能性非常之大。清代大诗人龚自珍甚至就断言，其中只有122首是真品。这也从另外一个侧面佐证出李白之诗巨大的影响力和生命力。

"总为浮云能蔽日，长安不见使人愁。"（《登金陵凤凰台》）李白的晚年基本上是在四海漫游中度过的，盛名之下，酒薄愁深。这一时期，他的许多诗作都呈现出极度失望与极度亢奋相互交织的情绪，既有"拔剑四顾心茫然"的仓皇感，又有"长风破浪会有时"的希冀，更有"安能摧眉折腰事权贵，使我不得开心颜"的傲骨，和"达亦不足贵，穷亦不足悲"的自省。失望却不失态，这是李白向世人展示出来的最后形象。他的游历诗超越了他早期心仪的"二谢"（谢灵运、谢朓），也改变了中国山水行旅诗的走向，将游历发展成了游仙，大大提升了这类诗篇的精神气度和内在格局。西出巴蜀，东至泰岳，北至幽州，向南差点就被流放至夜郎，白云苍狗之间，诗人足迹行色遍及大半个中国，雄关漫道，马不停蹄，他或许是中国古代诗人中行程最为密集又最为遥迢的诗人之一。所谓"国家不幸诗家幸"，在李白身上也得到了具体显现。

随着安史之乱的到来，诗人的内心世界也同样经受了由天上到人间的变乱过程。从大约公元 755 年开始，李白的生活就进入了深陷泥淖的困顿期，战火在身后催逼着他一路南奔，从河南到淮南，到吴越，隐入庐山屏风叠。时局每况愈下，但他仍心怀报国志念。后人经常将李白入永王李璘幕下这段历史当作他人生的败笔，但在我的感觉里，这应是诗人一生从未弃绝过的"大鹏"信念的又一次实践，而与此相印证的是他此间创作的《永王东巡歌》（11 首），充满了扬鞭策马、气干云霄的宏图意志，倘若撇开这些诗篇的政治意图，我们仍能感受到诗人意气风发、激昂高蹈的生命力量，而且这些诗章将唐诗的七绝进一步推向了极致，真正达到了"青青翠竹，俱是法身。漠漠黄花，无非般若"的佛学境界。天真，不谙世事，报国心切，却错失良机，然而我们也应该看到，这些看似令人费解的作为，始终延续着李白不渝的精神志向，不然，我们就很难理解，他在濒临死亡之际还会写下那首标题很长的诗：《闻李太尉大举秦兵百万出征东南懦夫请缨冀申一割之用半道病还留别金陵崔侍御十九韵》，试图做第三次这样的尝试："天夺壮士心，长吁别吴京。"如若不是病体的原因，他一定会再度请缨，追随李光弼北上平乱了。清代赵翼《瓯北诗话》曰："青莲虽有志出世，而功名之念，至老不衰。"此言诚哉。

从玄宗皇帝的座上客到玄宗老儿的阶下囚，所幸新皇登基，大赦天下，不然李白将客死夜郎国无疑。遥想当年他送王昌龄诗句有云："我寄愁心与明月，随风直到夜郎西"，再对照李白随后在现实生活中的处境，我们不由得感叹：冥冥之中，万事天注定。

公元 762 年，李白死在了他族叔当涂令李阳冰的家里。关于他的死，与他的生一样，也照例充满了各种谣诼，溺死也？病死也？无论哪一种传说，都应视为后世之人对这匹精疲力竭、倒在人间的天马的深情回眸。

让我们重新回到前文开篇的那个疑问：但凡有任何别的出路和可能性，谁愿意做一个当代诗人呢？如果我们仅仅将李白视为唐代诗人，那就意味着剔除了他的当代性，但事实上，几乎没人不承认，李白不仅深深根植于我们的内心世界中，而且广泛地参与了当代人的精神世界和日常生活。如果我们乐于将李白视为我们当代的文学同道，那又意味着，我们将不得不置身在他万丈光芒的照射之下，而无限的阴影也将随之为我们撑开，将我们笼罩。李白的唯一性已经一再证明，他不需要追随者，没有任何模仿者摆脱过必死无疑的命运。我们阅读李白，从他的诗篇和跌宕的人生里找到生而为人的最大阈值：自由，和赤诚。如果我们真能找到这些，那么，但凡有一点可能性，谁又不愿意做一个当代诗人呢？

朝向奇骏

公元 737 年春，河西节度使副使崔希逸大败吐蕃。捷报传至长安，朝廷派王维以监察御史身份，前往凉州劳军，并在河西节度使幕府兼任判官。此时的王维正遭遇着宦海生涯里的至暗时刻，在去往塞上的途中，原本就因仕途不顺心情郁郁的诗人，走走停停，不断被眼前壮阔诡秘的美景所吸引，写下了后来名动寰宇的不朽诗句：

单车欲问边，属国过居延。

征蓬出汉塞，归雁入胡天。

大漠孤烟直，长河落日圆。

萧关逢候骑，都护在燕然。

（《使至塞上》）

这首诗最吸引世人眼球的，是第三联中的"直""圆"二字，它们不仅瞬间唤醒了我们人类作为自然之子的所有生活经验，而且带给我们超验的审美感受，提升了渺小个体在浩瀚天宇之间的存在价值，这价值不是别的，正是作为见证者的正见和福报。作为盛唐时期最负盛名的宫廷诗人，王维数量有限的边塞诗，不过是他整个诗歌生涯中的一次意外收获，然而，却由此奠定和确立了西域边关在世人心目中的基本形貌：浩渺壮美，却又野性而孤单。王维在河西任上只待了两年多时间，始终坚持用他惯常的简约诗笔、高度凝练的意象书写着边塞的风光，为读者留下了广阔而丰富的异域想象空间，而这一次的行旅经历，也为王维原本清逸疏淡的诗风注入了少许苍凉的因子，譬如，他后来写的"劝君更尽一杯酒，西出阳关无故人"，这种弥漫在字里行间的苍茫感，想必一定与这趟印象深刻的西域体验有关。

十多年后，报国无门的岑参应安西节度使高仙芝的征召，前往库车任职于安西幕府；而另一位诗人高适也追随陇右节度使哥舒翰赴河西担任幕僚。至此，边塞诗写作一时之间蔚为大观，成为盛唐诗歌家族中的现象级事件。

作为边塞诗人的杰出代表，岑参与高适一样自幼热衷于功名，都是极有抱负和进取之心的入世之人，但他们在早年都碌碌无为，虽有诗才，却终不得志，直到西出阳关之后，才彰显出各自的天赋与异才。从某种意义上来看，写作者的性情与时代的氛围一直存在着暗通款曲的勾连关系，只有当诗人的个人气质与时代的整体风尚达成了真正的同频共振以后，才能有望凸显出个人的重要性。说到底，是盛世大唐对中亚地区的扩张热望满足了诗人豪迈雄壮的诗歌想象，从而让浪漫主义以席卷的方式在这个历史的节点上登场。岑参和高适在文学史上常常被人并称为"高岑"，虽说他们的书写主题近似，甚或雷同，但两人的诗歌风格、语言特点并不一样，高诗情调悲壮豪迈，浑厚质朴，以思想性见长；而岑诗用语奇诡，陡峻俊逸，瑰丽峭拔，擅长在幽致中捕捉独崛的诗意，唐人称赏他是一位技巧主义大师。《河岳英灵集》的编者殷璠评岑嘉州诗云："参诗语奇体俊，意亦奇造。"但编于天宝年间的唐诗选本《国秀集》却并未收录岑诗，其后的唐代诗选本也未充分收录岑诗。这一事实足以说明，岑参虽是写作边塞诗数量最多、成就最突出者，但其光芒依然被同时代的王维、李白等大诗人所掩盖着，而边塞诗作为当时旁逸斜出的唐诗分支，其重要性仍需时光和岁月的淘洗。直到明代以后，岑参的地位和声誉才逐渐稳步上升，他诗歌中的丰富多彩的异国风情和奇异的诗歌美学，才吸引住了后世的目光。

大约在开元五年（717年），岑参出生于湖北江陵，其祖上是从河南南阳迁居到这里的。"国家六叶，吾门三相矣。"这是岑参在《感旧赋》中的自述，像许多家道中落的寒门士子一样，上溯若干年，他的家族也曾有过无限荣光。岑参的曾祖父、伯祖父和堂伯父都曾位极宰相之职，但他父亲岑植只做过地方刺史，且在岑参年幼时早逝。昔日的荣光映照着如今衰败潦倒的门庭，家门巨变令岑参不得不立志苦读，以重振岑氏祖业为平生志愿。对于岑参的早年生活，我们现在已经所知不多，能够佐证他这段时期生活经历的文献，大都来自他《感旧赋》的序言：“五岁读书，九岁属文”“志学集其荼蓼，弱冠干于王侯。荷仁兄之教导，方励己以增修。”由此可见，早年家贫的他是在其兄的指导下发愿苦读的。父亲去世后，岑参随家人移居到了洛阳嵩山一带，“隐于嵩阳”，以求功名。二十岁时，岑参“献书阙下”，试图通过献书天子的冒进方式赢得青睐，在朝廷谋得一官半职，但事实上，在唐代要想绕过科考，以文搏名，走上仕途并不容易。年轻的岑参抱着出名要趁早的志念，本意想凭借“尤工缀文”的本领走通此路，结果未能遂心如愿。在此后的十年间，岑参曾多次往返于京、洛之间，不断为出仕而奔波，却始终一无所获。在走投无路的情况下，他决定模仿前贤先到终南山隐居起来，再择机出仕。“夕与人群疏，转爱丘壑中。心澹水木会，兴幽鱼鸟通。”（《自潘陵尖还少室居止秋夕凭眺》）但岑参隐居的目的显然并不在于出世遁世，相反是为了以高才吸引世人更多的注目。仕途不顺的诗人学子澹泊蓄志，以期在宁静中积蓄能量，这在当时是一种流行的做法，走投无路的岑参也终究未能免俗。

天宝三年（744 年），二十七岁的岑参以第二名的身份进士及第，终于取得了晋身资格，只等吏部选考之后获取职位了，但他苦苦等来的只是右内率府兵曹参军一职，大致为正九品下。卑微的官职让心高气傲的岑参郁闷不已："三十始一命，宦情多欲阑。自怜无旧业，不敢耻微官。涧水吞樵路，山花醉药栏。只缘五斗米，辜负一渔竿。"（《初授官题高冠草堂》）从这首诗中我们不难看出诗人矛盾的心境，徘徊在"五斗米"与"一渔竿"之间，究竟该何去何从，岑参一时还难以做出恰当的抉择。

有时候我们不得不相信，文字是有魔力的，黑字一旦落在白纸上，就会氤氲出奇异的人世图景，这种图景也许只有在一个人的某个人生节点上才能被明察。在岑参今存的作品中，有一首最早写到塞外的诗，《胡笳歌送颜真卿使赴河陇》，这首诗可视为岑参对他日后命运的暗示，或者说，他可能是在无意间碰触到了命运的玄关。天宝七年，好友颜真卿出任河西陇右军试覆屯交兵使，岑参以此诗赠行："……凉秋八月萧关道，北风吹断天山草。昆仑山南月欲斜，胡人向月吹胡笳。胡笳怨兮将送君，秦山遥望陇山云。边城夜夜多愁梦，向月胡笳谁喜闻。"在读惯了岑参早期的那些机巧之作后，我们第一次发现了诗人的另外一面——沉雄冷峻的一面，一股豪迈之气从诗里行间喷薄而出，夹杂着青春的热血和对友人的惜别之情。如果说，岑参在出塞之前的诗还多少带有模仿的痕迹，始终无法摆脱王维、孟浩然、李白等人的阴影，那么，此诗则在无意之中显露出了他的个人独特气质和才华，至少有丰腴的潜质有待开掘。

每个写作者在真正找到自我之前，总是难免有一段对自我的怀疑和不信任阶段，他需要在不断的尝试中找到内心深处那个幽暗不明的自我，然后将他奋力地拽出来，只有当这个独特的自我开口说话的时候，写作者才算是真正找到了属于自己的声音。岑参尽管在早年写出过许多人称"语奇"的诗句，譬如："孤灯然客梦，寒杵捣乡愁"（《宿关西客舍寄东山严许二山人时天宝初七月初三日在内学见有高道举徵》）；"山风吹空林，飒飒如有人"（《暮秋山行》）等，这样的诗纵然机巧、空蒙，充满了语言质感，但是放在天才林立的盛唐，尚不足以让人侧目，因为它们只是写出了汉语之美，却没有写出诗人自己独特的价值和重要性。而只有当岑参写出了"胡姬酒垆日未午，丝绳玉缸酒如乳。灞头落花没马蹄，昨夜微雨花成泥"（《青门歌送东台张判官》）这样的诗句后，我们才能清晰地看见，一个与众不同的诗人形象终于出现了，他不仅与当时流行的诗人不一样，也与前期的自己迥乎不同。岑参非常擅长七言体歌行，他后来的那些边塞诗，大多是采用这种形式来进行创作的，这些诗音节流畅自然，转韵灵活娴熟，体现出了诗人自由自在的语言驾驭能力。也就是说，岑参本质上应该是一位空间感很强的诗人，他真正需要的是心灵腾挪的空间和现场。但是，由于他在前期的现实生活中一直处于局促逼仄的精神状态里，他的诗歌才华因此并没有得到真正自由的发挥，而这样的精神状态又反过来影响了他的现实生活。

天宝八年（749 年），一双神秘的命运之手终于朝岑参伸了过来。这一年诗人已经年过三十了。应安西节度使高仙芝的辟召，仕途艰蹇的岑参终于决定离开长安了，他将前往安西幕府任职。"丈夫三十未富贵，安能终日守笔砚。"如同诗人后来在《银山碛西馆》中所言，他必须抛弃以往的蹒跚情状，尽快有所作为，于是岑参便信心满满地踏上了陌途，一段崭新的人生之旅也随之开启了。

从长安西行，到安西幕府所在地库车，这是一段漫漫长途，全程长达六千华里，如此漫路对于一介书生来讲，可不是一件一蹴而就的事情，不仅道艰且阻，而且沿途还充满了各种未料的凶险。从诗人留存下来的诗篇中，我们大致可以推测出他此次的行进路线：先是取道河西走廊，出阳关，经蒲昌海（罗布泊），到达鄯善；再经由火山西行至吐鲁番一带，又由西州经铁门关，最终到达了安西。全程历时两个多月。可以想象，当诗人行走在渺无人烟、黄沙漫漫的旅途中时，他的心境是何等的愁绪迷漫，心情也悲凉到了极点："故园东望路漫漫，双袖龙钟泪不干。马上相逢无纸笔，凭君传语报平安。"（《逢入京使》）诗人一边西行，一边频频回首东顾，可是，我们也不要忘了，岑参作诗素以"奇警"闻名，这种文学上的趣味，自然也会在他的性格里面有所呼应和体现，也就是说，悲凉归悲凉，但岑参同时也是一个好奇心很强的诗人，因此，当他独自迈入空蒙之境的时候，一种对未知前途的好奇感也越发强烈起来："火山今始见，突兀蒲昌东。赤焰烧虏云，炎氛蒸塞空。不知阴阳炭，何独然此中？我来严冬时，山下多炎风。人马尽汗流，孰知造化工。"（《经火山》）有人考据过，这应是中国诗歌史上第一首诗人亲莅火山后写下的诗篇，全诗充满了各种惊叹莫名和不可思议的元素，无论是赤炎虏云，还是严冬朔风，都为诗人平生仅见，而在感叹和赞美过后，诗人指给我们看到的是大自然奇异的造化之功。与此同时，我们也能看到，诗人依然在用词上保持着他固有的"奇警"特征，"双双愁泪沾马毛，飒飒胡沙迸人面"（银山碛西馆》），一个"沾"字，一个"迸"字，就烘托出了行役大漠的诗人形象。就是在这种强烈的好奇心和深深的愁闷感的裹挟中，在这样双重情绪的支配下，岑参终于到达了安西幕府驻地。

"弥年但走马，终日随飘蓬。寂寞不得意，辛勤方在公。"（《安西馆中思长安》）岑参在幕府里的工作主要是在安西四镇之间来回穿行，传达公文，并无实职。这让一心想求取功名的诗人不免有些沮丧，思乡之情时时涌现出来："故山在何处，昨日梦清溪。"（《早发焉耆怀终南别业》）由此，多愁善感成了他日常生活中的常态，建功立业的愿望日渐被碌碌无为的现实磨损着，消耗着。就在诗人还未真正在异域伸展开诗性的翅膀时，事情发生了变化。公元 751 年，朝廷命高仙芝为河西节度使，西征大食，结果惨败，岑参落寞沮丧地自凉州返回长安。这就是岑参第一次出塞的经历。在这两年多的时间里，诗人颓然地意识到，作为一介文人，自己在塞外其实与在长安一样功名难求，不过是"白发悲明镜，青春换敝裘"（《武威春暮闻宇文判官西使还已到晋昌》）。但若是我们从人生阅历和诗歌经验方面来看，这次出塞对岑参后来的成长却是至关重要的。

"东望望长安，正值日初出。长安不可见，喜见长安日。长安何处在？只在马蹄下。明日归长安，为君急走马。"在这首《忆长安曲二章寄庞催》中，行将归京的急迫狂喜之情溢于纸面，以至于让这位素来巧言的诗人也有了喜不择言之时，而在这"不择"的背后却是岑参浑然不羁的天性释放。岑参一生写作了大量的唱和寄赠之诗，他是一个特别看重亲情和友情的诗人，将近三年的塞外军旅生涯，对于壮志难酬的岑参究竟意味着什么，目前尚未可知。据史料记载，回到长安的诗人在平复了思乡思亲之情后，再度陷入了碌碌无为、自怨自艾的状态之中："脱鞍暂入酒家垆，送君万里击西胡。功名只向马上取，真是英雄一丈夫。"（《送李副使赴碛西官军》）一缕缕壮志未酬又钦羡他人的情绪溢于笔端。

此间只有一件事情值得一提：天宝十一年（752 年），岑参曾与高适、薛据、储光羲、杜甫等人同登慈安寺，同题作诗。后世论家一致推认在这次的诗艺竞技中，杜诗无可争辩地技压群贤，其次则数岑诗。毕竟岑参有过先前的历练了，笔下已然自带风云和辽阔："连山若波涛，奔凑似朝东""誓将挂冠去，觉道资无穷。"（《与高适薛据同登慈恩寺浮图》）从这首诗里我们可以看出，诗人在有过塞外经历之后，诗体风貌也比从前雄阔高远了许多。但即便此时，他心中萌生出来的退意，与建功立业的意志仍然在角力，在再三权衡之后，岑参最终还是选择了第二次出塞。

公元 754 年，岑参应安西、北庭节度使封常清的征召，又一次远赴庭州，担任节度判官。此时，疏财重义的封常清麾下已经云集了高适、裴冕、严武等众多名士，岑参几年前曾在安西与封常清同僚，这次为他征辟，自觉有知遇之恩。"河西幕中多故人，故人别来三五春。花门楼前见秋草，岂能贫贱相看老。一生大笑能几回，斗酒相逢须醉倒。"（《凉州馆中与诸判官夜集》）由此可见，这一次诗人出塞的心情还是颇为欣悦的。"陇山鹦鹉能言语，为报家人数寄书。"（《赴北庭度陇思家》）同为思家思亲主题，但是我们从最能体现诗人内心深处最柔软的思亲之情上来看，也远比上一次出塞时的孤愁豁达明亮了许多。

岑参的第二次出塞大大提升了他作为边塞诗人的重要性，这种重要性体现在诗人心境的变化上，也体现在他对"边塞"一词的理解方面，即，他已经逐渐摆脱了个人情绪化的内心写照，开始将笔触深情地泼洒在广袤雄阔的关外景色中，并从中超拔出了一股豪迈高蹈的精神力量。"边塞"一词于此时的他而言，已经不再只是地理方位，而蜕变成了某种"精神的边陲"：

> 忽如一夜春风来，千树万树梨花开。（《白雪歌送武判官归京》）
>
> 古来青史谁不见，今见功名胜古人。（《轮台歌奉送封大夫出师西征》）
>
> 十年只一命，万里如飘蓬。（《北庭贻宗学士道别》）
>
> 关西老将能苦战，七十行兵仍未休。（《胡歌》）

岑参在这一时期所写下的诗篇，真正照亮和灿烂了文学史上一个前所未见的世界，这个世界里不再只有征伐和功名，还有昂扬的斗志与生命力。以往的边塞诗包括李颀、王翰、王维、王之涣、王昌龄等人的边塞诗，主要集中在反映和描绘边陲之地的奇异景致，加上写作者行于大漠的孤单情状、思亲愁绪，但我们从岑参的这批诗歌里，读到的就已经远不止这些了，诗人写下的既有刀光剑影、寒雪狼烟，更有从一具具肉身中迸裂而出的快意恩仇，还有西域各族民众的生活情形。

在所有的行旅诗人中，岑参无疑是走得最远的一位，他对西域异国风俗民情的了解和熟稔程度，远超当世文人，他是真正写出了边塞诗之血肉和筋骨的人。岑参在他的诗歌里不断用独特的细节烘托着诗意，显示出了诗人惊人的洞察力："九月天山风似刀，城南猎马缩寒毛"（《赵将军歌》）；"马毛带雪汗气蒸，五花连钱旋作冰，幕中草檄砚水凝"（《走马川行奉送封大夫出师西征》）。这些细致入微的观察和体验，耐心精确的刻画和描写，如若诗人不是出于对那片土地的理解和爱，是断然不会具有如此匠心的。譬如，岑参在他的诗歌中曾两次写到过火山，但他第二次写的《火山云歌送别》，显然与上次写的《经火山》大不一样了，上一次诗人虽然近距离地描绘了火山的奇异，但这一次却写出了静寂中热烈的生命和活力："火云满山凝未开，飞鸟千里不敢来。平明乍逐胡风断，薄暮浑随塞雨回。缭绕斜吞铁关树，氛氲半掩交河戍。"此诗构思造意皆奇，如一幅重彩的油画，令人难以忘怀。杜甫曾言："岑生多新语"，又说，"岑参兄弟皆好奇。"经由第二次出塞的洗礼，岑参完成了由"奇"到"壮"的转变，最终形成了自己且奇且壮的独特诗歌风格。

公元 755 年安史之乱爆发，封常清奉命回朝，岑参仍滞留在北庭，直到两年之后唐肃宗继位，他才归抵凤翔，被授为右补阙，又两年后改任起居舍人。"吾窃悲此生，四十幸未老。

一朝逢乱世，终日不自保。""功业今已迟，览镜悲白须。平生抱忠义，不敢私微躯。"（《行军二首》）尽管报国建功之心依旧，但无奈身逢乱世，抑郁之情难以言表。在此后的岁月里，他先后任过太子中允、关西节度判官、嘉州刺史等职。公元769年，岑参在成都病逝。临死之前，他写下了一首绝笔诗，《客舍悲秋，有怀两省旧游，呈幕中诸公》，中有"不知心事向谁论，江上蝉鸣空满耳"的诗句，在蝉鸣满耳声中诗人回首自己这一生，那些戎马倥偬的岁月犹在眼前，不知诗人是否思量过，他本该一直朝向奇骏的一生，怎么会落到这般委顿的田地？

"强欲登高去，无人送酒来。遥怜故园菊，应傍战场开。"（《行军九日思长安故园》）沈德潜在《唐诗别裁》中说："可悲战场二字。"而在我看来，岑参的一生终究是为"战场"而生的一生，他如戈的笔椽一旦脱离了纷扬的尘沙，就失却了与生俱来的强健之态，其诗学的生命力也大打折扣了。从这个意义来讲，岑参的两次出塞虽说都是为情势所迫，但终归实现了人与诗的"大一统"。岑诗之奇骏在离开了胡地边关之后，沦为普通意义上的诗学趣味，一如他后来流落川巴所示："帘前春色应须惜，世上浮名好是闲。西望乡关肠欲断，对君衫袖泪痕斑。"再也回不去了，西望不得，北望更迷眼。此时此情，再多的愁绪也无法换回曾经的风沙与昂扬了，唯有斑斑泪渍洒在夕光青衫上，不用擦，自会干。

去复还者

　　孟浩然兴许是盛唐诗人群中最爱唱和的一位吧。如果我们把应景诗也纳入酬和的范畴（事实上，他的许多应景诗也就是酬和之诗，譬如《洗然弟竹亭》《题长安主人壁》《宿桐庐江寄广陵诸友》《永嘉上浦馆逢张八子容》等），那么，在他流传下来的两百多首诗里，这类作品竟然占去了相当比例。这位年过四十才萌生出科举入仕念想，从家乡襄阳出发前往长安一探究竟的诗人，一生中写下了许多风格独特又充满矛盾的诗篇，始终在入仕与归隐之间徘徊缱绻，辗转反侧，他似乎对入仕表示出了浓厚的兴趣，但又好像对入仕以后能有什么作为毫无计划可言。仕也好，隐也罢，孟浩然真正感兴趣的，或许只是那些能够与朋友们觥筹交错的日子，活在欣赏他的人群之中，如果无人欣赏，他情愿独自去欣赏山水，从身边的自然风光中获得精神慰藉。当同时代的大多数诗人大都少小离家，奔往仕途，或意气风发，或流离颠沛，或客死他乡时，似乎只有他在遭受挫折之后，尚能全身而退，尽管心有不甘，但最后还是部分笃守住了早年的心愿，回到了他心仪的"把酒话桑麻"的暮年。从这个方面来看，虽然人生并不完全遂心如愿，但孟浩然在人世间的五十二年光景也应算是圆满的了。

在群星璀璨的盛唐时代，很少有人能像孟浩然那样赢得诗人同道的广泛爱戴：

> 我爱孟夫子，风流天下闻。
>
> 红颜弃轩冕，白首卧松云。
>
> 醉月频中圣，迷花不事君。
>
> 高山安可仰，徒此揖清芬。
>
> （《赠孟浩然》）

这是李白对他的热情赞美，李白还为他题赠过一首名作《送孟浩然之广陵》："故人西辞黄鹤楼，烟花三月下扬州。孤帆远影碧空尽，唯见长江天际流。"开阔空旷的人间情谊，在云天之间流淌，折射出人生的豪迈与感伤；孟浩然落第之后，王维给他写过劝慰诗："杜门不欲出，久与世情疏。以此为长策，劝君归旧庐。醉歌田舍酒，笑读古人书。好是一生事，无劳献《子虚》。"（《送孟浩然归襄阳》）后来，王维还把孟浩然的画像绘在了他在郢州任上的刺史亭里，被世人称之为"孟厅"。正是在王维的笔下,我们领略到了这位世外高人的容姿:"颀而长,峭而瘦,衣白袍,靴帽重戴,乘款段马,一童总角,提书笈,负琴而从,风仪落落,凛然如生。"(《新唐书·孟浩然传》)。唐代文献中从未留下过任何关于李白与王维交集的记载,但这两位大诗人都曾不惜笔力盛赞孟浩然。"吾怜孟浩然,短褐即长夜。赋诗何必多,往往凌鲍谢。清江空旧鱼,春雨馀甘蔗。每望东南云,令人几悲吒。"这是杜甫在孟浩然身后写给他的诗句,杜甫甚至称赞孟浩然的诗超过了鲍照、谢朓;此外,还有张九龄、王昌龄、张说等诸多诗人对他的赞誉。当然,孟浩然也回赠了他们更多的诗篇。到了晚唐,他的同乡皮日休将孟浩然与王维并列,仅次于李杜:"明皇世章句风大得建安体,论者推李翰林、杜工部为之尤。介其间能不愧者,唯吾乡之孟先生也。"(《郢州孟亭记》)此后,孟浩然便被大多数论家选者置于王维一旁,将二人同列为唐代山水田园诗的代表人物。

有的时候,我觉得这种局面的形成,除了孟浩然的个人性情、诗品之外,很有可能还附加了许多别的因素,譬如,他诗歌里弥漫出来的散淡、清癯又清新的自然风格,很容易给人以隐士典范的印象,而这种隐逸的人设正是古代士子们趋之若鹜的生活方式。宇文所安的说法是:"同时代人最感兴趣的不是孟浩然的诗,而是他们所认为的孟浩然的个性,那些诗篇是接近这一个性的媒介。"我深以为然。与孟浩然同时期的唐人王士源也是一位高蹈之士，特别崇拜孟浩然，赞美他"文不按古，匠心独步"。在孟浩然死后，王士源四处搜求编辑了孟浩然文集，他在书中这样描述孟浩然："骨貌淑清，风神散朗。行不为饰，动以求真，故似诞。游为不利，期以放性，故常贫。"（王士源《孟浩然集序》）从这段描述中我们大致可以看出，孟浩然早年的隐逸也不是故作姿态，他的确有风流浪漫、任性适意的一面，为人真诚豪爽，也善于社交，而正是这种亲近自然、旷达放浪的生活方式，吸引了世人的一再侧目，让他在天才济济的大唐诗坛葆有重要的地位。

公元 689 年，孟浩然出生在襄阳一个家境殷实的富户之家，家有良田多顷，还有祖传的园庐，他曾在《涧南园即事贻皎上人》一诗中这样描述家乡风貌："弊庐在郭外，素产唯田园。左右林野旷，不闻朝市喧。钓竿垂北涧，樵唱入南轩。书取幽栖事，将寻静者论。"一幅生机盎然的田园牧歌景象。孟浩然就是在这种风景秀美的环境里长大的，平日里和兄弟们一道侍亲读书，过着恬静怡然的生活。襄阳不仅风光秀美，而且还是人文荟萃之地，有当地百姓为西晋著名政治家羊祜建的"堕泪碑"，有种种关于东汉隐士庞德的传说，有诸葛亮的隆中对，还有后汉习郁所凿的习家池……孟浩然早期的作品，包括他晚期的作品，甚至是他后来间或去江南一带写下的行旅诗中，顾盼之间都深深打上了这里生活的烙印。

田园，乡村，美酒，怀人，基本上构成了孟浩然写作的母题，他的重复、单调，以及在有限的题材中追求无限意味的写作方式，在盛唐一代的诗人中即便不是绝无仅有，也是少有的。他很少写七言诗，大多为五言体，基本上不写古风乐府。相对闭塞的生活现场，使孟浩然的整体语速显得不疾不徐，轻缓有致，虽然偶有沉雄廓大的笔触，如"挂席几千里，名山都未逢。泊舟浔阳郭，始见香炉峰"（《晚泊浔阳望庐山》），但很快又回到了怡然自得的舒适状态："故人具鸡黍，邀我至田家。绿树村边合，青山郭外斜"（《过故人庄》）。我在阅读他的这批主题相对集中的诗篇时，时常惊叹于诗人的耐心和定力（这一点在王维身上有过充分体现），他的许多诗都是在追求层层推进的声音和视觉效果，如雾中之山在等待云开雾散，依凭的是自然造化之力，以及诗人的耐心守候，而不像同时期的大多诗人那样，主动地朝向高迈宏阔之境狂飙突进。如果说一个人的成长环境决定了他的文风，那么，他的生活态度又会不时改进这种文风。孟浩然亦当如是。为了克服题材的局限性，孟浩然经常会改变自己的作品风格，或者将多种风格互相混杂，形成一种看似复杂的文风。他骨子里是一个隐逸的人，却始终不甘于永远隐逸的生活状态，每一次寻求改变的过程其实都是对理想生活的背叛，而这种自我伤害越深，他内心中的愁闷感就越重，但他却又不得不极力维护着那样一种既定的散淡而隐逸的"人设",尽管他时常处于独处状态,但他明白,他提供的这种人设能让自己获得被需要、被期待的满足感。

在进京之前,孟浩然也曾有过几次漫游的经历,他先后去过扬州、宣城、武陵等地,在途中结识了李白,并与之成为朋友,但他似乎从未在外地羁绊太久过,总是踟蹰着出门远行,然后又匆匆回家,沉醉在故土的田园风光中。他的许多诗都最后落笔于"归来"主题,不是陶渊明式的"归去来兮",而是游子对故土的深刻眷念感,虽说他并不允许自己,也忍受不了长期处于"游子"的生活状态。这几近成了孟浩然一种惯常的写作模式,这一点也是在同代诗人中少有的。可以说,在四十岁之前,孟浩然仍然处于蓄势待发状态,为即将应举入仕做着准备,却始终心存忐忑,因为他一直没有想清楚,入仕的目的性究竟何在。然而,既然自己已经获得了这么大的名声,且朋友们都在朝中,那么,还是去试试运气吧。

公元 727 年,孟浩然决定前往长安参加科举考试。一路上他都对前途充满了信心,就在考试临近之日,他还写下了这样一首诗:"关戍惟东井,城池起北辰。咸歌太平日,共乐建寅春。雪尽青山树,冰开黑水滨。草迎金埒马,花伴玉楼人。鸿渐看无数,莺歌听欲频。何当遂荣擢,归及柳条新。"(《长安早春》)不难看出诗人当时喜悦的心态,似乎只等一举及第之后,在柳条新绿的时候回家报喜了。然而,万万没有想到的是，他居然落第了。"十上耻还家，徘徊守归路。"（《南归阻雪》）这样大一把年纪求仕不成，就这样两手空空回家，孟浩然实在是有些心有不甘，于是，他干脆就在长安城内待了下来，吸取落第的教训，一方面寻找机会干求，一方面广交诗友。此时的长安城内已是高士云集，张九龄在做秘书少监、集贤院学士，王昌龄在秘书省做校书郎，王维也从外地回到长安候任，储光羲、綦毋潜、崔国辅等都已及第。史书里记载过这样一件事：一天晚上，秘书省诸公集会赋诗，是夜，秋月新霁，孟浩然随口吟道："微云淡河汉，疏雨滴梧桐。"当他念出这两句诗后，"举座嗟其清绝，咸搁笔不复为继"。其实，这两句诗并无什么漂亮的辞藻，也非格言警句，但正是这种平淡自然、清水洗尘般的语言状态，一下子就打动了在场的所有人。林庚先生在《唐诗综论》中说："盛唐气象最突出的特点是朝气蓬勃，如旦晚才脱笔砚的新鲜。"作为盛唐诗人，孟浩然的诗在清新自然上可谓下足了功夫，他的许多句子都给人以清丽脱俗、生机勃勃的印象："山寺鸣钟昼已昏，渔梁渡头争渡喧。人随沙岸向江村，余亦乘舟归鹿门。"（《夜归鹿门歌》）这里没有一句是虚飘的，句句落到了实处，语境结实，语义细密，但却如针脚般构织出了一幅活泼生动的生活画面。

孟浩然在长安盘桓了一年多时间，始终干求无门，终于起了归心。关于他在长安不第，《新唐书》中记载了这样一个传说："（维）私邀入内署，俄而玄宗至，浩然匿床下。维以实对，帝喜曰：'朕闻其人未见也，何惧而匿！'诏浩然出。帝问其诗，浩然再拜，自诵所为，至'不才明主弃'之句，帝曰：'卿不求仕，而朕未尝弃卿，奈何诬我！'因放还。"无论这个故事是否真实可信，有一点是可以肯定的，孟浩然在长安的一年多时间里过得很窝囊，虽然收获了王维、王昌龄等一干朋友，但长期处于仕途无望状态，让他以前的远大抱负逐渐化成了一丝丝怨气："久废南山田，叨陪东阁贤……授衣当九月，无褐竟谁怜！"这首《题长安主人壁》就充满了愤世之情。虽说开元盛世举贤成风，但任人唯亲的不公现象，哪里是孟浩然能够理解的呢？"风泉有清音，何必苏门啸。"（《题终南翠微寺空上人房》）当孟浩然终于明白自己可能终生都无法踏入宫门宦海之后，他做出了"拂衣从此去，高步蹑华嵩"（《东京留别诸公》）——这明智又极其痛苦的决定，回到了属于他一个人的自在天地。临行之际，他还特意写了首《留别王侍御维》，感念这段日子王维对他的照拂之情，也表达了心中对朝廷的失望："寂寂竟何待，朝朝空自归。欲寻芳草去，惜与故人违。当路谁相假，知音世所稀。只应守索寞，还掩故园扉。"

重返鹿门回归田园生活，并不能很快抚平孟浩然在长安所遭受的心理创伤，为了排遣心中的郁闷，在稍事休整后，他再次开启了漫游生涯，先北上洛阳，然后南下吴越。正是这一路的漫游，让诗人的心态得到了调整。孟浩然在这期间写下了一批具备某种崭新气象的作品，无论是结构还是气势，相对于从前都有了更开阔雄浑的色彩和格局，譬如这首写钱塘潮的《与颜钱塘登樟亭望潮作》："百里雷声震，鸣弦暂辍弹。府中连骑出，江上待潮观。照日秋云迥，浮天渤澥宽。惊涛来似雪，一坐凛生寒。"此诗的语言如旁白一般，在杂声中营造出清音，给人以身临其境之感，令人浮想联翩。

中国古典诗歌尤其讲究风骨和气象，风骨主要是指建安风骨，即沉雄慷慨的文风以及积极进取的人生态度；气象当属盛唐气象，开阔而大气奇骏。如果说，孟浩然早期的诗风骨具足，气象稍欠的话，那么，在经历了挫折和磨砺之后，他的这批作品在气象方面也有了长足精进，完全融入了盛唐诗歌的整体氛围中。很多人都留意到，孟浩然擅长描绘景物在时间刻度里的变幻效果，在细致幽慎的观察中，通过光线的变化与位移，找到事物之间的幽微联系。这是一种需要耐心的写作，与当世流行泛滥的泼墨抒怀风格有明显不同。最能体现孟浩然这一时期变化的，是这首《早寒江上有怀》：

木落雁南渡，北风江上寒。

我家襄水曲，遥隔楚云端。

乡泪客中尽，孤帆天际看。

迷津欲有问，平海夕漫漫。

同样没有任何用典，也没有华丽的辞藻，但情景交融，朴素，真挚，诗意自现，读罢余味缠绵。作为陶渊明诗歌在唐代的追随者，有不少论者注意到，孟浩然的山水田园诗始终无法摆脱主观性太强的尴尬处境，即，他始终在隐逸状态中感到某种不适，或者说是憋屈，尽管隐逸的姿态是明显的，尽管有些诗句流布甚广，也具有很强的带入感，但给人的感觉是，这位诗人似乎缺乏一种进退自如的能力，没有完全融入业已置身其中的生活现场里，因此也给人进退两难之感，如这样的诗句："荷风送香气，竹露滴清响。欲取鸣琴弹，恨无知音赏。"（《夏日南亭怀辛大》）前一联明快自如，但后联则回到了惯有的愁闷状态，自怨自艾的情绪弥漫在字里行间，失志的迷惘感如影相随，这使得孟浩然总给人感觉是一位靠姿态写作的诗人，既无法做到像陶渊明那样彻底的归隐，"托身已得所，千载不相违"，在山水人间找到真正惬意的生活方式，又无法像王维那样遗世独处，沉醉于田园山水之间，成为一个物我两忘的人，而这种求而不得、得而不够的情绪，几乎如梦如魇伴随了孟浩然的一生。

公元 737 年，因受李林甫的谗害而被罢相的张九龄，被贬为荆州刺史。张九龄一向欣赏孟浩然的才华，于是趁机就近召他入幕。这是孟浩然一生中唯一的一段仕途生涯，但不到一年时间，他就以思乡心切为由而辞幕归家了。回过头来想想，孟浩然当初投赠给张九龄的那首诗《望洞庭湖赠张丞相》："八月湖水清，涵虚混太清。气蒸云梦泽，波撼岳阳城。欲济无舟楫，端居耻圣明。坐观垂钓者，徒有羡鱼情。"若是将这首诗中所流露出来的心志，与他这次短暂的仕途生涯相比照，我们很容易发现，孟浩然的济世报国之念其实带有很强的虚妄成分，也就是说，他当初参加科考、积极干求的目的，或许仅仅只是为了光耀门楣，或自证其才罢了，至于入仕之后如何济世，他也许完全不曾有过考虑，更无经略可呈。这有点像他终日置身田园，却从不曾侍弄农耕，只是一味观望欣赏一样。孟浩然诗歌的整体视角大多处于这种观望状态，他的很多诗都是站在"远望"或"近眺"的角度，从诗意的缘起到起转承合，都具有这样一种特点，譬如这首《宿建德江》："移舟泊烟渚，日暮客愁新。野旷天低树，江清月近人。"远近虚实相间，干脆利落，视觉也是如此，旁观以至客观。孟浩然特别善于从侧面烘托渲染诗意，以简传神，微妙的情绪，细节化的处理效果，所谓不着一字风流尽得，都是世所少见的。

相传襄州刺史韩朝宗特别爱才，有一次约孟浩然一同入京，打算举荐他。那天正好有一个老友前来探访孟浩然，席间，有人提醒他，可别忘了与韩公之约，孟浩然说："业已饮矣，身性乐耳，遑恤其他。"于是，继续和朋友喝酒，根本不再理会此事。韩朝宗见此情景，一怒之下拂袖而去。这件事说明，孟浩然本质上是一位性情中人，即便真有机会让他步入仕途，他也很难在复杂的人事官场上立足。那么，他耿耿于怀的"鸿鹄"之志也只能视为某种彰显人生的态度了，当不得真的。孟浩然身上的真情与放诞，在当时的士人中确有相当大的蛊惑力，这个外省诗人不断通过强化个性和风格，超出了京城诗人原有的审美规范和经验，他的"归家"主题，他的隐逸飘忽的姿态，都突破了京都诗人自我预设的精神桎梏，为他赢得了广泛的名声。然而，孟浩然身上的短板也非常明显，他的诗整体局限性太强，姿态性也过于明显，显而易见的是，他似乎对成为一位大诗人缺乏足够的信心，尽管他在面对一首具体的诗作时耐心十足，但诗歌水准也给人起伏不定之感。苏轼就曾一针见血地指出：孟浩然韵高而才短，"如造内法酒手，而无材料"（《后山诗话》）。意思是，孟诗多少有些眼高手低，取材也流于单调狭窄了。

公元 740 年，王昌龄前往襄阳游玩，此时孟浩然背部得了痈疽毒疮，本来都快要好了的，但见到老朋友到来不免心生欢喜，饮酒欢宴几日，吃了河鲜，尤其是他最爱食的汉水查头鳊，"浪情宴谑，食鲜疾动"。不久，孟浩然疾疹再次发作，在他家的涧南园去世，享年五十二岁。同年，王维以殿中侍御史的身份主持南选，路过襄阳，写下了《哭孟浩然》一诗："故人不可见，汉水日东流。借问襄阳老，江山空蔡州。"作为一位天真疏放、清俊高濷的隐士诗人，孟浩然这一次终于彻底融入了故乡的田园山水之中。

时至今日，仍有一代又一代蒙童在林间，在溪畔，对着春光摇头晃脑，大声诵读《春晓》："春眠不觉晓，处处闻啼鸟。夜来风雨声，花落知多少。"美好的声音轻拂过美好的时光，美好的时光滋养着美好的人儿。诗人若泉下有知，定能感受到他创造过的精神世界依然魅力无穷。

两山之间

公元 737 年前后，应试不第的杜甫又一次开启了他放逐精神世界的漫游之旅，这一次他改变了方向，不再是东南吴越一带了，而是往东往北奔齐赵而去。有一天，杜甫来到了兖州，根据现有的文献资料记载，《望岳》一诗应该是诗人在此间所作的"神品"，也是传统系年中诗人留下的最早诗篇之一：

岱宗夫如何？齐鲁青未了。

造化钟神秀，阴阳割昏晓。

荡胸生层云，决眦入归鸟。

会当凌绝顶，一览众山小。

我已经不记得是在什么时候读到这首诗的了，但一定是在我意气风发的年纪，青春的热血与不羁，改天换地的雄心与壮志，隔着遥远的岁月在我原本就已然鼓荡的心房里激荡翻卷。而那时，我尚且不知道诗为何物，更不清楚何为现代诗。尽管如此，我还是从这首现在看来略显急迫、单调的诗歌中听到了某种嘹亮的召唤之音。"裘马轻狂"的岁月究竟有多迷人？只有当"艰难苦恨"的日子到来后才能真正体味到。三十年后，大约是在公元 767 年，杜甫拖着残躯，爬上夔州江畔的危岩，写下了被后世人称为"古今七律第一"的名作《登高》，发出了无限悲凉的长喟：

风急天高猿啸哀，渚清沙白鸟飞回。

无边落木萧萧下，不尽长江滚滚来。

万里悲秋常作客，百年多病独登台。

艰难苦恨繁霜鬓，潦倒新停浊酒杯。

这声音如此撼人心魄，也让如今年过半百的我无数次悲从中来。如果说，《望岳》是诗人面向空蒙之境的欢呼，那么，《登高》则是诗人身陷囹圄之地的长啸。从泰山到夔门，从青春到暮年，一个人只有在翻越了一座又一座山之后，才会发现，原来这世上并不存在孤立的山，山的后面仍然是山，而且本质上这些山并无大小高矮之别，感受的差异性全部来自攀登者自己内心世界的跌宕与起伏。

我始终认为，不同年纪的人阅读杜甫会有不同的理解之道，而且都有道理，哪怕是同一个人在不同的年龄段阅读杜甫的同一首诗，也会有心境上的差异性。在杜甫这里，长期以来被世人耻笑的"盲人摸象"的寓言被重新定义，纠正成了含有褒义性质的美学行径。"象"是世界，是本质，是混沌世相里的内在结构与秩序；"摸"是行动力，是勇气，是我们对自我缺陷的肯定而非盲从。这或许才是真正的大象无形，无论你摸到的是象牙、象鼻、象耳、象尾还是象腿，都足以让你持之有据，且论之有效。杜甫的丰富性早已被历代方家论者进行过各种各样的阐释，但是无论怎样阐释，杜诗留给后来者的回旋空间依旧很大，甚至可以说，后人阐释得越多，留给后来人的空间就越大，机会就越多。这真是中国文学史上的一个奇迹，几乎没有任何一位诗家文人可以与其并肩。

完整的童年，雄心勃勃的青年，挫败的中年，落魄的晚年——杜甫的个人史似乎可以由此粗线条加以勾勒出来。但如果我们借此认定这样的人生就是杜甫的一生，显然谬之千里了，因为这样的人生可以对应出同时代的无数人，也与不同时代的无数人的命运相吻合，而杜甫恰恰是无数人中的"那一个"，或者说，他既是无数人的合体，又是从无数人中分蘖、抽身而出的"那一个个人"。

关于杜甫的丰富性，我们自然得先从杜诗所提供的文本肌理里寻找论据，按照宇文所安的说法：杜甫是"律诗的文体大师，社会批评的诗人，自我表现的诗人，幽默随便的智者，帝国秩序的颂扬者，日常生活诗人，以及虚幻想象的诗人"。这种说法的说服力体现在，每一顶"礼帽"下面都有杜甫本尊饱满立体的形象存在，他既是我们熟知的诗人，又是我们不可理喻的诗人。我们熟知他，是因为我们觉得他原本就应该那样去生存和写作；我们不理解他，是因为我们觉得他为什么会这样：国破，家贫，唯有爱，唯有这厚实而无望的爱还在人世间弥漫。面对这样一位文学史上极其罕见的诗人，我更倾向于，把杜甫的人生经验与其完整的诗学观念对应起来看待。也就是说，杜甫的丰富性其实是与他置身其中的历史场域紧密相连的。动荡波谲的帝国风云之下，一介肉身毫无保留地将自我投入其中，以玉石俱焚的勇气和信念，沉醉于时代的生活现场，既不随波逐流，也不屑于抱残守缺，而是不断地用逆来顺受的生活改造着自我，由此铸就出了这样一位诗歌赤子："我能剖心血，饮啄慰孤愁。"（《凤凰台》）正是缘于这样一片热烈与赤诚，我们今天才有机会看清楚这样一位血肉丰沛的人物形象，尽管他身上也有着世代文人都有过的局限性，有对权贵的阿谀逢迎，对君王的愚痴幻想，但类似的局限性非但没能折损他的光辉，反而让杜甫摆脱了常规的类型化和蜡像化，变成了那段历史强有力的佐证。历史说服他成了那样的诗人，反过来，他又说服了那一段历史，达到了"诗"与"史"相互成全和佐证的大境界。

从天宝六年（747年）杜甫参加由李林甫主持的科考，与同来应试的所有士子一起落第，到天宝十四年，他好不容易才谋求到右卫率府兵曹参军之职，在这羁绊长安宦海沉浮的十年间，杜甫成功地将自己塑造成了一个与同时期所有文人都不一样的诗人，他比几乎所有时运不济的诗人更倒霉，也比所有效忠皇权恪守礼制的人更具操守和德行；他以罕见的清醒投身于浑浊的宦海，又以罕见的真诚服膺于乱世的命运。"杜陵有布衣，老大意转拙。许身一何愚，窃比稷与契。居然成濩落，白首甘契阔。盖棺事则已，壮志常觊豁。穷年忧黎元，叹息肠内热。"在这首题为"自京赴奉先县咏怀五百字"的长篇抒怀诗中，诗人起笔就直陈心志，以朴拙雄健之气传递出其高古的人生志趣，在自负与不平中表达着矢志不渝的理想人格。从裘马轻狂到籴米官仓，从乐观热烈到苦闷愤懑，断崖式的现实落差，让诗人的情感生活一次次经受了极大的考验，但他最终选择了一条与众不同的险途，也让中国文学史的长河在这一段发生了转折。

天宝十一年（752年），中国文学史上发生过一件值得纪念的盛事，那年秋日，杜甫与高适、岑参等五人一起登上了长安城东南的慈恩寺塔，各自写下了一首同题诗。这件原本发生在古代文人之间常见的事情，对于杜甫来讲意义非凡，我们可以视为杜甫与同时代诗人之间第一次在诗歌美学上的公开角力。杜甫在这首诗的末句写道："黄鹄去不息，哀鸣何所投？君看随阳雁，各有稻粱谋。"（《同诸公登慈恩寺塔》）姑且不论这五人作品之高下，单从文风上来看，我们已经不难看出，杜诗正在决意摆脱其时盛行的文风，他将从以理想主义和浪漫主义为主要特征的盛唐诗坛中游离出来，另辟一条道路，这就是后来被人一再模仿和光大的现实主义道路，这条路上前有庾信、宋玉，更前方续联上了《诗经》国风的传统。大唐帝国气数将尽，在魍魉当道的人世间，唯有杜甫最为敏锐地感受到了时代变迁的不可逆征候，并把这种敏锐的感受付诸诗歌这种形制之中，此后才有了我们耳熟能详的《兵车行》《丽人行》，以及后来的"三吏""三别"等鸿篇巨制。

文学史的分野从表象上来看，是现实对群体生活不断挤压的结果，其实它往往肇始于某个强力诗人的出现和推动，时人近观不一定能清晰地感受到，但后人却看得很清楚。后来陆游曾给杜甫画过一幅生动而精准的速写："长安落叶纷可扫，九陌北风吹马倒。杜公四十不成名，袖里空余三赋草。车声马声喧客枕，三百青铜市楼饮。杯残炙冷正悲辛，仗内斗鸡催赐锦。"（《题少陵画像》）至少，在陆游眼中，年过四十的杜甫已经在不经意间拉开了与那些盛唐诗人的距离，一个心怀百忧的贫贱落魄诗人，终于心甘情愿地把自己绑缚在了历史嶙峋的战车上，以见证者和速记员的身份，担当起了与整整一个时代共存亡的命运。

　　游历，行吟，干谒，唱和……中国古代文人所有的人生行进线路，杜甫都曾经经历过，但似乎没有任何一位诗人能像杜甫那样，彻底地将自己的身家性命全然不顾地抛了出去，就像历史原本就是一条不归路一样，他也走在了不归路上，不同的是，杜甫眼前的这条不归路不仅崎岖陡峭，而且狼烟四起，烽火连绵。

　　公元 755 年，安史之乱爆发；756 年，安禄山叛军攻陷潼关，杜甫带着家眷北上逃难，结果被抓获；757 年，杜甫逃出长安，奔往肃宗所在地凤翔，被授予左拾遗之职；758 年，杜甫因声援疏救宰相房琯获罪，被贬为华州司功参军。战争带来的直接后果除了民生的疾苦外，更进一步昭显出了唐朝统治根基的腐败。诗人苦苦以求的报效家国的志念，在短时间内就迎来了他意想不到的挑战，当他近距离地目睹了朝政的黑暗之后，内心显然遇到了何去何从的取舍问题。

　　作于这一时期的《春望》，之所以在千百年以后仍然能够激发我们强烈的应和之情，其原因就在于杜甫能从个人的苦难中抽离出来，把自我放大成了目力所及的世界和人类：

　　　　国破山河在，城春草木深。
　　　　感时花溅泪，恨别鸟惊心。

烽火连三月，家书抵万金。

白头搔更短，浑欲不胜簪。

这首结构严整的五律，堪称诗人书写家国情怀的典范之作，其强健的笔力如针如锥，坚韧不懈地补缀着他对这片破碎国土河山的感情之帷，而在这针针线线背后是诗人的斑斑血泪。杜甫借此完成了他对自我的情感交代，毕竟他已经不再是当年那位求功名的单纯士子了，他已经在频仍的乱世中窥见了一个盛世王朝的倾塌，"少陵野老吞声哭"（《哀江头》），除了这样，他还能如何？诗人凝望着满目疮痍的河山大川，最终做出了"麻鞋见天子"（《述怀》）的决定。终于到了命运的图穷匕见之时，杜甫也完成从孜孜求官到毅然弃官的选择。

公元 759 年，杜甫带上家眷踏上属于自己的萧瑟之途，越陇山，抵秦州，又辗转至同谷，然后历尽千难万险，最终到达成都。前方山山皆秋，山山险峻；身后战火连连，哀鸿遍野。值得注意的是，杜甫一旦决定离开险恶的政治旋涡中心后，他就把全部家眷也一并带上了那条风雨飘摇的小舟（这一点与我们熟知的那些同代大诗人全然不同），此后的国事家事都将在逼仄的生活空间里展开，一去不回的意志与一步一回头的矛盾心境，两相拉扯，两相印证，让赤诚的诗人形象越发生动哀怨，令人扼腕不止。"生我不得力，终身两酸嘶。人生无家别，何以为蒸黎？"（《无家别》）在万般艰难中，亲情的凸显终将化解人世的凉薄，催促诗人拔锚启程，更加果敢地驶入人生的下半场。

在我所读到的关于杜甫的研究文章里，不知出于什么原因，很少有论者愿意把笔墨着力于诗人这一时期的日常生活中，即，当杜甫将自我彻底还原成一介普通的大唐庶民之后，那种倾巢危卵般的凄惶、惊悸与不堪。即便有所涉猎，也缺乏公允独到的见解。而事实上，这才是我眼中、心目里最为真实的杜甫，他不再执迷于形而上的政治幻觉，求生的愿望与衰败的国运无缝衔接，几乎到了牵一发而动全身的地步："戍鼓断人行，边秋一雁声。露从今夜白，月是故乡明。有弟皆分散，无家问死生。寄书长不达，况乃未休兵。"（《月夜忆舍弟》）还有："风尘荏苒音书绝，关塞萧条行路难。已忍伶俜十年事，强移栖息一枝安"（《宿府》），更不用说《闻官军收河南河北》了……来自北国的任何风吹草动，都会引发诗人的无限感怀，尽管身不在场，心却相系，且系得更紧更疼，而这种身心分离之苦才是人生的大悲苦。因此，我们在这一时期看到的杜甫，或许才是诗人更加真实的形象：年过半百，百病缠身，贫困交加，拖家带口，一幅"穷途哭"的情貌。但在彼时的泥泞世道之中，普天之下，又有几人逃脱过这样的流民图景呢？活在万民之中，苦万民之苦，乐万民之乐，唯其如此，个人的书写才会摆脱个人的无助与孤寒，变成万民的哀号——狂野之呼告。在从秦州一路过来的路上，穷乏，饥馑，疾病……种种困厄不仅如影相随，而且愈演愈烈，但我们看见，诗人的作品不仅没有减少，反而比以往任何时期都要多，且佳作不断。这一事实也充分说明，对于真正的诗人来讲，还原生活、回归生命的根部，才是文学创作的真正源泉。在经历了长期的颠沛之后，诗人从内心深处培育出了一种对命运的顺应之情，深沉，醇厚，兴许他不再那么热烈，但生活的热情不减反增。

"细雨鱼儿出，微风燕子斜。"（《水槛遣心》）在草堂生活的五年多时间里，诗人终于获得了与日常生活平视的机会，以及与自然万物和谐共处的视角，这一变化对某些诗人来说兴许并不奇特，但对于杜甫而言，却意义重大。杜甫早年报国心切，充满了政治幻觉；后来遭遇战乱，满目悲苦，更无心也无力体味日常生活之甘味，只有到了草堂时期才回归素人的日常状态：

> 坦腹江亭暖，长吟野望时。
>
> 水流心不竞，云在意俱迟。
>
> 寂寂春将晚，欣欣物自私。
>
> 故林归未得，排闷强裁诗。
>
> （《江亭》）

这样的心境若是放在以前是无法想象的，而这种迟来的野趣，哪怕是短暂的意趣，迅速让诗人获得了一种意外的生命喜悦，再度为几乎心力交瘁的诗人赋予了不竭的创作能量。而与此同时，我们也应看到，诗人骨子里的报国济世的思想并未被摒除，譬如《茅屋为秋风所破歌》《闻官军收河南河北》等，这些诗中所弥漫出来的济世情怀，来得比以往任何时期都更加酣畅和浓烈。国与家的关系，并非简单的大与小的区分，只有洞悉国运世事的人，才能在它们之间建设出一条隐秘精神的通道。在往后的日子里，杜甫就生活在这一秘境之中，即便他写下再独特幽慎的个人体验，也会毫无阻碍地直达那个时代的穹顶之上，变成那个时代最不易喑哑锈蚀的声腔。

时至今日，我在阅读杜甫的时候还能真切地感受到他的呼吸，和他的心跳声，我似乎特别能理解他所做出的自我放逐的选择，但在很多时候又不得不承认，我并没有真正读懂他。

2013 年，我在出版个人诗选集《宽阔》的时候，试图在自己的写作里找到一点传统基因，我发现在对日常生活的认知态度方面，我与草堂、夔门时期的杜甫有部分重叠之处。后来，我在诗集的后记中提出了"目击成诗，脱口而出"的自我诗学要求。明眼人都知道，"目击成诗"源于明末清初学人王嗣奭研究杜诗的专著《杜臆》，他主要是针对杜甫的"诗史"性，譬如"三吏""三别"所达到的诗学高度而言。这样的高度，我辈自然难以企及，但也不妨以此来约束并提升自己，让自己的写作尽量与正在经受的日常生活步调一致，达成某种同频共振。在我的理解中，所谓"目击成诗"，并非是看见什么就写什么，而是要在生活中培养出一种消化生活的耐心，以及转化世相图景的言说能力，而这种能力必然要求写作者加倍诚实地面对自身的日常困境，唯有选择有困境的生活，才有望接近生活的本来面貌。否则，我们的文字不过是一个个水漂，水花在水面上欢快地跳跃，但永远到达不了信念的彼岸，写作者也只能在囹圄中打转，难以获救。"目击"不是看见，而是心灵的互动，是写作者与其遭逢的事物之间互惠乃至缠绕，通过凝神观注，最终建立和解或理解的情谊。而在杜甫的身上，我找到了这样一种根植于信的力量，这信既是"国破山河在"，也是"好雨知时节"，更是"一行白鹭上青天"。因为有信，所以诗人始终有情有义；因为有信，所以他能在多舛的命运漩涡中找到支撑；同样是源于这样的信，我们在他流传至今的诗篇中看不到一丝戾气，有的只是豁达、呼告，和自嘲似的达观的人生态度，这样的态度愈到诗人的晚年愈加从容显豁："一重一掩吾肺腑，山鸟山花共有于。宋公放逐曾题壁，物色分流待老夫。"这首作于诗人即将行至生命尽头的《岳麓山道林二寺行》，彻底让我们看清了一位抛却了富贵荣达和名利的诗人形象，他坚信上苍的公正、自然的丰富性，以及诗人与社稷江山之间相互敬重与加持的关系，而所谓"物色"之待，只是看不见的命运之手在悄然配给着诗人内心的欲求。

公元765年夏秋之交，杜甫携家眷离开成都，经忠州，抵云安，来到了夔门，也迎来了他晚期创作的最高峰。据载，诗人在滞留夔门不到两年的时间内，写下了四百多首诗，这些诗篇大多以回忆、评论、怀古为主题，抒写日常生活的闲情琐事，唱酬赠答，变幻莫测，但总体意象更加集中，"沉郁顿挫"的个人诗学风格得到了进一步的强化，最著名的当然还是《秋兴八首》。

长期的丧乱流离生涯早已把诗人变得面目全非，肺疾、风痹、疟疾、糖尿病等多种疾病缠身，秋风吹拂着诗人的风烛残年之躯，平添了几分萧瑟肃杀的人世气象。"丛菊两开他日泪，孤舟一系故园心。寒衣处处催刀尺，白帝城高急暮砧。"（《秋兴八首》）浓烈的秋意不仅浸染了眼中的河川草木，浓重的寒霜也随之沁入了诗人的精神世界。杜甫于此间写下的几乎所有作品都饱含着袭人的秋意，色彩变幻多端，泼墨，点绘，留白，各种手法信手拈来，让汉语诗歌在此达到了圆润自律却同时能够信步由缰的高度。而这批带有浓厚的总结人生况味的作品，也意味着诗人已经敏感地意识到了，他即将行至生命终点，"诗是吾家事"（《宗武生日》）的沉重感与紧迫性也愈发强烈起来，要求他用诗的形式做出坚定精准的回答："彩笔昔曾干气象，白头吟望苦低垂。"（《秋兴八首》）尽管在后面的日子里，这条小舟依然会随波向东，逐流而去，但终究会敌不过命运的惊涛骇浪，倾覆之期终究会到来。然而，可贵的是，清醒的诗人并未向老朽的肉身投诚，他依然怀着强烈的生命热忱，以《壮游》来总结自己的一生，将个人的遭际与过往的历史人物逐一类比，为自我挣得了"天地一沙鸥"（《旅夜书怀》）的冠冕，唯有这个冠冕才算是杜甫亲手为自己编织戴上的。生而为人的局限，在经由了缩小、放大、再缩小、再放大的几番轮回之后，一种悲天悯人的柔情与自悯自救的亲情水乳相融在一起：

> 高江急峡雷霆斗，古木苍藤日月昏。
> 戎马不如归马逸，千家今有百家存。
> （《白帝》）

> 摇落深知宋玉悲，风流儒雅亦吾师。
> 怅望千秋一洒泪，萧条异代不同时。
> （《咏怀古迹》）

> 同学少年多不贱，五陵衣马自轻肥。
> （《秋兴八首》）

这些看似随手写下随口吟哦出来的诗句，与诗人困苦不堪的心境互为镜面，在熠熠生辉的同时，产生了巨大的人生张力，也折射出了大唐王朝残余的断垣废址。我们一直都在说，杜甫是最擅长处理大时代、大事件的大诗人，这当然是无疑的，但我们却一直在有意无意地忽视他那种独特的以小见大的能力，他的日常性，在我看来，其实就是不断向内转、向内看的过程，不断地从外部世界后撤，从混乱纷纭的现世图景中，后撤进尘埃落定的历史烟云里，最终回归成为一个人、一具肉身，素面朝天，风清月白，这种惊险而艰难的掘进过程，其中蕴藏着巨大而丰沛的人生意蕴。

我在三峡水库建成前后，曾经数度到访过白帝城，每一次去都有大不一样的感怀。即便是在高峡平湖的时代，夔门之险依然隐约可见。想必杜甫当年一定无数次登临过我眼里的那些巉岩绝壁，眺望鬼斧神工造就的三峡风光，当他以孤绝之情写下《登高》这首近乎浑然天成的诗篇时，不知他曾想到过没有，那个衣袂飘飘、珍藏心间的青年，当年曾在兖州仰望东岳泰山，也许那时候的人生还只是一种假设，也许那时候的他全然不会意识到还有这时候的自己。而在这一仰一眺之间，无尽的憧憬交织着无穷的岁月，无穷的岁月已将一具肉身洞穿，一如眼前滔滔不绝的东逝之水……

仆者之起

一流诗人常常写出二流的诗，二流的诗人偶尔会写出一流的诗，文学史总能通过自证的方式，一再向我们陈述着这样的事实，并不值得大惊小怪。虽说我们也会时常把"文无第一"挂在嘴边，但心里面总是在暗自比较作者或作品的好坏与高下。我一直觉得，读者的主观判断与作者的自我定位或喜好之间，是存在着认知上的偏差的，一方面谁也不能确保自己永远处在创作的高峰期，每一位写作者总是在不停地调整自己，以期用最佳的状态去迎迓那可遇不可求的一刻的到来，而诗人尤其如此；另一方面，读者的审美经验也有一个逐渐适应和调整的时期，只有愚顽不化的人才会永远感觉自己真理在握，以自己的狭隘去约束和评判写作者的努力。以我个人的经验，每一首好诗都是横空出世的产物，在诗人写下它之前，唯有安静的守候才是正途。因此，我们区分和判断一位诗人的品级或段位，仅仅依靠阅读作者的几首作品，甚至某个阶段的作品恐怕都是不妥的，因为我们并不能保证自己阅读到的恰好是作者最好状态下的作品，而只有最好的作品才能体现出作者的价值所在，这就像竞技运动一样，在最高或最远的记录来临之前，其余的一切努力都只是在试跳或试跑，完全可以忽略不计。道理是这样，但当落实到具体的文本阅读时，读者仍然不免会眼高手低，习惯于拿一流诗人的二流甚至三流的作品来草率行事，或者，拿二流诗人的一流作品仓促间下出判断。当我们遇到这种情形时，究竟该怎么办？在我看来，最好的办法就是，先将预设的判断搁置起来，通读诗人的作品是行之有效的路径，必须大量地阅读，纵向看诗人的自我建设、自我成长的能力，横向看他与同时代其他写作者的差异性，以及他们之间在角力过程中所产生出来的美学张力，如此，才相对客观和公允。

诗人与诗人之间的角力，撇开天赋、运气等因素，起决定作用的最终还是写作者整体的气量和格局。一流诗人除了具有开创性甚或源头性的美学成就外，至少还要具备一种再造现实，而非简单地回归现实的能力：他必须置身于生活的现实中，同时又能拓展现实生活的空间和边陲，须知，那里才是诗意滋生的繁茂之所。而问题是，这一空间往往是闭环状的，不得法者难入其门。读者与诗人比邻而居，房子的面积外观乍看上去大小相若，但前者若有缘分和悟性，可进入后者的存在空间，而进入之后肯定会有一番哑口无言的感受。

唐代文学史上，有一位诗人正是这样一直游弋在一流与二流之间，他既写出过一流的诗篇，拓展出了全新的诗歌美学空间，又写出过数量庞大的二流乃至三流的作品，几乎可以抵消他在诗歌美学上的不懈努力。这个人就是白居易。说他好的，如晚唐皮日休，就对白居易赞美不已："吾爱白乐天，逸才生自然。谁谓辞翰器，乃是经纶贤。欻从浮艳诗，作得典诰篇。立身百行足，为文六艺全。"（《七爱诗·白太傅》）唐人张为在其诗论专著《唐诗纪事》中收有《诗人主客图》，直接将白居易列为第一类诗人，称其为"广德大化教主"。而说他差的，譬如杜牧的挚友李戡，包括杜牧本人，就极度忧虑白居易在当时当世的流行。杜牧在给李戡所作的碑文中，借李戡之口说："诗者可以歌，可以流于竹，鼓于丝，妇人小儿，皆欲讽诵，国俗薄厚，扇之于诗，如风之疾速。尝痛自元和以来有元、白诗者，纤艳不逞，非庄士雅人，多为其所破坏……"意思是，元稹、白居易在当世的流行破坏了诗歌理应有的庄重典雅之美。晚唐著名论家司空图对唐代诗人多有褒嘉，独称元、白二人"力勍而气孱，乃都市豪估耳"，认为他们矜才使气，诗歌品相不雅，缺少诗歌应有的含蓄和庄肃。及至今日，围绕着白居易在唐诗中的地位，学界依然争执不休。不唯学界，就是在普通读者和我们这些诗学后继者中间，对白居易的评价也存在着泾渭之别。

但是无论如何，白居易无疑是我辈来到世上最早接触到的
那批大诗人之一：

人间四月芳菲尽，山寺桃花始盛开。
长恨春归无觅处，不知转入此中来。
（《大林寺桃花》）

绿蚁新醅酒，红泥小火炉。
晚来天欲雪，能饮一杯无？
（《问刘十九》）

花非花，雾非雾。夜半来，天明去。
来如春梦几多时，去似朝云无觅处。
（《花非花》）

江南好，风景旧曾谙。
日出江花红胜火，春来江水绿如蓝。能不忆江南？
（《忆江南》）

思悠悠，恨悠悠，恨到归时方始休。月明人倚楼。
（《长相思》）

这些朗朗上口、过目难忘的诗句，曾经陪伴过我们多少青葱岁月，更不用说《卖炭翁》《长恨歌》和《琵琶行》这些进入教材的名篇了。至于他那著名的"文章合为时而著，歌诗合为事而作"的文学观念更是深入人心，不独是我们文学启蒙之圭臬，更是普罗大众对为文为诗之度量衡。

在我个人的早期诗歌教育中，白居易无疑是位列唐诗三甲的人物，与李杜比肩，但他显然代表了一种完全不同于李杜的美学方向与趣味：通俗易懂。可是，问题来了：当我们渐渐度过了汉语美学的懵懂期之后，回过头来再仔细阅读白居易的时候，总感觉他的浅白、朴素背后始终缺了点什么，尤其是在将白诗与李杜之诗对照着阅读后，这种欠缺感、不满足感就越来越明显和强烈了。另外一个问题也接踵而至：如果白居易并非一流诗人，他何以能写出《长恨歌》这样的一流作品呢？无论世人怎样低估白居易的成就，我始终认为，《长恨歌》依然是一篇杰作（《琵琶行》当然更是），它虽然在体制上并无多大的创新，延续了汉魏以来乐府诗的歌行传统，但却将唐诗的声韵音律元素天衣无缝地引入其中，使乐府诗在这里达到了一个前无古人的全新高度。同时，《长恨歌》也将传统的诗歌空间大大向前掘进了一步，使诗歌在这里得以扩容，诗意在抒情与叙事之间达致了微妙而有效的精致平衡，这样一种全新的长诗风格不仅影响了后世的诗词，被宋人极力模仿，成为宋词具有歌咏特色的源头性作品之一，而且对后世的戏剧、话本小说都产生过影响。而白居易倡导的平易浅白的诗学观念，经后世滥觞之后，显然成为现当代中国文学的主流之一。正是缘于上述两个方面问题的困扰，我们在今天谈论白居易时总显得犹疑、谨慎，或闪烁其词。

公元 772 年，白居易出生在河南新郑的一个小官僚家庭，当他二十三岁时，父亲白季庚逝于襄州别驾任上。白居易的名字取自《礼记·中庸》："君子居易以俟命，小人行险以徼幸。"相传，他早年曾到长安见前辈诗人顾况，顾况说："长安米贵，居大不易。"但后来在看了他的诗《赋得古原草送别》后，不禁大加称赞："有句如此，居亦何难。"此事说明白居易确实早慧，天赋异禀。"及五六岁，便学为诗。九岁，谙识声韵。十五六，始知有进士，苦节读书。"这是白居易后来在江州司马任上所作的著名文论《与元九书》里的一段话，由此可以看出，白居易的出生虽不显赫，但自幼也曾受到过良好的文化教养，特别是声韵学方面的训练，为他日后的写作夯实了根基。虽说早年家境并不富裕，他发蒙较晚，延缓了日后参加科考的时间，但入仕的志向一直未曾改变。

公元 800 年，二十九岁的白居易以第四名进士成绩如愿及第，三年之后授秘书省校书郎，从此进入仕途。纵观白居易一生的政治生涯，我们发现，尽管他早期曾以讽谏时弊、直言无忌著称，但除了早年曾因言惹祸，被贬为江州司马，一度受到打击之外，他在整体仕途上波折并不太大，基本上一直处于稳定甚至上升状态。从县尉做到翰林学士，到左拾遗，再到尚书司门员外郎、中书舍人，后来自请外任杭州刺史、苏州刺史，在获得了丰厚的俸禄之后，又回京后任刑部侍郎、太子少傅。直到829年，白居易在官场宦海纵横近三十年后，最终以太子宾客身份"分司洛阳"，虽说这是个闲职，但是以三品朝官身份享受着晚年衣食无忧的生活，着"金紫"官服，与朝中众多臣僚保持着颇为密切的关系。裴度、令狐楚、刘禹锡、李绅、元稹等都是他的密友，他们在朝野相互呼应，一起形成了一个结构稳定的中晚唐文人社交圈。而在当时，更年轻的一代诗人如贾岛、李贺、李商隐、杜牧等，虽然游离在此圈之外，但已经处于崛起之中。可以说，作为世俗意义上的文官，白居易比我们熟知的那些命运多舛的大多数诗人都要成功得多，完全算得上是名利双收。

公元815年，在长安任太子左赞善大夫的白居易稀里糊涂地卷入了一场政治旋涡中。这场风波的起因从表面上来看，是位居闲职的白居易越级上书，第一时间请求朝廷，缉捕杀死宰相元衡的刺客，作为一介大夫，这种先于谏官言事的做法坏了规制。实际上，是由于他平素经常上奏指摘弊政，遭到了权臣集团的嫉恨，也引发了利益者之间的矛盾。结果，白居易因为此事被贬为江州司马。这是他步入仕途以来遭受的第一次沉重打击。此后，他就再也不像从前那样冒进失策了。在前往江州任上的途中，白居易写过一首颇能表明心迹和日后人生走向的诗，《读李杜诗集因题卷后》：

> 暮年逋客恨，浮世谪仙悲。
> 吟咏留千古，声名动四夷。
> 文场供秀句，乐府待新辞。
> 天意君须会，人间要好诗。

诗人在感叹李杜暮年坎坷的同时，也比照自身不明就里的人生遭际，他似乎隐隐约约地感觉到了，如今被贬也不一定是坏事，应是上天在提醒他：好好写作，莫论国事。"人间要好诗"，已经清楚地说明，诗人今后将致力于诗歌文体内部的钻研，写出与自己才华匹配的作品。对于白居易来说，这或许是一次真正的心灵转向，尽管"济世"的理想尚存，但他作为诗人的热情，已经从社会民生问题转移到了诗歌文体这里。

白居易在江州的三年里的确在认真思考，如何重新做一个诗人、诗歌究竟何为的问题，他把自己对诗学的全部理解，写进了《与元九书》这篇重要的文论中。在这篇写给好友元稹的长篇文论中，白居易针对当时"诗道崩坏"的局面，明确而清晰地提出了"文章合为时而著，歌诗合为事而作"的观点，认为写作者应该重视文学与政治、社会现实之间的关系，诗歌的功用应该在于"补察时政，泄道人情"。也是在这篇文章里，白居易首次将自己的作品分成了讽喻、闲适、感伤、杂律四类，"凡为十五卷，约八百首"，但他最看重的还是自己的那些"讽喻诗"，譬如《卖炭翁》《上阳白发人》《杜陵叟》《重赋》等这一类作品，"为君为臣为民为物为事而作，不为文而作也"。今天我们耳熟能详的所谓"老妪能解"的新乐府辞，多是指白居易在这类诗篇上所秉持的美学追求。事实上，关心民生疾苦这一主题并不新鲜，早已是中国古代文学的一脉传统，从《诗经》到屈原、汉魏乐府诗，直至杜甫等人，都通过不断强化诗人与社会家国之间的关系，完成了对这一主题的文学伦理化塑造。白居易的说法乍看并不吸人眼球，新鲜的是，他醒目地提出了"俗"文学的主张，并以此与典雅、庄重的主流诗坛相抗衡。通俗，浅白，放弃用典，大量使用俚语，尽可能的口语化，这是白居易在创作实践中采取的语言策略。"采诗官，采诗听歌导人言。言者无罪闻者诫，下流上通上下泰。"（《采诗官》）这一时期的白居易，写了大量的关注民生的《新乐府》诗，在这首作为组诗的总结性诗篇中，诗人直接以"采诗官"自诩，"君兮君兮愿听此，欲开壅蔽达人情，先向歌诗求讽刺"。表明了他想以讽喻诗继承《诗经》传统的志向。

不可否认，白居易的这种诗歌理念在当时是具有革命性意义的，它对唐代中晚期愈演愈烈的晦涩诗风起到了纠偏的作用，起码有助于化解时下越来越浓烈的文人气和酸腐的诗学趣味。问题在于，诗人对现实生活和大众疾苦的关注，究竟能不能通过"采风"这种简单的方式来获取？揭露世态生存真相的出发点固然没有问题，但与文艺作品最终要达致的慰藉人心的作用与功效，往往反差较大，总难以给人赤诚担当之感。譬如他写道："夺我身上暖，买尔眼前恩。进入琼林库，岁久化为尘。"（《重赋》）若是我们对照白居易的生活状态，再比较一下杜甫的诗："穷年忧黎元，叹息肠内热。"我们马上就能看出，白居易的这类诗虽然能给人以刺痛感，甚至充满了控诉和呐喊的力量，却并不能完全满足读者的美学期待，至少让人感觉到诗人似乎是在隔岸观火，自我感动，缺乏文学作品应有的让读者感同身受的美学感染力。

白居易曾经写过一首题为《初除户曹喜而言志》的诗，描述的是，他请任俸禄优厚的京兆府判司获准后，所流露出来的沾沾自喜的情状："俸钱四五万，月可奉晨昏。廪禄二百石，岁可盈仓囷。喧喧车马来，贺客满我门。"也许是诗人后来意识到了，自己的直言敢谏可能会招致更多的嫉恨甚至灾难，于是便逐渐产生出了退避之心，转而开始耽于物质上的惬意和享乐。"晚从履道来归府，街路虽长尹不嫌。马上凉于床上坐，绿槐风透紫蕉衫。"（《晚归府》）这种充满"快哉""乐哉"的生活状态，后来成了白居易诗中的常态。如果对比一下当年他的那些诗学主张，我们就会发现，白居易尽管在文体诗风方面有了根本性的变化，但骨子里却没有真正去实践他的文学理想，至少在风骨上还欠缺颇多，于是，这些诗总给人以虚情假意、自得其乐之感。白居易后期的作品显然较少再去碰触那些敏感尖锐的社会主题了，但从美学趣味上来看，他继续实践"俗"的理念并未发生过动摇，随性、自然、浅显的文风依然是他要追求的，而且越到晚期他的诗歌越是走向了随意和任性，不再有任何题材上的禁忌，什么都写，什么都能入诗，因此也就写得越来越多，越来越浅白："笑语销闲日，酣歌送老身。一生欢乐事，亦不少于人。"（《洛中春游呈诸亲友》）诗人之乐，乐在盛名和物质享受上，他旁若无人地践行着他的诗歌美学，一步一步接近了自己生命的理想状态："暂尝新酒还成醉，亦出中门便当游。一部清商聊送老，白须萧飒管弦秋。"（《池上闲咏》）

在唐代的诗人中，白居易无疑属于高寿者。《长恨歌》是他三十四岁时的作品，时任盩厔（今陕西周至）县尉。《琵琶行》是他四十四岁时的作品，时任江州司马。还有一首重要的作品《霓裳羽衣歌》，是他在苏州任上时作。这几首被后世视为最能体现白居易艺术成就，尤其是他在文体上具有开疆辟土意义和价值的诗，都被他划归到了"杂诗"一类，他本人似乎并不看重，却为他赢得了广泛而深远的名声，甚至传播到了海外。据说日本嵯峨天皇最爱读白居易的诗，抄了许多藏于府内，暗自吟诵。若是有人在唐人来日本的船上搜查到白居易文集，朝廷便会予以重奖。日本的很多诗人都奉其平易简洁的文风为楷模，加以模仿。

《长恨歌》属于乐府歌行的体式，但在白居易手里除了强化叙事性外，抒情手法也有了创新，主要是声律带来的节奏与起伏，无论是"春风桃李花开夜，秋雨梧桐叶落时"，还是"上穷碧落下黄泉，两处茫茫皆不见"，都与唐代成熟的音律严丝合缝，给人以极大的审美享受。全诗结构曲折多变又井然有序，婉转动人的故事情节在生动形象的细节描写的推动下，一步步渲染出唐玄宗与杨贵妃缠绵跌宕的情感世界，令人唏嘘扼腕。可以说，这是一首将叙事与抒情结合得完美无瑕的诗篇。白居易自我评价是："一篇长恨有风情。"

后世有人据此认为，从才华上来看，白居易确有大才和语言天赋，他其实也是完全可以写出复杂而博学的诗歌的，可他偏偏选择了另外一条大不相同的路径。这样的看法很容易让我们忽略这样一个事实：白居易是一个有自我美学要求的人，和很多诗人不同，除了在《与元九书》中他清晰地提出过自己的诗学主张外，后来他又在很多场合，包括他的诗歌中，反复强调自己"不为诗而作"的写作态度，这种态度最终要以某种价值观的方式呈现出来，体现在文本中。如果说，中国古典文学中真的有所谓"日常生活写作"这一传统的话，那么，白居易当属这个传统的开启者和实践者。《正月三日闲行》《六月三日也闻蝉》《新制绫袄成，感而有咏》等等，白居易写过大量的以日常饮食起居为主题的诗篇，不厌其烦地罗列自己的生活轨迹，并陶醉其中，而在满足惬意之余，又常常从梦中惊醒："宴安往往欢侵夜，卧稳昏昏睡到明。百姓多寒无可救，一身独暖亦何情？"（《新制绫袄成，感而有咏》）

白居易在他身后留下了数量庞大的诗文，除了散佚的作品外，还有七十一卷，约四千篇。"文章十轶官三品，身后传谁庇荫谁？"（《初丧崔儿报微之晦叔》）这是他在给元稹的诗中所发出的困惑。公元 831 年，由于小儿阿崔的去世，让老年得子又丧子的白居易依稀产生了生之虚无感，不久之后，他转而皈依佛门，常住洛阳香山寺，为僧如满弟子，号"香山居士"。在同辈诗人元稹、刘禹锡等先后离世之后，他又活了很多年。白居易在洛阳的晚景无疑是称心如意的，尽管有过一次轻微的中风，但身体总体还算不错，为此他一次次在诗里流露出庆幸感，既感叹自己能在动荡的时局朝政中全身而退，又感叹上天眷顾让他衣食无忧："销磨岁月成高位，比类时流是幸人。"（《喜入新年自咏》）如果说早年的白居易还曾以杜甫为榜样，充满济世的理想和热望，那么，在遭受宦海挫折之后他就转而推崇陶渊明了，他甚至写过《效陶潜体诗十六首》，表达自己想超然世外的心愿。然而，他在内心深处再三权衡过后，仍然觉得陶渊明慎独、固穷的观念太过激进和彻底了，于是又提醒自己不能像陶渊明一样，活到为生计发愁的地步。

白居易写过一首能充分体现他后期理想生活的诗，《中隐》。这是一首特别有趣的诗，无论是从诗学追求还是人生理想上来看，都能充分体现出他的处世为文之道：

> 大隐住朝市，小隐入丘樊。
>
> 丘樊太冷落，朝市太嚣喧。
>
> 不如作中隐，隐在留司官。
>
> 似出复似处，非忙亦非闲。
>
> 不劳心与力，又免饥与寒。
>
> 终岁无公事，随月有俸钱
>
> ……
>
> 人生处一世，其道难两全。
>
> 贱即苦冻馁，贵则多忧患。
>
> 唯有中隐士，致身吉且安。
>
> 穷通与丰约，正在四者间。

当我们读到这首诗的时候，曾经熟悉的那位愤世嫉俗的诗人已经遽然消逝不见了，取而代之的，是一位整日里算计着生活与财富、活在"庆余年"的沾沾自喜中的老人。而事实上，这种世俗意义的成功感很多年来一直根植在他内心深处，盘旋在他的脑海，只是我们时常被诗人清醒的"济世"理想所蒙蔽了。成功的窃喜与抱愧交织于心，让白居易不由得一而再、再而三地感叹命运的恩宠。到了后来，随着青云平步，类似的感慨时常萦绕心间。

可以说，感叹诗学成了白居易人生中最后也最重要的命题："二十年前旧诗卷，十人酬和九人无。"（《感旧诗卷》）"荣枯忧喜与彭殇，都似人间戏一场。"（《老病相仍以诗自解》）再也没有满腹牢骚了，更不存在愤世嫉俗，唯有对坐拥财物的心之念之："达哉达哉白乐天，分司东都十三年……起来与尔画生计，薄产处置有后先。先卖南坊十亩园，次卖东郭五顷田。然后兼卖所居宅，仿佛获缗二三千。半与尔充衣食费，半与吾供酒肉钱……死生无可无不可，达哉达哉白乐天。"（《达哉乐天行》）大量的统计量词，和具体可感可触的物资清单，频繁地出现在白居易的诗里行间，尽管这种优渥的生活偶尔也会激荡出他的惭愧之心，让他心有不安，譬如："心中为念农桑苦，耳里如闻饥冻声。争得大裘长万丈，与君都盖洛阳城。"（《新制绫袄成，感而有咏》）类似这种忽而涌来的愧意，在垂老的诗人心中倏忽而来倏忽而去，使他在世人眼中的形象越来越模糊、迷离：这个人究竟还是不是我们认识的那位"心忧炭贱愿天寒"的祈愿诗人呢？

公元 846 年，白居易病逝于洛阳，享年七十五岁。

我曾在很多场合引用过近代理学大师马一浮先生对诗歌的

正见，他说诗"如梦之醒，如谜忽觉，如仆者之起，如病者之苏。"也就是说，诗关注的对象应该是：梦者，谜者，病者，仆者。反过来，诗要达到的效果是：醒，觉，苏，起。白居易孜孜以求，让后世念念不忘的，无疑是他关于"仆者之起"的文学命题，无论是他倡导的简朴通俗的文风，还是济民讽世的文学态度，都是围绕着这一主题展开的，而他被人颂扬和诟病的也恰恰同时集中在了这里。为什么会出现这种悖论？在《与元九书》一文中，白居易虽然以"仆"自谦，但我始终觉得，他并没有在内心深处真正接受自己也是"仆者"的现实，诗人眼里的"仆者"仍然只是那些挣扎或倒毙在雪地里、旷野上的无名无姓之人氏，他画了一幅令人侧目动容的"流民图"，深情而悲戚地旁观着他们，却没有力量去搀扶他们，甚至连伸过手去的机会都不多，只是不停地在诗中抱愧。他让我们看到了人世间的不公，但没有提出任何解决不公之道。白居易后来对自我人生的重新设计和塑造，都与他的这种身份认同有关。所以，他庆幸，他感恩，他时而沾沾自喜，时而又于心不忍。诗人看见了"仆者"，书写了"仆者"，但从来不肯接受，也不能忍受自己也是"仆者"，而且事实上，他就是一位精神上的"仆者"的现实，因为这样的现实太过残忍了，是诗人不愿领受的。

白居易去世后，他过继的后嗣请李商隐为其撰写墓志铭：《刑部尚书致仕赠尚书右仆射太原白公墓碑铭》。文中大段大段谈及诗人生前的活动路径及其影响力，却对白居易的文学成就避而不论。这丝毫不奇怪，毕竟，新一代晚唐诗人已经有意识地走在了另外一条路上，且与他渐行渐远了。

笔补造化

文学史上，才华与命运仿佛一对冤家，此消彼长，似乎很少有完全达成一致的时候。很难说清楚，究竟是才华造就了命运，还是命运成全了才华，抑或是，二者相互抵消。于是，总有扼腕和喟叹，总觉得命运不公。公元816年，年仅27岁的李贺在他的老家河南昌谷病逝。据说，临死前他的床边仅有其母、其姊等几位亲人伴守，场面相当凄清。后来李商隐作《李长吉小传》，根据李贺姐姐的追忆还原了当时的场景：长吉将死时，有一身着绯衣之人驾赤虬而至，原来是天帝派来的专使驾到了，要召他去天上为新落成的白玉楼作记。"少之，长吉气绝。常所居窗中，勃勃有烟气，闻行车嘒管之声。太夫人急止人哭，待之如炊五斗黍许时，长吉竟死。"这当然不是真的，但这段生动形象的描述至少说明，李贺这位早夭的天才诗人，尽管在人世间生年短促，但他如彗星般的生命体征却已然名动天宇。

元和时期是晚唐诗歌气象盛大的一个时期，涌现出了许多极具禀赋和异才的诗人，足以与开元盛世相媲美，韩愈、白居易、元稹、刘禹锡、柳宗元、孟郊、张籍、李绅、王建、李商隐、贾岛、姚合、朱庆余、张祜、杜牧、温庭筠等等，都在其列，而李贺无疑是其中极为耀眼的一位，同时也是诗歌风格极其奇崛甚至令人惊悚的一位诗人。

"此马非凡马，房星本是星。向前敲瘦骨，犹自带铜声。"（《马诗·其四》）这位出生于贞元六年（790 年）、生肖属马的诗人经常在他的诗中以马自喻，借马抒怀，"马的穷达哀乐，正是李贺的穷达哀乐"（叶庆炳《说李贺马诗二十三首》）。若以敏感、早熟而论，过往的文学史上很少出现过李贺这样的诗人：他不仅对自己的肉身充满了厌弃，而且还试图将这种厌弃全然外化，处理成"非人世""非理性"的文学经验，并由此创造出了近乎幻觉的诗歌美学。在李贺那里，诗歌逐渐摆脱了素来用以社交或求仕途的传统功用，变成了一种职业性的写作趣味，只与个人的精神生活有关，写作也不再完全依赖于现实生活的积累与经验，而演进为想象的经验世界在诗人内心深处的投射与折光，如光如电，忽明忽暗，突如其来，又饱含着人生的志趣。从这一点上来看，李贺的写作改变了我们以前对诗歌的阅读期待，即，那种试图通过诗人的写作找寻到时代和人生脉络的企图。他活在晚唐诗人群体之中，但他的诗歌并未与那个时代、那个帝国的风貌发生多大关联，而只与他个人的内心世界有关，隐秘，魔幻，扑朔迷离，又确凿无疑。而这一切究竟是怎样发生的呢？

"巨鼻宜山褐，庞眉入苦吟。非君唱乐府，谁识怨秋深。"在《巴童答》一诗中，李贺对自己的容貌体征做了这样的描述，这番描述与李商隐的《李长吉小传》大致吻合："长吉细瘦通眉，长指爪。能苦吟疾书，最先为昌黎韩愈所知。"巨鼻、庞眉、长爪、瘦脸，此后就成了李贺印刻在世人记忆里的外在形象。这副尊荣恰好配在素来风流逸荡、自命不凡的诗人身上，便产生了强烈的戏剧性冲突，而冲突的结果就是，畸零者的人格，以及与其终身相伴挥之不去的苦闷感。从家庭出身来看，李贺的身世无疑算得上是显赫的：他是唐高祖李渊的叔父李亮的后裔，基本上算是皇族宗亲了，尽管这层关系传至中唐后已经逐渐淡漠疏远，徒具皇室裔孙的名义，可享的境遇也越来越差了，但是这种名实不符的身世现状，仍然深刻地影响着李贺早期人格的形成，虚荣，天真，轻慢又孤傲。"蛾鬟醉眼拜诸宗，为谒皇孙请曹植。"（《许公子郑姬歌》）从这里我们可以看到，即便是在众声喧哗、受人轻慢的场合里，李贺也不会忘记自己身上流淌的是纯正的皇家血统，不会忘了在自己身上涂抹一层"唐诸王孙"的保护色，可以说，这是他来到人世最大最富暖意的精神支柱。昌谷是李贺一生的起点和归宿，他在美丽的"昌谷山居"度过了自己羸弱多病的童年和少年时代,"男儿何不带吴钩,收取关山五十州"(《南园·其五》),但这种高调的人生理念和意志,非但没有将他导向雄浑开阔的生活现场和人生境界,反而从中折射出了一种深深的乏力感。

先天发育不足,后天沉溺于母爱,让李贺既缺乏抵御疾病的能力,又多愁善感,身心健康饱受摧折。因此,他的诗从一开始就充满了天然的苦吟情调,弥漫着浓浓的草药味:"虫响灯光薄,宵寒药气浓"(《昌谷读书示巴童》);"泻酒木兰椒叶盖,病容扶起种菱丝"(《南园·其九》)……这几乎近似于一种女性化的书写了,缠绵于病榻前的孤苦无助感,在他早期的诗歌里比比皆是,足以说明,疾病和服药是他这一时期生活的重要内容。由于身体受限,在足不出户的那些岁月里,李贺唯有从阅读中收获乐趣。而李贺平生嗜读浮屠之书,道书与佛典是其精神养料,此外,他也嗜读《楚辞》、乐府、游仙诗和宫体艳诗等,常常耽于各种非分之想、虚妄之念,疏于与人交往,内向孤僻,理不胜情,放纵欲念,沉溺于幻境,在这种心理结构下诞生出来的诗人,自然是病态的:"咽咽学楚吟,病骨伤幽素。秋姿白发生,木叶啼风雨。"(《伤心行》)过早出现的病象,哪怕是一根白发在幽冥铜镜里的闪现,也足以令敏感的诗人心惊肉跳,让他只能徘徊在"幽情"和"幽怀"之间,整个青春时代都处于凄惶的状态中。

　　大约十八岁左右，李贺离开家乡昌谷，前往东都洛阳，积极准备三年之后的进士考试。对于李贺来讲，求取功名、报效国家乃是他人生中天经地义的事情，更是他作为"皇家宗孙"近乎本能的冲动。来到洛阳后，他暂且寄居在城南仁和里一处向族人借贷来的简陋房舍里。这段生活对于向来缺乏自理能力的诗人来说无疑是艰难的，在离开了熟悉的母亲关爱与呵护之后，他亟需找到另外一个温暖的怀抱，或者坚实的臂膀来倚靠，以应付流离人世、举目无亲的孤寒感。好在昌谷地处两京驿道的要冲，西去长安和东向洛阳都十分便利，在羁居东都的日子里，李贺还可以经常往返于洛阳与昌谷之间，求得暂时的亲情慰藉。但是，作为决意求取功名的士子，李贺还是必须尽快获得外界的赏识。

　　唐人张固在《幽闲鼓吹》中记载过这样一则轶事："李贺以歌诗谒韩吏部，吏部时为国子博士分司，送客归极困，门人呈卷，解带旋读之。首篇《雁门太守行》曰：'黑云压城城欲摧，甲光向日金鳞开。'却援带命邀之。"意思是，李贺在洛阳首次拜见韩愈时，先行献上了《雁门太守行》一诗，韩愈仅仅在读了前面两句诗后，就立刻让人将它的作者唤来了。由此可见，韩愈确乎识才之人。在元和一代诗人群体中，韩愈作为文坛领袖，肩擎"古文运动"的大旗，主张"发言真率，无所畏避"，其力主新奇、讲究修辞的诗学观念，深得年轻一拨诗人的认同，以致后来形成了一个以"苦吟诗学"为诗学趣味的群体，姚合、贾岛、孟郊，甚至李商隐都是这样的苦吟诗人，李贺自然也不例外，他很快便与韩愈成为莫逆之交，后人用"呕心沥血"来形容他俩的写作。"呕心"一词，出自李商隐《李长吉小传》中李贺母亲之口："是儿要当呕出心乃已尔。"而所谓"沥血"，则出自韩愈《归彭城》诗句："刳肝以为纸，沥血以书辞。"在即兴之作《高轩过》一诗中，李贺以极其铺排夸张的修辞描述了韩愈、皇甫湜两位前辈闻其诗名之后，枉驾来到仁和里探望他的场景，在一番华辞锦绣铺排过后，诗人写道："庞眉书客感秋蓬，谁知死草生华风。我今垂翅附冥鸿，他日不羞蛇作龙"，表明了诗人渴望改变自己窘困处境，期待腾达飞升的迫切意愿。但请留意"垂翅"一词，体现出了李贺即便有受宠若惊之心，也没有完全放下内心的孤傲。得到韩愈的赏识，并与之交往，这段时日应该算得上是李贺短暂生命中的情感巅峰体验了，因为这一机遇来得恰逢其时，"谁知死草生华风"，则烘托出了诗人在绝境之中的意外之喜。

果不其然，元和五年（810 年），李贺顺利通过了河南府试，被选拔出来应对长安的进士考试。由于此前已经获得韩愈等人的器重和揄扬，更助长了他即将功成名就的幻觉，不免对仕途有些飘飘然了。然而，造化真是弄人，原本看上去渐入佳境的前程，却在此间发生了重大挫折。

李贺的父亲名叫李晋肃，曾为陕县县令，在李贺"年未弱冠"时就去世了，为此他曾居家服丧三年。李贺去长安参加科考，有好事者硬说其父名"晋肃"中的"晋"字与"进士"的"进"字同音，认为他应避家讳，不能参加考试。事发突然，尽管韩愈作《讳辩》一文为其据理力争，但终究没有抗住世俗的偏见和压力，最后李贺还是被褫夺了科考应试的权利。这件近乎无中生有的事，对李贺的内心实在冲击甚大，他不仅丧失了一次入仕的良机，而且原本羸弱不堪的心灵世界遭受到无端的挤压，由此产生了对外在世界的极度不安和不信任感。突发的"名讳"事件，骤然降临在毫无思想准备的诗人身上，令李贺倍感身世飘零，惆怅郁闷：

> 零落栖迟一杯酒，主人奉觞客长寿。
> 主父西游困不归，家人折断门前柳。
> 吾闻马周昔作新丰客，天荒地老无人识。
> 空将笺上两行书，直犯龙颜请恩泽。
> 我有迷魂招不得，雄鸡一声天下白。
> 少年心事当拏云，谁念幽寒坐呜呃？

这首直抒胸襟的《致酒行》节奏明快，音色高亢，浓郁的悲怆情绪和郁结于心的凉薄之感几乎脱口而出，一扫诗人作品惯常的幽冥和晦涩，其近乎呜咽腔的真挚倾诉，给读者以强烈的情感撞击。"雪下桂花稀，啼乌被弹归""卿卿忍相问，镜中双泪姿"（《出城》），受到伤害的诗人无以排遣满腹的郁闷幽怨之情，又无可奈何，只得怏怏悻悻地返回昌谷老家，寻求母爱疗伤去了。

昌谷位于洛水之滨，地貌丰富，形态多端，风景十分秀丽。作为自幼就感觉敏锐的诗人，家乡的自然风光一直滋养着李贺的诗情，他的许多诗篇中都流露出了浓厚的乡恋情结，譬如早期的"无情有恨何人见，露压烟啼千万枝"（《昌谷北园新笋》）；晚期的"岂解有乡情？弄月聊呜哑"（《勉爱行二首送小季之庐山》），等等，但乡情在诗人的笔下呈现出来的面貌如此独特，总是状如怀抱，每当诗人对外界略感不适时，便会顺势投入其中，任情放纵地"啼"或"呜哑"。钱钟书先生在《谈艺录》中留意到了李长吉特别爱用"啼""泣"或"呜咽"等词，来咏叹家园草木，无论诗人的诗作写得多么情景交融，都会不由自主地驱使身边的这些竹木花草，来帮助他偿还说不尽的恨意和泪债，"无情有恨"是李贺诗中极为特殊的思想意念，不时闪现在他各个时期的作品里。"空将汉月出宫门，忆君清泪如铅水。衰兰送客咸阳道，天若有情天亦老。"在这首最能代表李贺创作成就的《金铜仙人辞汉歌》里，诗人轻车熟驾地使用着他惯用的抒情套路，造词奇异，诡异灵动，王夫之曾言此诗"不无稚子之气"，而事实上，李贺终生也未能摆脱过他的天真和纯粹，就像一个不谙世事的孩子，他的纵情恣意都如此真实可感，在他人那里显得做作扭捏的情态，在李贺这里却尤显自然。

公元 811 年，李贺的仕途突然闪现出了一丝转机，朝廷征召他去长安担任奉礼郎一职。尽管此时"名讳"事件的创痛尚未痊愈，但看来朝廷总算还是顾念到了诗人作为皇族后裔的门荫关系，决定给予其照顾。奉礼郎为太常寺属官，位不过从九品上，执掌朝会、祭祀等事务。李贺在这个职任上前后待了将近三年时间，过得极其苦闷潦倒。他所寄居的寓所非常简陋糟糕，"瘦马秣败草，雨沫飘寒沟"（《崇义里滞雨》）；而每天的工作刻板又烦琐，"学为尧舜文，时人责衰偶"（《赠陈商》），在长安任上的每一天都是对他原本就羸弱的生命的无谓消耗。"扫断马蹄痕，衙回自闭门"（《始为奉礼忆昌谷山居》），如其诗中所述，在羁宦京城的这段时间里，这位始终眷念故土、多愁善感的诗人干脆闭门谢客，做一个敝帚自珍的人，在日复一日的幻象中独自咀嚼心中的苦涩，依靠天马行空的想象力来满足其精神欲求。

李贺平素很少与人打交道，除了沈子明、陈商等少数几个朋友外，他终日沉醉在云愁海思的情绪状态中，酒精、乐舞和浮屠之书，更助长了他的幻听幻觉和幻视。"今夕岁华落，令人惜平生。心事如波涛，中坐时时惊。"在这首五言体的《申胡子觱篥歌》中，诗人记述了他与朔客诗酒交游的情形。李贺熟读汉魏六朝乐府诗，尤擅新体乐府歌行，是妙解律调的行家里手，《两唐书》本传中称他"手笔敏捷，尤长于歌篇"，"辞尚奇诡，所得皆惊迈"，可见，他的这类作品在当时已经广有影响，但他的性格却不允许他利用这方面的才华换取声名和财富。《李凭箜篌引》是李贺在同类题材中的又一力作，辞采华丽，古意盎然。这首诗描述了诗人抱病听宫廷乐师李凭演奏箜篌的情景："昆山玉碎凤凰叫，芙蓉泣露香兰笑。十二门前融冷光，二十三丝动紫皇。女娲炼石补天处，石破天惊逗秋雨。梦入神山教神妪，老鱼跳波瘦蛟舞。"多重形象化的比喻，和丝丝相扣的移情处理手法，令全诗美如织锦一般。末了，诗人以三国时期的爱乐者吴质自况，"吴质不眠倚桂树，露脚斜飞湿寒兔"，将"愁"字渲染得无以复加。"以愁养病"的诗人独自活在偌大的长安城内，瞬间让人顿生秋雨飘蓬之感，真当是"长安有男儿，二十心已朽"（《赠陈商》）了。

唐代诗人大多以汉魏六朝乐府为自己效仿学习的对象，李贺也是如此，他的很多作品都是以"歌""引""行""曲""乐"为名来拟定诗题的，《新唐书》本传称其"乐府数十篇，云韶诸工皆合之管弦"。其实，李长吉的这些歌行并不是为了配乐传唱而作的，他之所以热衷于这类仿乐府歌行，大概缘于他对音律天生的敏感，那种错落有致的声腔和韵律更宜于传达和宣泄他孤寂又丰富的情感世界。如前文所示，诗歌之于李贺而言，已经摆脱了社交或求仕的世俗需要，他几无社交，又无仕途晋升的可能性，因此，写诗在李贺这里就变成了"为诗而诗"的纯职业写作形态，全然属于生命欲求，这就使得写诗这种行为本身，在李贺身上获得了更大的解放空间，尽管他仍然时常沿用乐府旧题，譬如《将进酒》《雁门太守行》等，但这也恰巧说明，诗人不流时尚的性格特征和创作意旨，说到底，就是一种我行我素的任性行为。我们都知道，李贺早年曾经创作过一首与李白同题的名诗：《将进酒》，同样是紧扣古乐府纵酒放歌的题旨，同样是在感时伤怀，主张及时行乐，但两者的结构和风格，乃至气质都迥乎不同。李贺的这首《将进酒》完全不落前者的窠臼，充分显示出了这位天才诗人别出心裁的语言功力：

> 琉璃钟，琥珀浓，小槽酒滴真珠红。
>
> 烹龙炮凤玉脂泣，罗帏绣幕围香风。
>
> 吹龙笛，击鼍鼓；皓齿歌，细腰舞。
>
> 况是青春日将暮，桃花乱落如红雨。
>
> 劝君终日酩酊醉，酒不到刘伶坟上土。

诗人在这首诗里动用了视觉、听觉与嗅觉等各种感受能力，由实到虚，虚实并置，给人以超越感官欢愉，直达生命理念的审美体验，而在这一片珠光宝气的笼罩之下却是一抔坟土，生命的悲怆感随诗行的终止而蓦然升腾，读罢让人禁不住掩面长喟。

与元和时代甚至更早一些的诗人相比，李贺的诗歌中始终弥漫中富贵奢靡的宫廷气息，这或许与他"唐诸王孙"的贵胄身份有关，虽然现实的处境恰恰形成了对这一身份的嘲弄，但某些贵族观念和享乐意识依然残存在他的血液深处，不时会泛溢而出。紧迫的求生意志，以及短促的生命意识，再加上每况愈下的身体状况，这些因素汇集在一起，加诸这位凄清古怪的诗人身上，就形成了这样一种耽于想象、诗风绮丽、满目愁怨的诗歌风格。

越是生活中匮乏的，越是他诗歌里着墨最多的，这是李贺作品的显著特点之一。譬如说，他写过许多艳体诗，有人据此推论，李贺曾流连于风月之所，但如若稍稍了解诗人在日常生活中的情貌，就不难发现，他不仅从未涉足过这样的地方，而且还对艳情之事有一种与生俱来的胆怯感，诗人只是凭借想象完成了这样的情事："莲风起，江畔春，大堤上，留北人。郎食鲤鱼尾，妾食猩猩唇。"（《大堤曲》）细读李贺的作品，我们会注意到，他绝大部分诗歌都是想象的产物，来自阅读经验里的各种鬼怪、志异、传说，以及生活中的奇闻逸事，配以对身边切近之物的近乎工笔的刻写描摹，空间上的错落和时间里的挪移，词语在他的诗里得到了有效的重组，这种在苦吟中形成的诗歌绝学，达到了诗艺与个人命运高度的同构合一。

李商隐在《李长吉小传》里说，李贺经常骑驴寻诗，遇有所得便书投囊中，归家之后再对这些诗料加以编织提炼，"非大醉及吊丧日率如此"。可见，诗人在诗艺之境沉醉得多么深入。当然，这种崭新的诗艺也为我们后来的阅读者带来另外的烦恼：李贺的许多诗歌都无法纳入理性的范畴，同一首诗行与行之间情绪跨度太大，甚或同一行诗中词与词之间存在着太多不循常规的组合，令人目不暇接，而且他的很多诗都是主体缺失的，譬如《秦王饮酒》："秦王骑虎游八极，剑光照空天自碧。羲和敲日玻璃声，劫灰飞尽古今平……"如何敲日作声，又怎样才能将古今世界扫平？诗人吊诡的想象力确非常人能及，而且他在遣字造句方面着意营造出奇险诡异的风格，有意识地在主宾之间插入突兀的动态结构，以此阻遏诗意的平缓流淌。这种非理性制造出来的幻觉效果，一如他在这首诗中所说的那样："洞庭雨脚来吹笙，酒酣喝月使倒行。"这样一种梦幻、迷醉、癫狂的状态，正是通过打乱惯常的时序来实现的。也就是说，李贺的非理性，他的局促和短板，也正是他非常人所能及的地方。

李贺在长安城内那个蹩脚的职位上，一直期期艾艾地挨到了元和八年（813 年）初，终因身体病势加剧，再也无力也无心胜任奉礼郎的工作，决定辞职归乡。"自言汉剑当飞去，何事还车载病身？"（《出城寄权璩杨敬之》）诗人带着一种深深的屈辱感，抱着病体回到了昌谷老家，昔日对功名的热望，到头来换回的不过是愈加委顿的残躯，身体和心灵在此之后再也难以振作起来。"吾不识青天高，黄地厚；惟见月寒日暖，来煎人寿。"（《苦昼短》）此后的岁月，李贺都是在煎熬中度过的，衰老和死亡不停地催逼着他上路，但诗人在生命最后的一程，还是心有不甘，又挣扎着走了一段岔道。

公元 814 年夏，李贺出于生计考虑，决定离开家乡前往山西潞州（今长治），投奔同属韩愈门下的张彻，此时张彻正初入潞州幕府为僚，掌管文书奏章。李贺的本意大概是想让张彻援引他进入幕府，但张彻毕竟人微言轻，可能也曾请托过，但终未遂愿，李贺只能无可奈何地以"病客"之身，在潞州度过了两年多的寄人篱下的生活，精神状况更加萎靡，身体也加速走向了衰败："悲满千里心，日暖南山石。不谒承明庐，老作平原客。四时别家庙，三年去乡国。旅歌屡弹铗，归问时裂帛。"（《客游》）终于在强烈的思乡思亲之情的驱使下，李贺重又蹒跚着返回了昌谷老家。至此，诗人生命的终点与起点，在经历了为数不多的几次位移之后，就再也没有分开过。如果我们从肉身的角度来看，李贺可能是中国古代诗人中行动力最弱、行程最短暂的那一个；但是倘若从精神的角度来讲，他又是他们中间游历得最为遥远、最为迅捷的那一个。

"王子吹笙鹅管长，呼龙耕烟种瑶草。粉霞红绶藕丝裙，青州步拾兰苕春。东指羲和能走马，海尘新生石山下。"（《天上谣》）这是李贺在恍兮惚兮之中所感受到的天堂胜景，也是诗人最终所抵达的不生不灭的极乐现场。

公元 831 年，在李贺去世十多年后，年轻的诗人杜牧从集贤学士沈子明（即沈述师）的手上，接过了李贺生前为自己编订的遗集，"离为四编，凡二百三十三首"。杜牧起初推辞不受，后来在拜读之后写下一篇极其精湛又奇异的序文：《李贺集序》。在这篇文采飞扬的序文中，杜牧前半部分交代了李贺集的来历，及李贺的身世，后面准确地指出了李贺诗之精髓和风格来自屈原的《离骚》："盖《骚》之苗裔，理虽不及，辞或过之。"同为韩愈门下一派，杜牧的序文可谓知音之论。但显然，杜牧对于李贺过度依赖华丽的辞藻和新鲜的观念颇有微词："贺生二十七年死矣，世皆曰：'使贺且未死，少加以理，奴仆命骚可也。'"意思是，李贺的诗缺乏对现实社会的介入感，但是，倘若他还活着，活得更久一些，能够再理性一点，或许他真能承接《离骚》的气脉了。这当然只能算是后来者对李贺的寄望罢了，因为事实上每一位写作者只能活在他个人生活的局限性中，我们衡量一位诗人的成就终究要看他在局限性中所抵达的极致程度。

李贺在短暂的人生现场始终没有摆脱过畸零者的身份，他的大部分作品都是想象的产物，包括他那首被后世称为"反映民生疾苦的杰作"——《老夫采玉歌》，同样也是诗人套用乐府歌行而作，但诗中描述的惊心动魄的场景，以及从中弥漫出来的对生命深刻的忧惧感，依旧能给读者带来经久不息的审美体验："蓝溪之水厌生人，身死千年恨溪水。"这种决绝的生活态度和生命体验，不独为采玉的"老夫"所有，其实也是李贺在人世间的内心精神写照。在李贺那里，"老"和"死"须臾不曾远离过，甚至在他早年还沉浸于家园美景时，这两块顽石就如同心中块垒，积压于胸；而到了晚年，诗人已经平静地接受了这一切，哪怕是那些在别人看来阴恻凄然之物，于他也是顺理成章的了："月午树无影，一山惟白晓。漆炬迎新人，幽圹萤扰扰。"（《感讽》之三）鬼影闪烁，人死如灯灭。这就是天才的命运，但李贺最终将这种看似不公的命运兑换成了一种诗人的使命：所有在他生命中缺失的东西，诗人都要用不停书写的笔墨，从上苍那里赎回来。

自撰平生

有人大器晚成，就有人年少有为，终归都是一生，终将都会被兑换成命运。但是，倘若从文学成就的角度去理解，我们便可以在瞬间忘怀命运的公正与否，因为对于每一个写作者而言，生命不到最后一刻就无法评估其价值和意义，贫顿也罢，荣贵也好，无论是颠沛流离，还是顺风顺水，都是生活，而生命则是所有这些生活的总和。

在整个唐代文人中，我们似乎很难找出比杜牧更幸运的人了，无论是从家庭出身来讲，还是从个人才华来看，他都算得上是一个被命运格外宠爱的人。首先，他有一个很特别的祖父：杜佑。在政局动荡的晚唐，杜佑历任德宗、顺宗、宪宗三朝宰职，这可不是件容易的事情；而且杜佑还不是一般意义上的文臣，他在任上花三十多年时间编纂出了中国历史上第一部记述历代典章制度的典志体史书《通典》，这部内容恢宏的典籍共分为食货、选举、职官、礼、乐、兵、刑法、州郡、边防九典，细致爬梳了从远古黄帝时期至唐朝天宝末年的制度沿革，可谓蔚为大观。"第中无一物，万卷书满堂。家集两百篇，上下驰皇王。"这不是诳语，这是杜牧在《冬至日寄小侄阿宜诗》中的真实描述，其自豪自得之情溢于笔端。在这样的家境里成长起来的杜牧，无疑深受儒家思想文化的熏陶浸染，自幼就养成了学以致用、经世济国的胸襟，这使得他从一开始就将个人的才华与社会民生紧密相连，视报国立业为人生的终极价值取向，即便是后来置身于宫廷党争的旋涡之中，这一志念都根深蒂固，未曾发生过动摇。《阿房宫赋》是今存杜牧最早的作品，写作此赋时他才年届二十三岁，此赋以史为镜，纵横捭阖，讽谏劝诫，融思想性与艺术性为一体，由此可以看出，关注现实、有所作为乃是杜牧最基本乃至最基础的文学态度，而这一态度后来虽然因朝局紊乱而曾有过短暂的游弋和摇摆，但最终还是贯彻了诗人跌宕起伏的一生。

公元 803 年，杜牧出生在长安城南一座阔绰丰饶的庄园里，这座名为"朱坡"的园子，是当朝丞相杜佑闲暇时的养生怡乐之地，也是当时长安一带最好的田产。这块平川位于少陵原与神禾原之间，村舍相接，阡陌纵横，绿树成荫，汉高祖刘邦曾将这条川道封为武将樊哙的食邑，"樊川"由此得名。"杜曲花光浓似酒，少陵春色苦于人。"诗人杜甫早年曾在这里生活过十年，吟诵过这里的美景良辰。而另一位诗人崔护也曾在此留下过千古名诗："去岁今日此门中，人面桃花相映红。人面不知何处去，桃花依旧笑春风。"（《题都城南庄》）童年生活的闲适美景对杜牧日后的人生影响极大，每当仕途受挫时，他就会不由自主地忆起早年的朱坡生活："下杜乡园古，泉声绕舍啼。静思长惨切，薄宦与乖睽。"这是杜牧在五言排律《朱坡》里的诗句，我们从中不难读出诗人对故园的眷念之情。犹如李长吉笔下的昌谷一般，故园总能给沉浮宦海的游子以慰藉疗伤之用。杜牧在外放羁旅途中，每当看到身边熟悉的景物，就会从内心深处生发出对故园朱坡的追忆之情："烟深苔巷唱樵儿，花落寒轻倦客归。藤岸竹洲相掩映，满池春雨鹡鸰飞。"（《朱坡绝句之二》）但凡有过完整而美满的童年生活经验的诗人，似乎都有着难以割舍的田园农耕的文学情怀，充足丰沛的自然生活养分总能给他们带来持久的精神支撑，无论是王维、孟浩然，抑或是李贺，心中都有相似的隐逸冲动，杜牧自然也不例外，他自号"樊川"，而这一地理方位也是他的精神方位。

杜牧十二岁那年，祖父杜佑去世，不久父亲杜从郁也病卒，杜家由此进入了困顿衰败期。"某幼孤贫……长兄以一驴游丐于亲旧，某与弟颚食野蒿藿，寒无夜烛，默念所记者，凡三周岁。"这是后来杜牧在《上宰相求湖州第二启》中所述，虽说言辞有些夸张的成分，但说明他至少有过几年的生活困苦期。而事实上，杜家传至杜牧，虽说已无从前的荣光，但杜牧当时还是从祖上继承了三十多间房屋，只不过，因为家中没有其他的经济来源，只有靠变卖家产维持生计，日陷窘境，这倒是确有其事。杜从郁是靠门荫进入仕途的，由于他的官阶不够，"门荫"特权也无法再传给后人，因此，杜牧唯有苦读，通过科考进入仕途。825 年，杜牧终于写出了脍炙人口、广为流布的《阿房宫赋》，从而一举成名。三年后的春天，他如愿以偿进士及第，随后又顺利地通过了由唐文宗亲自主持的制举殿试，被授予弘文馆校书郎、试左武卫兵曹参军之职，由此开始了他体面光鲜的仕途生涯。"东都放榜未花开，三十三人走马回。秦地少年多酿酒，已将春色入关来。"（《及第后寄长安故人》）春风得意的欢快之情，让年方二十六岁的杜牧不免对前途充满了信心。

据现有史料记载，杜牧早期的从政经历与时为江西观察使的沈传师有关，沈传师是杜家的故交，兴许是出于呵护故人之后的目的，在杜牧进入职场后不久，就将他召致自己幕下，以便让年轻的杜牧有所历练，同时又不至于被其狷狂的心性带偏。杜牧曾著有《上知己文章启》，即是干谒沈传师的，表达了他对沈传师的感激之情。不久，杜牧随沈传师转至宣州幕府。其时，沈传师之弟沈述师（即沈子明，李贺临终托稿之人）也来到了这里，并纳幕中歌妓张好好为妾。几年以后，张好好为沈述师所弃，流落至洛阳，以贾酒为生，杜牧在洛阳重新遇见她后，于感喟之余写下了著名的诗篇《张好好诗》。这首诗以"君为豫章姝，十三才有余"开篇，到"洒尽满衿泪，短歌聊一书"收笔，极尽伤怀之情。后人对此诗多有攻讦之论，甚至据此认定，杜牧乃轻薄恶少，热衷于猥亵淫艳之词，譬如："龙沙看秋浪，明月游东湖。自此每相见，三日已为疏。玉质随月满，艳态逐春舒。绛唇渐轻巧，云步转虚徐……"云云。其实，杜牧作此诗的缘起，在于伤悼感念沈传师的知遇之恩，透过对张好好形象的描述，回忆当年他们宣州的惬意生活。再说，为风尘女子作诗古来有之，最有名的当属白居易的《琵琶行》，尽管杜牧曾在《唐故平卢军节度巡官陇西李府君墓志铭》中，借李戡之口这样评元、白之诗："诗者可以歌，可以流于竹，鼓于丝，妇人小儿，皆欲讽诵，国俗薄厚，扇之于诗，如风之疾速。尝痛自元和已来有元、白诗者，纤艳不逞，非庄士雅人，多为其所破坏。流于民间，疏于屏壁，子父女母，交口教授，淫言媟语，冬寒夏热，入人肌骨，不可除去。吾无位，不得用法以治之。"认为元白之诗丧失了诗文应有的庄重、典雅和严肃性，但从根本上来看，杜牧秉持的文学观念，与白居易的"文章合为时而著，歌诗合为事而作"的主张，多有相逢相似之处。杜牧早年写过《窦列女传》，后来还作过长赋《杜秋娘诗》，这些描写女性的诗篇，都是在借史、借事讽谏时弊，意在匡扶人伦世相，并非猎艳之举，倒是从中多见诗人的恻隐之心。"本求高绝，不务奇丽，不涉习俗，不今不古。"（《献诗启》）这是他给自己订立的为文之道，所以说，那些只看皮相的攻讦之言是站不住脚的，而我们评判一个诗人不应只看他写了什么，还要看到他怎么写和为什么写。

公元 833 年，杜牧由宣州转至淮南节度使幕府任掌书记，此时的淮南节度使正是处于朝廷党争风暴眼中的牛僧孺，不久前牛僧孺因处事不力遭到弹劾，辞去宰相职务来到扬州任上。此后，杜牧的政治生命便与牛僧孺有了瓜葛，而扬州也与杜牧结下了不解之缘。

扬州地处大运河之首，南来北往的货品都要经此周转，不仅地理位置十分独特，而且风光秀丽，秦楼楚馆、歌妓宴乐，其繁华程度在唐代仅逊于长安。杜牧生于豪门，喜好风华自是自幼养成的心性，其冶游放浪的性情在来到扬州后被彻底激活了：

娉娉袅袅十三余，豆蔻梢头二月初。
春风十里扬州路，卷上珠帘总不如
（《赠别》）

多情却是总无情，惟觉樽前笑不成。
蜡烛有心还惜别，替人垂泪到天明。
（《赠别》）

有时候，我们不得不相信，诗人与他笔下的风物之间存在着某种神秘的相互召唤、相互见证和成全的关系。具体到杜牧这里，"扬州"（以及后来的"宣州"）仅仅是一个地名吗？或许还有更为宽泛的精神指向意味。杜牧之于扬州，或扬州之于杜牧，"名"与"物"之间所构成的紧张又密实的联系，最终达到了相互照见的效果。扬州似乎成了杜牧个人文学生涯的转折点，让他迅速从一般意义上的才子型文人群体中凸显出来，变成了特立独行、自带光芒的耀眼诗人。而事实上，杜牧此次在扬州任上滞留的时间并不长，不到两年光景就被朝廷召回长安，担任监察御史，但就是这短暂的时光，开启了一个全新的诗人世界。此后，"淮扬气质"就成了杜牧独特的诗歌气质。

从宣州到扬州，杜牧结束了异地八年的幕吏生涯回到长安，正值著名的"甘露之变"前夕，宦官专权，权臣倾轧，唐文宗为保全皇位任用昏官李训、郑注等人，杜牧的好友李甘因反对郑注为相而遭贬，致死。李甘之死让杜牧变得心灰意冷，为了避开乌烟瘴气的朝堂，杜牧索性称病离开了长安，来到洛阳任监察御史分司。公元 836 年，心情郁闷的诗人独登洛阳敬爱寺，写道："暮景千山雪，春寒百尺楼。独登还独下，谁会我悠悠。"（《题敬爱寺楼》）一股孤寂悲怆之气直逼陈子昂的《登幽州台歌》。杜牧在扬州牛僧孺幕中时，他弟弟杜顗在镇江李德裕幕下任职，而此时杜颤已患有严重的眼疾。为了给弟弟治病，杜牧只好从洛阳又一次来到了扬州，找名医石生为其弟治病，巧合的是，此时来扬州接任牛僧孺的正是李德裕，由于杜牧被认为与牛僧孺关系密切，自然与李德裕心生嫌隙。但无论如何，扬州依然如前所述是杜牧的心仪之地，他一来到这里便才情毕现，写出了许多名动江湖的金句：

谁家唱水调，明月满扬州。

（《扬州》）

扬州尘土试回首，不惜千金借与君。

（《润州》）

落魄江南载酒行，楚腰肠断掌中轻。

十年一觉扬州梦，赢得青楼薄幸名。

（《遣怀》）

这些飘逸美妙的诗篇，很快就奠定了诗人在世人眼中风流倜傥、纵逸轻狂的形象，也给人以追求享乐的纨绔印象，而这一形象又有违于他早年立定的匡扶天下的人生志愿，于是乎，我们看到这一时期的杜牧在诗中不时呈现出来的复杂生活况味："今日鬓丝禅榻畔，茶烟轻飏落花风。"（《题禅院》）国事家事纠缠，愁绪万端，无可排解之途。《唐才子传》卷六"杜牧"里记录了这样一桩轶事："牧美容姿，好歌舞，风情颇张，不能自遏。时淮南称繁盛，不减京华，且多名妓绝色，牧恣心赏，牛相收街吏报杜书记平安帖子至盈箧。"说的是牛僧孺当年曾担心杜牧沉湎于歌肆酒馆，误了前程，于是派人暗中盯梢他的举止，以便予以保护之事。而此番再来扬州，杜牧的心境已与前次大不相同，杜颧的眼疾不仅没有治好，而且有失明的可能。由于在扬州盘桓逾百日，杜牧按例辞去了在洛阳的职位，生计也没有了着落，他也不可能在李德裕幕中谋求职位。这年秋天，应宣歙观察使崔郸的邀请，杜牧带着弟弟又来到了宣州，担任团练判官、殿中侍御史内供奉。

这是杜牧第二次来宣州了，距离上次来这里已有十年之久。杜牧对宣州的风物早已烂熟于心，东吴深处，烟雨江南、历史沿革、文化习俗大量地呈现在诗人的笔端："阅景无旦夕，凭栏有古今。留我酒一樽，前山看春雨。"（《题宣州开元寺》）就像他在诗中所描述的那样，宣州的自然风光和人文景观与诗人的灵性达到了奇妙的融洽，雄俊与幽暗，沉重与轻逸，疏朗与密实，在这一时期的作品中得以饱满而自然地呈现："鸟去鸟来山色里，人歌人哭水声中"（《题宣州开元寺水阁，阁下宛溪夹溪居人》）；"可惜和风夜来雨，醉中虚度打窗声"（《宣州开元寺南楼》）；尤其是在这首《宣州送裴坦判官往舒州时牧欲赴官归京》诗中，诗人对语言的运用和节奏的把控达到了炉火纯青的地步:"君意如鸿高的的,我心悬旆正摇摇。同来不得同归去,故国逢春一寂寥。"这种叠字手法在七律中巧妙的使用,衔接了前辈诗人王维的语言特色,为晚唐诗歌注入了一股新鲜的活力。而在另一首给裴坦的诗中,诗人则写出了更为复杂也更加不堪的人间流离哀伤之情:"……我初到此未三十,头脑钐利筋骨轻……重游鬓白事皆改,唯见东流春水平……江湖酒伴如相问,终老烟波不计程。"杜牧曾两次长住宣城,当早年的志向与现实不断发生龃龉时,一种郁郁不得志的情绪始终笼罩着他,所以,我们看到的,也始终是"长空碧杳杳,万古一飞鸟"(《独酌》)的诗人形象,表面上潇洒宦游,实则心怀苦闷,"潇洒江湖十过秋,酒杯无日不迟留"(《自宣城赴官上京》),一方面对江南风光山水诗酒留恋不已,另一方面又感叹时不待我,急欲有所作为,就是在这样一种颇为矛盾的心境之下,公元839年春,杜牧决定绕道将其弟杜顗托付给江州的堂兄,又一次奉诏回到长安,担任左补阙之职。

这次回京,杜牧的仕途似乎有了回归正道的迹象。

840年杜牧出任膳部员外郎,842年任比部员外郎,兼史馆修撰,时年四十岁,正是古时官员仕途上的成熟期。然而,就在这年春天,李德裕从扬州任上回京担任宰相,几乎与此同时,杜牧被外调任黄州刺史。虽说表面上看来,这次调任对于杜牧是官阶上的一次升迁,但黄州在当时乃偏僻州郡,"户不满二万，税钱才三万贯"。看惯了京畿和江南一带繁华的杜牧，自然对此番调任心生不满，既感觉这里无法施展他的抱负与才华，又觉得这是李德裕及同党在有意挤对他，于是，怨怼抑郁的情绪又一次笼罩住了他。两年之后，杜牧被迁为池州刺史。又过了两年，再一次改任为睦州刺史。

出任黄州、池州、睦州的七年，是杜牧精神生活颇为压抑的一段时期，越放越远，不见归期，让杜牧"嗜酒好睡，其癖已痼"（《上李中丞书》）。这种情绪在《上吏部高尚书状》中曾有过清晰的表露："……三守僻左，七换星霜，拘挛莫伸，抑郁谁诉……当道每叹，末路难循，进退唯艰，愤悱无告……流落多戚，今古同尘。"诗人旷达不羁的性情与落拓消沉的现实处境在此阶段不断角力，锤击其心志，其结果是，杜牧的诗风逐渐从高蹈飘逸走向了沉郁和俊朗，诗艺也在此间日渐精湛圆熟，应该说，这一时期是诗人风格的真正成熟期。"平生五色线，愿补舜衣裳"（《郡斋独酌》）的宏图志念，依然是诗人不肯放弃的；但在不断受挫之后，诗人也开始有了自省："遇事知裁剪，操心识卷舒。"（《自遣》）作为一向刚烈直言、不肯阿附权贵的诗人，这一变化其实有助于他静观内心：此生他究竟是应该求功名，还是应该求享乐？

杜牧在此期间写下的诗常常以历史人物自况，钩沉索隐，怀古论今，最有名也最具代表性的当属《赤壁》："折戟沉沙铁未销，自将磨洗认前朝。东风不与周郎便，铜雀春深锁二乔。"

这首诗从某个侧面体现了杜牧的诗歌特色,除了简朴之外,他尤其擅长反推事实,即,论家所说的"翻案法",用反推历史的方式来假设历史人物的命运走向。这种"翻案法"本质上是历史虚无主义的表现,但是,若是我们对照杜牧在当时的处境,则更能反映出诗人对命运的追索力量。我们知道,议论一直是杜牧的诗文强项,毕竟他是作赋的高手,他的许多诗篇都具有非常强烈而明晰的思想指向,而非像许多诗人那样倚重感觉营造诗意。"楚国大夫憔悴日,应寻此路去潇湘。"(《兰溪》)"至竟息亡缘底事?可怜金谷坠楼人。"(《题桃花夫人庙》) "三千宾客总珠履,欲使何人杀李园?" (《春申君》)……事实上,这种几近于"死中求活"的反推手法,早在他的名作《阿房宫赋》里就有运用:"灭六国者,六国也,非秦也。族秦者,秦也,非天下也。"只不过此时此际,诗人在具有了丰富的人生遭际之后,对命运也有了更深邃的理解,运用起来也更加得心应手罢了。

《山行》也是杜牧写于这一时期的脍炙人口的名作,展示出了诗人极为高超的造句造景能力:"远上寒山石径斜,白云生处有人家。停车坐爱枫林晚,霜叶红于二月花。"《唐人绝句精华》中称:"读此可见诗人高怀逸致。"杜牧素以"绝句"闻名于世,这种源起于汉魏六朝的乐府短章,多以五言或七言绝句流传世间。南朝陈时徐陵编《玉台新咏》即有"古绝"之说,主要为五言四句,只是当时形式比较自由,不受声律平仄的约束。后来随着声律学的成熟，到了唐代，绝句基本上就要严格遵循平仄和对仗关系了，以五言四句或七言四句居多，也有七言八句的，但比较少见。所谓"绝"，讲求的是一种诗境或诗意的极端性与独特性；而"句"，则是指意义上的完整性，言少而意明。唐代的诸多诗人都曾写下过许多优美隽永的绝句，王维更是绝句大师。而杜牧的"七言绝句，婉转多情，韵亦不乏，自刘梦得以后一人"（《唐诗选脉会通评林》）；"深情高调，晚唐中绝作，可以媲美盛唐名家"（《唐人万首绝句选评》）。除《山行》外，杜牧在此期间还留下了诸如《泊秦淮》《江南春绝句》《寄扬州韩绰判官》《郑瓘协律》，以及《朱坡绝句（三首）》等大量绝句，其中：

商女不知亡国恨，隔江犹唱后庭花。（《泊秦淮》）

南朝四百八十寺，多少楼台烟雨中。（《江南春》）

二十四桥明月夜，玉人何处教吹箫。（《寄扬州韩绰判官》）

自说江湖不归事，阻风中酒过年年。（《郑瓘协律》）

贾生辞赋恨流落，只向长沙住岁余。（《朱坡绝句》）

游人闲起前朝念，折柳孤吟断杀肠。（《汴河怀古》）

睫在眼前长不见，道非身外更何求。（《登池州九峰楼寄张祜》）

这些被后世广为传诵的神品，都是杜牧在人生低谷时期酝酿出来的汉语佳酿，越长久，越醇厚芬芳。

唐大中二年（848 年）夏，杜牧终于盼来了又一次回京的机会。这次调职估计与当时的丞相周墀的帮助有关，杜牧曾将自己所著的《孙子注》献与周墀，以博取对方对他的赏识。在一般人眼中，杜牧善诗文，但并无其他方面的显才。实际上，杜牧自幼就承继了家学，对治世经略颇为上心，"治乱兴亡之迹，财赋兵甲之事，地形之险易远近，古人之长短得失"，杜牧平日里对这些社会民生问题也多有思考和研判，《孙子注》并非纸上谈兵，空泛议论，既有历史经验的总结，又有对当时政治军事形势的考察，具有很高的价值和意义。"臣实有长策，彼可徐鞭答。如蒙一召议，食肉寝其皮。"（《雪中书怀》）早在黄州刺史任上时，杜牧听闻回纥北犯，朝廷欲征兵讨伐，就慷慨激昂抒发平乱之志，并试图献计朝上抵御外辱，收复河湟失地，无奈山高水远，无人理会他的方略，沮丧之极。后来在池州任上时，杜牧又作《上李太尉论江贼书》，针对当时江淮地区盗贼横行乡里，上书李德裕提出解决之道。周墀显然是看中了杜牧在这方面的才学，才极力推荐他担任司勋员外郎和史馆修撰之职。

"解印书千轴，重阳酒百缸。凉风满红树，晓月下秋江。岩壑会归去，尘埃终不降。悬缨未敢濯，严濑碧淙淙。"（《秋晚早发新定》）在经历了七年三地的州刺史生涯之后，而且是在一次次向当政者请求自荐之后，杜牧终于获得了回京的消息，其喜不自禁、壮志欲酬之情尽现于此诗中了。

在几番离京外放之后，849年初，杜牧又一次回到了阔别的长安城内。此时，他已经是名满江湖的当红诗人了。杜牧的归来很快就吸引了包括李商隐、温庭筠等在内的一干诗人的钦仰。李商隐曾作诗《杜司勋》相赠："高楼风雨感斯文，短翼差池不及群。刻意伤春复伤别，人间惟有杜司勋。"刚刚回京那段时光杜牧还是蛮愉悦的，他也想积极参政，有所作为，也写下了许多以长安生活为题材的诗文，但是，很快朝廷就接连收到了杜牧又一次请求外任的自荐信。先是他请任杭州刺史的职位，未得获批。接着，杜牧连续三次上书请求担任湖州刺史，其理由是，外任薪俸较高，他得接济尚在病中的弟弟杜颛，也想与尚在异地的弟弟早日团聚。在《上宰相求湖州第二启》中，杜牧将自己的身家情状描述得令人心生恻隐："……某早衰多病，今春耳聋，积四十日，四月复落一牙。耳聋牙落，年七八十将谢之候也。今未五十，而有七八十人将谢之候，盖人生受气，坚强脆弱，品第各异也……愿未死前，一见病弟，异人术士，求其所未求，以甘其心，厚其衣食之地。某若先死，使病弟无所不足，死而有知，不恨死早。湖州三岁，可遂此心……"杜牧与弟弟杜颛的感情一直很深，渴望照顾病中的弟弟肯定是真的，但他反复请调的原因，可能还与杜牧嫌自己在朝中地位低下，又再难获得提拔的机会有关，而此时朝廷奢靡风气日重，也让他更感长安生活压力之大。《樊川外集》中有一首《叹花》诗（又作《怅诗》）："自恨寻芳到已迟，往年曾见未开时。如今风摆花狼藉，绿叶成阴子满枝。"据《太平广记》载，这是杜牧回望早年春色时的唐突率性之作。坊间传言，当年杜牧曾在湖州冶游，遇见一位惊为"国色"的小女子，年十余岁，"且不即纳，当为后期"。诗人许以十年为期，以重金为盟，允诺"吾不出十年，必守此郡"云云。这一轶事，似乎可以从旁佐证杜牧为什么非要践行湖州刺史一职不可，但终究是江湖传闻，只当是丰富了诗人的性情罢了，不可足信。总之，850 年秋，朝廷最终还是应允了他前往湖州任刺史的请求，而此时，诗人已是四十八岁，老态毕现，早已不是当年那位"不惜千金借与君"的纨绔青年。

"清时有味是无能，闲爱孤云静爱僧。欲把一麾江海去，乐游原上望昭陵。"（《将赴吴兴登乐游原一绝》）杜牧在被获准出任湖州刺史后，前往长安近郊的乐游原游玩，写下了上面这首诗。表面上看，这首诗风轻云淡，和煦温婉，但细读之下，就不难觉察出有一股怨气在字里行间暗涌，甚至盖过了起始的暮气与闲适。若是将这首诗与诗人随后写下的另外一首《登乐游原》对照起来读："长空澹澹孤鸟没，万古销沉向此中。看取汉家何事业？五陵无树起秋风。"我们更容易读出诗人心中的抑郁不平，这不平既有对时政的不满，也有对自我颠沛人生的感喟。杜牧的一生看似风平浪静，其实一直波澜潜涌，总是在外放与回京之间辗转不止，在希望与失望之间反复交叠错位，让心灵敏感的诗人自始至终都无从把握和主导自己的命运。

从黄州开始，杜牧的作品就日渐沉郁，早年的轻快明亮被抹上了一层层愁云迷雾，晚期更显沉郁悲怆，尽管他在湖州期间也写过一些采茶、折菊的诗，但整体上来看，他的心志已远不似当年那般雄健了，他所乐道的是"一杯宽幕席，五字弄珠玑"（《新转南曹未叙朝散初秋暑退出守吴兴书此篇以自见志》）的生活，是"行乐及时时已晚，对酒当歌歌不成"（《湖南正初招李郢秀才》）的无奈，是"斯人清唱何人和，草径苔芜不可寻"（《沈下贤》）的寂寥和落寞，是"无情红艳年年盛，不恨凋零却恨开"（《和严恽秀才落花》）的惆怅……一生的宦海沉浮，沉重的肉身挣扎在得意与失意之间，却得非所愿，失非所愿，处于两难之中的诗人就这样与早年的宏愿渐行渐远了。

"数树新开翠影齐，倚风情态被春迷。依依故国樊川恨，半掩村桥半拂溪。"（《柳绝句》）在昏花的老眼尚能看见故园的垂柳之际，杜牧又一次奉诏回到了长安，此时其弟杜颛已殁，他也算完成了作为长兄应尽的人伦之情。杜牧最后的心愿是重建樊川别墅，用他在湖州任上所得的俸禄，完成这件他一直想做却没有闲暇做成的事情。"终南山下抛泉洞，阳羡溪中买钓船。欲与明公操履杖，愿闻休去是何年。"（《李侍郎于阳

羡里富有泉石牧亦于阳羡粗有薄产叙旧述怀因献长句四韵》）
这是他去湖州之前与好友李褒约定的事情，现在正是时候。

公元 852 年，杜牧迁中书舍人。就在这年冬天，年满五十
的诗人突然病倒了，《新唐书》本传称其梦中人告"尔应名
毕"，复梦书"皎皎白驹"字，或曰"过隙也"。他自感不久
于人世，便为自己写下了一篇墓志铭，题为"自撰墓志铭"。

杜牧一生曾给多人撰写过墓志铭，既有受人之托为李长吉
写下的文采飞扬的《李贺集序》，又有为好友李戡所作的充满
文学和济世理想的《唐故平卢军节度巡官陇西李府君墓志铭》，
更有写给友人邢群的情深义重的《唐故歙州刺史邢君墓志铭并
序》……临了，他为自己写的这篇却看上去平淡无奇，既没有
跌宕传奇的人生记述，也缺乏诗人素有的飞扬的文采，刻板而
和缓，全然不似一位有过多舛命运的诗人形象。唯一有价值的
是，它为后人提供了研究诗人生平的第一手资料，从生到卒，
翔实又丰富，让我们有机会看见一位在外人眼中风华绝代的天
才诗人，其实也有肉身的颠沛和内心的不堪。

杜牧在写完墓志铭之后，就闭门谢客，躲在家里搜罗他一
生创作的诗文，一边焚烧，一边整理，只留下了十之二三，交
由他外甥裴延翰保管。杜牧死后，这些诗文被整理成《樊川文
集》二十卷，传之后世。

无题之愁

《红楼梦》第四十回中，有这样一段描述贾府众人逛园子的场景："……到了荇叶渚……宝玉道：'这些破荷叶可恨，怎么还不叫人来拔去。'宝钗笑道：'今年这几日，何曾饶了这园子闲了，天天逛，那里还有叫人来收拾的工夫。'林黛玉道：'我最不喜欢李义山的诗，只喜他这一句：留得残荷听雨声。偏你们又不留着残荷了。'宝玉道：'果然好句，以后咱们就别叫人拔去了。'说着已到了花溆的萝港之下，觉得阴森透骨，两滩上衰草残菱，更助秋情。"林黛玉口中的李义山，就是晚唐时期最具有代表性的诗人：李商隐。林黛玉为什么不喜欢李义山？既然她喜欢这句，那么下面这首她也该喜欢吧：

荷叶生时春恨生，荷叶枯时秋恨成。

深知身在情长在，怅望江头江水声。

（《暮秋独游曲江》）

同样是写荷的，但这首诗显然愁怨更深。李商隐一生写过很多咏荷的诗，都能从中生发出与自身境遇相互交织、相互印证的情感，如："都无色可并，不奈此香何。"（《荷花》）又如："此花此叶常相映，翠减红衰愁杀人。"（《赠荷花》）从荷花到荷叶，诗人总是不时地将自我的命运投注在这种独具东方美学气质的物象上，赞美过后是怜惜，而后又报之以深切的愁怨。以前在读《红楼梦》时，没有仔细琢磨过黛玉的这番心思，现在想来，她的说法恐怕无关李商隐诗的好坏，主要还是因为他们两个人的气质太近似了，身世飘零也多重叠之处，所谓"近墨者黑"，彼时聪慧的黛玉深知，李商隐诗歌中所弥漫的那种奇异的吸附力，也许正是那种坠向幽暗晦明之境的力量，却是清醒的她想要极力拒斥的吧。

老实说，这些年来我一读到李商隐，心中就会顿生凄迷难遣的莫名愁绪。"楚天长短黄昏雨，宋玉无愁亦自愁。"就像诗人在感怀诗人宋玉的这首《楚吟》中流露出来的悠悠情丝一样，李商隐几乎所有的诗歌都始终被某种难以名状的东西缠绕着，幽谧，慎独，严实，解不开，理还乱。而当我们跳出这种个人情绪化的深渊，站在文学史的长河中来回头打量时，我们发现，李商隐的存在其实是具有某种隐喻性质的：他仿佛风雨飘摇中的大唐文化的最后一块压舱石，卡在不断渗水的船舱里，石面上长满了苔藓，甚至开出了妖冶之花，外面却是滔天的白浪或浊流，而这块石头就这样坚定地卡在那道缝隙之间，水在漫，船还没翻，只是在缓缓下沉。

大和九年（835年），波谲云诡的晚唐王朝又发生了一件大事：势单力薄的唐文宗李昂联合各怀鬼胎的大臣李训、郑注二人，计划清剿宫中日益猖獗的宦官势力。他们谋划了一计，诈称皇宫某个院子的石榴树上出现了甘露（古兆），打算趁皇上去看甘露的机会，一举除掉簇拥在他身边的那群宦官。却不曾想到风声走漏，宦官们反倒合力把李训、郑注，以及诸多大臣一起擒拿，杀死了。史称"甘露之变"。之后，唐文宗被宦官们挟持，不久郁郁而亡。文宗死后，武宗继位，在位六年，就因求仙服药致死。武宗之后是宣宗。宣宗上台后任命李商隐旧日恩主令狐楚的儿子、他儿时的好友令狐绹为相。这一任命对于当时身处困境中的李商隐来讲，原本应该是一件好事，但后来渐渐演变成了让他郁郁寡欢的事情，以至于后来到了让他俩无法正常相处的田地。"水急愁无地，山深故有云。那通极目望，又作断肠分。"在这首题为《自南山北归经分水岭》的诗里，李商隐表达出了他对恩公令狐楚的感念之情。时年，山南西道节度使令狐楚病危，正在长安候选的李商隐匆匆赶往兴元，帮助令狐兄弟料理恩公后事，当他行至汉水与嘉陵江的分水岭时，忽觉漫山遍野愁云密布，不禁悲从中来。如诗中所言，"极目望"与"断肠分"在此形成了诗人精神生活的走向。后来的事实也表明，这个地理位置上的分水岭成了李商隐人生路上的分水岭。从此之后，李商隐就失去了自己在朝中可以依侍的屏障，陷入了东颠西沛的幕僚生活状态，终日侧身暗室，几无愁眉舒展之期。

李商隐生于公元 812 年，其父李嗣做过河南获嘉县令，罢官后入浙东幕府。十岁时，父亲病故，年幼的李商隐靠给人抄书谋生，"占数东甸，佣书贩春"，"四海无可归之地，九族无可倚之亲"（《祭裴氏姊文》）。由此可见，他少时生活是极其艰辛的，几乎算是唐代诗人中最为贫苦的一位，小小年纪就尝尽了人间的悲辛与薄凉。但他天资聪颖，"五岁诵诗书，七年弄笔砚"。十六岁就写出了现今已失传的《才论》《圣论》，"以古文出诸公间"。大约在他十八岁那年，李商隐的才华得到了时任河阳节度使的令狐楚的赏识，被引入幕中担任巡官，待其如子。此后，二人一直保持着非常亲密的关系，李商隐也以其谦卑勤勉好学的态度赢得了令狐楚的信任，单凭令狐楚病危之际将李商隐召至榻前，代他书写呈献皇上的遗表，就可见其信任程度。可以说，如若没有令狐楚，李商隐的人生肯定是另外一番模样。令狐楚对李商隐的培植是多方面的，首先，他让他放弃古文写作，训练李商隐写骈文，以适应官场文风，这种应酬文字、官样文章后来成了解决李商隐生计问题的主要谋生手段，此后写骈文大赋便成了他立足社会的主业；其次，令狐父子一道四处"为之揄扬"，最终让两次参加科考都失败了的李商隐考取了进士。然而，李商隐在中举之后却没有听从令狐家族的安排，他转而迎娶了大臣王茂元貌美如花、极富才情的小女儿为妻。王茂元属于宰相李德裕一党，令狐楚、令狐绹却属于牛僧孺一党。李商隐的这一举动，为他后来的仕途埋下了终生难排的隐患，结果是被牛、李两党轮换打压，左右难以自持。在晚唐朋党之争的漩涡中，不管李商隐是否情愿，他最终都只能像浮萍一般被裹挟进来。

李商隐出生在唐宪宗时代，他在人世间仅有的四十多年光景里，先后经历了宪宗、穆宗、敬宗、文宗、武宗、宣宗六任皇帝。在藩镇割据、宦官专权和朋党之争愈演愈烈的晚唐，连皇帝都不得不"受制于家奴"，无法把握自己的命运，一个出身贫寒、长期寄人篱下的儒生士子，他的命运又能够好到哪里去呢？

令狐绹当上宰相后，认为李商隐"忘家恩"，逐渐冷落了他，不再施以援手。开成三年初，李商隐参加博学宏辞科考，在复审时被某位中书长者以"此人不堪"为由拿下；开成四年他应吏部拔萃科考入选，授秘书省校书郎，不久却被调补弘农尉，在任上因反对上司做派差点被罢免；会昌二年，他又一次参加吏部拔萃科考入选，入秘书省任正字，但不久就因母丧离职守制，等他服丧期满回朝时，武宗已死，整个朝廷政局又面临新一轮政治洗牌……在这种反复受挫、无端受挤的恶劣处境里，李商隐最终找到和形成了一种奇怪的处世方略：身在朝中却极力保持与各种人事之间的距离，吞吞吐吐和欲言又止成了他习惯性的表达策略，他的写作主题也从早期的关注现实民生，逐渐转变成了关注个人的内心情感世界，侧重于抒写人生感慨和遭际，醉心于对诗歌意象的锻打，在华美幽谧的辞藻中呈示精妙的诗意。可以说，天赋异禀、卑微的身世、孤傲的性情，以及在现实生活中尴尬的处境，这几种因素合力，最终为我们造就出了这样一朵晚唐文坛的奇葩。

世人阅读李商隐的诗第一印象是晦涩艰深。"商隐词藻奇丽，为一时之最，所著尺牍篇咏，少年师之如不及，无一言经国，无纤意奖善，唯呈章句。"唐人李涪的这段苛责算得上是刻薄之极了，他甚至将李商隐比作是一位织锦工匠，只擅长锦绣词句，而毫无济世之功。如果我们只读李商隐几首诗，不去了解他的生平、性情，以及他所经历的时代风气，你或许还会觉得李涪的评判多少有些道理。但是，当你真正通过阅读进入了李商隐的精神世界，你一定会如我这般重新估量他的价值和意义。

如前文所述，李商隐的诗是由个人心性与时代环境共同造就出来的诗坛孤例，怅惘哀怨的情感特征和迷离恍惚的表达策略，致使后世哪怕是同代之人在阅读他的作品时，都有费解之感。他属于那种几乎完全依靠个人直觉来写作的人，诗中充满了非理性的元素，而且他传世的绝大部分作品都没有明确的时间线和情感轴，这就使得后来他的研习者们，总感觉如置身于雾里看花的场景中一般。还有一个原因是，李商隐在诗中用典极多，丝毫不拘泥于前后文之间的呼应关系，诗歌内部的空间固然被拉抻增大了，但语言的跳跃性也随之增大了许多。隐喻、转喻手法在李商隐的诗歌里达到了几近滥溃的地步，大量的比喻性语言也造成了读者的阅读障碍。所以，他的很多作品都给人以猜谜之感，读者必须脑洞大开，才能隐约领略其中的奥妙。但是，文学尤其是诗歌的接受过程，有时候就是这样一件奇怪的事，作者藏得越深，读者越是有兴趣去挖掘。随着李商隐在后世的影响越来越大，愿意去猜这种谜的人居然越来越多了。有人曾经做过统计，在唐代所有的诗人里面，李商隐是被后世注解最多的诗人之一，其数量仅次于杜甫。也就是说，李商隐的经典地位其实是在后世研究者的反复注疏中，才逐渐确立起来的。譬如说，他那首备受赞誉、被人称为代表作的《锦瑟》一诗：

锦瑟无端五十弦，一弦一柱思华年。

庄生晓梦迷蝴蝶，望帝春心托杜鹃。

沧海月明珠有泪，蓝田日暖玉生烟。

此情可待成追忆，只是当时已惘然。

人们在阅读这首诗的时候，总想知道这种情感是如何发生的，它打动了我们，可是究竟是什么经历或怎样的情感经验，才促使诗人创作了这样一首诗呢？有人说是它悼亡诗，有人说这首诗写的是党争，还有人说是爱情诗，也有人说它是作者自慨或自伤诗，每一种说法都能找到蛛丝马迹，都有道理，但永远没有确凿无疑的答案。后来梁启超干脆说，"义山的《锦瑟》《碧城》《圣女祠》等诗，讲的是什么事，我理会不着……但我觉得他美，读起来令我精神上得一种新鲜的愉快。须知美是多方面的，美是含有神秘性的。"把"神秘性"一词用在李商隐身上是贴切的，这个终生都在人家的幕府中埋头做文案工作的人，经常伏身于偏房幽冥的光线里，凝眉思忖，斟酌字句，一咏三叹，却终不得生活的要领。李商隐曾经在生前留下过一本文集，《樊南文集》，里面收录的几乎都是他为别人作的文章，而没有一首自己的诗作。他在生前甚至死后一段时间里，人们大多视他为骈体文作家而非诗人，起码算不上是十分重要的诗人，这种局面直到十一世纪初才得到扭转。

很多诗人的作品是需要结合作者的生平事迹来理解和佐证的，但李商隐是个例外，至少他后期的诗，完全不能用我们过往的阅读经验来对待，我们只能顺应着他的直觉来赏析诗的美。

从这个意义上来讲，李商隐写的是真正意义上的"纯诗"，我们只能就诗论诗，始于语言，至于语言之美。这种阅读固然有些费劲，但至少保证了诗歌语言的内在之美，人们可以不受任何诗外之物的干扰，直接在诗歌内部体验到汉语的活力和美妙：

> 昨夜星辰昨夜风，画楼西畔桂堂东。
> 身无彩凤双飞翼，心有灵犀一点通。
> （《无题》）

> 肠断未忍扫，眼穿仍欲归。
> 芳心向春尽，所得是沾衣。
> （《落花》）

> 座中醉客延醒客，江上晴云杂雨云。
> 美酒成都堪送老，当垆仍是卓文君。
> （《杜工部蜀中离席》）

> 如何肯到清秋日，已带斜阳又带蝉。
> （《柳》）

> 莺啼如有泪，为湿最高花。
> （《天涯》）

人生岂得长无谓，怀古思乡共白头。

（《无题》）

一春梦雨常飘瓦，尽日灵风不满旗。

（《重过圣女寺》）

更不用说，那首几乎每一位中国人都能吟诵的《无题》诗了："相见时难别亦难，东风无力百花残。春蚕到死丝方尽，蜡炬成灰泪始干。"李商隐很多诗的诗题都是非常随意的，常常取自首联的第一个词或其中的某个词，或者，干脆就叫"无题"。这种随意性，从一个侧面佐证了他是一位相当情绪化的诗人，触发诗意滋生蔓延的往往就是眼前的某一景物带来的刹那间的情感高峰体验。敏感纤弱的个性让他更乐于就地取材，而无须四处找诗，其所咏之物，诸如蝴蝶、蝉鸣、柳丝、牡丹、落红、烛火、云、雨、泪，包括荷叶，等等，大多具有精美、纤弱、易逝的体态特征，感时伤怀，郁闷难遣；此外，他在女性、声色等阴柔的物象事态上也着墨颇多，给人以阴气森森的感觉。这些美学特征与李贺有某方面一致性，但李商隐显然比李贺更深情，更专注于赋予人间的普遍之情以崭新的语言表现形式，而非像李贺那般全然纵情于个人的非理性世界。我总觉得，每一位写作者的作品成色与个人的气质休戚与共，忠实于个人的美学气质才是写作者的至高道德，也是文学多样性的重要前提。

写景、纪行、酬赠、咏物、怀古，应该说李商隐的创作题材还是相当广泛的，但他无论怎么写，最终依然会回到这个"愁"字上来，强烈的悲剧意识，在这位诗人身上呈现到了无以复加的地步，虽然偶有激愤，但抑郁的块垒始终以愁绪的形式郁结在心间，这也是李商隐诗歌风貌之所以独特的原因所在。李商隐可能是中国古代文学史上把感伤情调推向了极致的诗人，也是把最美的东西和人世间最悲哀的心境结合得最好的诗人。如果让我来定义，我更愿意把他看作"黄昏诗人"（与李白的朝阳气质完全相反），因为他的诗完全而清楚地映照出了大唐文明的晚景，将落未落的夕光洒在了满目疮痍的大地上，落日如叹息一般，给曾经辉煌的盛世王朝镶上了最后一抹金边。

公元 847 年，李商隐跟随受牛党打压的郑亚远赴桂林，开始他又一次的游幕生涯。次年郑亚被贬为循州刺史，李商隐被迫北归，由漓水，经湘江，入长江，到江陵，他并没有立即顺陆路回长安，而是逆流而上来到夔门，大概是想凭吊屈子，观瞻他的精神偶像杜甫的栖身之地吧。李商隐早年习诗深受杜甫的影响，许多作品都有杜诗的影子存在，他甚至模仿过杜甫的《自京赴奉先县咏怀五百字》的风格，写过一首非常重要的作品《行次西郊作一百韵》，全诗的结构几与杜诗雷同，但气质却不大一样。这首五言诗气势磅礴，体量厚重，既有对唐王朝衰落的纵向追溯，又有对社会危机的横向解剖，经天纬地，构成了一幅恢宏的历史画卷，是唐人政治抒情诗中少有的鸿篇巨制。所以说，李涪说他"无一言经国"是经不起推敲的。事实上，李商隐一直有经世报国之心，可命运多舛，他平生没有一个机会来实现自己"欲回天地"的抱负，只能将这样的抱负以骈文的形式呈示给不同的幕主，而且，还一次次无端地卷进了私人的情感恩怨之中，远大的志向与优柔寡断的性格，一步一步把他塑造成了我们眼中的飘零困顿的诗人形象。

从南方归来，在极度的困境中，武宁节度使卢弘止向李商隐伸来了援助之手，849 年征辟他入幕，并给了他"侍御"的虚衔，这是李商隐入幕生涯里得到的最高幕职了。但是好景不长，851 年卢弘止去世，而李商隐深爱的妻子王氏也病入膏肓，等他匆匆赶回京，妻子已撒手尘寰，留给他一对幼小的儿女。李商隐与王氏情感笃深，他早年不顾令狐父子的反对娶其为妻，从此失去了可靠的前程保障。王氏之死，无疑对诗人是一个重大打击，他在洛阳崇让宅盘踞多日，很长时间都沉浸在丧妻之痛中难以自拔，写下了大量催人泪下的悼亡诗篇。"忆得前年春，未语含悲辛。归来已不见，锦瑟长于人。今日涧底松，明日山头蘗。愁到天地翻，相看不相识。"（《房中曲》）王氏贤淑美貌，知书达礼，尽管李商隐半世沉沦，东奔西走，但她无怨无悔，夫唱妇随，守着这份寡淡清贫的生活，支撑着这个家庭。现在，妻子走了，诗人只能睹物思人，以诗疗伤了。

亡妻之愁将诗人之愁推向了极致。这一时期，悼亡诗成了李商隐悲剧性心态与诗歌风格最好的寄寓形式。"悠扬归梦惟灯见，漂落生涯独酒知。岂到白头长只尔？嵩阳松雪有心期。"（《七月二十九日崇让宅宴作》）难遣的悲伤甚至一度令诗人起了归隐出家之心。然而，眼见年幼的儿女，为了生活，他又不得不放下孤傲，厚着脸皮，去干求早已疏远了自己的令狐绹。李商隐被后世诟病的地方，主要在于他在精神上的软弱方面，长期的困顿落魄，以及生活上的穷乏困窘，致使他常常会做出一些违心之举，说出一些违心之言。此时身居相位的令狐绹，在李商隐的一再干求下，还是心生恻隐，引荐他做了补太学博士。没过多久，东川节度使柳仲郢聘他入幕为书记。这期间又发生了一件更让后世诟病他的事。李商隐素来称颂李德裕，也写过很多讴歌他政绩的诗文。但为了讨好西川节度使杜悰，以获汲引，李商隐陆续写了四首精心准备的诗篇，呈与杜悰，极尽谄媚之情，还将李德裕斥为"恶草"。杜悰属于牛党一派，李商隐不惜违心弄舌，其摇摆不定、是非不分的做法，反映出了他人格上的缺陷，而这样的缺陷大概也是他命运的渊薮吧，可叹可悲复可悯。

"儿慎勿学爷，读书求甲乙……儿当速长大，探雏入虎穴。当为万户侯，勿守一经帙。"在这首感人肺腑的《骄儿诗》中，一生寄人篱下、与书卷为伴的李商隐发出这样的长喟。公元858年底，诗人在郑州老家凄凉寂寞地走完了他不堪回首的一生。

"竹坞无尘水槛清，相思迢递隔重城。秋阴不散霜飞晚，留得枯荷听雨声。"现在，让我们回过头去，再读一遍林黛玉喜欢的这首情意绵绵的《宿骆氏亭兼怀崔雍崔衮》。从这首作于李商隐早年的诗中，我们可以看出，诗人既是一个重情之人，但也是一个为情所伤的人。不少论者都认为，在唐代的诗人中，李商隐是真正继承了杜甫衣钵的诗人。从早期的学杜、仿杜，到后来的改良杜诗，最终脱胎于杜诗，却成长为独具个人风貌和美学特征的"商隐体"，而其中最引人注目的，就是一个"情"字。李商隐与杜甫的人生经历除了半世飘零、常常寄人篱下外，其实并没有多少可比性，两人的性情更是迥异，一个豁达沉雄，一个阴郁愁闷，几乎全然不同，但他们在诗歌里都是情字当头。杜诗之情侧重于家国情怀，沉郁顿挫；而李诗则哀怨凄迷，侧重于个人内心世界的书写。七律这种诗体，在杜甫手里已经达到了前所未有的高度，无论是思想性还是艺术性都已经炉火纯青，在李商隐出现之前，再也没有多少重大的突破和发展的先兆了。但是，李商隐打破了这样的停滞格局，以其典丽精工和深情绵邈之风格，使七律再登高峰，再现辉煌。如果说杜诗对七律的贡献，就在于把重大的社会时代主题引进了这种向来用于奉和、应制和酬赠为主的传统诗体中的话，那么，李商隐笔下的七律，不仅恢复和发展了杜诗关注国运、感伤时事的传统，而且用情之深少有人及。因此，有论者认为，李商隐是借杜甫之杯酒来浇自己心中之块垒。此种说法并不为过。所谓"花须柳眼各无赖，紫蝶黄蜂俱有情"（《二月二日》），也可以表述为，李商隐以自己独特的体悟或感受，向我们传达出了格律诗发展到晚唐之后的终极风貌。

枯荷还是那样的枯荷，雨声还是那样的雨声，听者依旧来来往往，但感受却大不一样。

罗衣掩诗

　　文学史上，女性人物形象是极为丰富的，但显而易见的悖论在于，她们总是成群结队、络绎不绝地拥来，以各种面貌、体态、情致出现在各种各样的文学作品中，然而，在现实世界里，这一群体又往往处于隐匿状态，我们鲜少看见她们在文坛上的身影。纵观几千年的中国古代文学史，只有那么为数不多的几位，如吉光片羽，偶有闪现，应验了红颜薄命或"女子无才便是德"的古训。漫天繁星，唯有深情的仁望，我们才有运气见识到，几颗流星划过夜幕时的绚烂与寂寥。从《诗经》中"巧笑倩兮"的美人，到后来瞽矇者口里传唱的"遗世而独立"的佳人，"盈盈楼上女，皎皎当窗牖。娥娥红粉妆，纤纤出素手"（《青青河畔草》）……她们栖身于浩如烟海的文字典籍中，令后世浮想联翩，她们虽有锦心绣口，自己却很少留下片言只语，其生平事迹更是难以考察证实。

卓文君大概算是这其中的一位，她在身后留下了著名的《白头吟》：

> 皑如山上雪，皎若云间月。
>
> 闻君有两意，故来相决绝。
>
> 今日斗酒会，明旦沟水头。
>
> 躞蹀御沟上，沟水东西流。
>
> 凄凄复凄凄，嫁娶不须啼。
>
> 愿得一心人，白首不相离。
>
> 竹竿何袅袅，鱼尾何簁簁。
>
> 男儿重意气，何用钱刀为。

但此诗的真实面貌如今已是疑点重重。男才女貌，始乱终弃……这种终极的人间故事版本在传世的过程中，总是伴随着各种谣诼，一再偏离着情感的航线。班婕妤算一个，才华满腹，命若秋扇。蔡文姬也算一个，作《胡笳十八拍》，命运多舛，先为匈奴掳走，好不容易回来，又饱受屈辱。南朝谢道韫"咏絮成诗"，美名远播，然而，其所作诗赋却均未得以存留下来。南宋有一位才女名叫朱淑真，别号是"幽栖居士"，文辞清婉，情致缠绵，时与李清照齐名。她倒是有一本《断肠集》存世，但因婚姻生活不幸，郁郁而亡，死后大部分诗作都被父母焚毁。后人指责其诗词皆"闾巷荒淫之语，肆意落笔"，明代杨慎更是在其《词品》里一本正经地斥责朱淑真"不贞"。后世之中，我们最为熟悉的女诗人当属李清照了，才高学博，被誉为"婉约词宗"，她的作品尽管在当时已有刊印，但大多都散佚，或鱼目混珠，直到民国时期才被重新搜集整理成书……造成这种局面的原因多种多样，最主要的原因当然莫过于，男权社会对女性生存空间的人为挤压。我们尽可以说心灵是一座道场，然而，对于古代女性而言，她们心灵的道场却一直是对外紧紧封闭着，秘而不宣的。

与过往历朝历代略有不同的是，唐朝是一个社会风气相对开放的朝代，女性的生存空间也逐渐从私密化转向公共领域，从武则天到太平公主，再到玉真公主，她们生前都乐于组织文人宴集，女性的身影和声音，这才渐渐出现在许多公开场合之中。李肇《唐国史补》卷下称："长安风俗，自贞元侈于游宴。"其实，不止贞元，有唐之世莫不如此，两京地区宴饮成风。曲水流觞，重阳射圃，楼阁新成，五日彩线，七夕粉筵，等等，节庆佳日，莫不是广邀宾朋、大摆宴席。送别、升迁、生辰、婚嫁，无一不能成为文人士子们雅集的理由，而在这些集会中，大多都有女性的身影出没其间，她们独特的美妙的音色也被断断续续地存留了下来。这样的变化，或许可以部分归功于唐代以来的以诗选士的科举制度，使得原本处于深闺中的女子耳濡目染，多多少少也得以受到诗风的熏陶吧。总之，到了此时，女性就已经不再只是宫体诗歌里供人品玩的器件尤物了，也不再仅仅是盛世画卷上的流苏点缀，而蜕变成了一群有思想、有情感，甚而有觉悟的人。

唐代奉道教为国教，僧道不在"四民"（士、农、工、商）之列，女道士可以不受约束地与不同阶层的人物交往，女性行迹由此成了勾连世俗与宗教空间的另外一条秘而不宣的纽带。唐代贵族女性入道之风盛行，玉真公主首开风气之先。随后，在玄宗、代宗、德宗、顺宗、宪宗、穆宗各代，都有公主陆陆续续出为女冠。有人做过统计，唐朝二百一十位公主中，出为女道的有十二位。诗人王建在《唐昌观玉蕊花》中写道："女冠夜觅香来处，唯见阶前碎月明。"说的正是这样一种盛行的社会风气，明月清凉，女道逶迤。正所谓上行下效，在这种世风的带动下，其他贵族女性也纷纷效仿，因各种各样的原因走入道观、佛寺。在这种既遁世又入世的全新空间中，女性的生活不再有先前那么多的约束，变得相对自由了，她们与男性交往时所受的道德要求也比从前少了许多。

唐朝二百九十余载，据说，有诗歌行迹记录的女性诗人达到了二百零七位，其中，要数李冶、薛涛、刘采春、鱼玄机最为著名，她们被后世并称为"唐代四大女诗人"，除了刘采春是艺人身份外，其他三位都曾入观为道。

"咸通时代物情奢，欢杀金张许史家。破产竞留天上乐，铸山争买洞中花。诸郎宴罢银灯合，仙子游回璧月斜。人意似知今日事，急催弦管送年华。"这是晚唐诗人韦庄笔下所描绘的大唐最后一番胜景：是所谓"大中之兴"，前后也就不到二十年光景，吐蕃、回鹘等四方夷狄均已偃旗息鼓，百姓终于过上了一段短暂的晴好岁月。经历过乱世之苦的唐人意识到了生命的宝贵，于是及时行乐，纸醉金迷、追蝶逐梦成了那个时代人们的共同心态，颓废中的绮靡奢华，享乐里的胆战心惊，以及欢场之下的肮脏与暴戾，也正预示着一个百年大分裂和大动荡时代的即将到来。

鱼玄机就是在这样一种历史境遇里出场的，她短暂的一生完全应和了那个时代的精神表征。

唐人皇甫枚《三水小牍》载："西京咸宜观女道士鱼玄机，字幼微，长安里家女也。"又称其，"色既倾国，思乃入神，喜读书属文，尤致意于一吟一咏。"皇甫枚大约生活在唐大中末年至唐亡之后的一段时间，距离鱼玄机生活的时代间隔并不远，所以，后世论及鱼玄机时多以他的这本《三水小牍》为参照。但此书所搜集的，多是当时社会上流传甚广的奇人异事、神灵鬼怪等内容，因此，并不足以作为信史来对待。到了讲究考据实证的清代，鱼玄机的故事和生平被编进了《全唐诗》："鱼玄机，字幼微，一字蕙兰，长安里家女，喜读书，有才思。补阙李亿纳为妾，爱衰，遂从冠帔于咸宜观。后以答杀女童绿翘事，为京兆温璋所戮。今编诗一卷。"两相比较，可以看出

《全唐诗》所录更为翔实，用词也更为慎重，尤其是"爱衰"一词，凸显出了鱼玄机命运的转折点。这段文字中向我们提供了李亿、绿翘和温璋这三个人物，他们构成了鱼玄机生命中的三个关键节点。

鱼玄机的诗在后世得以流传，应该归功于南宋著名的出版家陈起，他是我们已知的最早将鱼玄机散佚的诗篇归拢、整理出版的人，正是经由陈起之手，刻印出了一本《唐女郎鱼玄机诗》，这本书收录了作者近五十首诗，如此，才使这位女诗人避免了在死后化为齑粉的命运，其生命由此得以诗歌的方式在人间延续。不知陈起出于何种考虑，他在这本诗集中给鱼玄机安上了一个颇值得玩味的名头：女郎。在我个人的印象里，"女郎"的称谓除了在《木兰诗》里出现过（"同行十二年，不知木兰是女郎"）外，在别的地方还真是很少见到。从"女子"，到"女冠"，再到"女郎"，这种称谓上的变化，向我们传达出了某种隐隐约约的信息，即，编者陈起对鱼玄机这个人实在是心存怜惜的，此外，他也意在以此表明，鱼玄机是一个充满活力、才情，不受陈规陋习拘束的女性。而事实上，后世对鱼玄机的种种解读，以及对她生前经历的推演，也与我们现在心目中对"女郎"一词的理解相吻合。

鱼玄机最著名的一首诗，是为《赠邻女》：

羞日遮罗袖，愁春懒起妆。

易求无价宝，难得有心郎。

枕上潜垂泪，花间暗断肠。

自能窥宋玉，何必恨王昌。

因为末联"自能窥宋玉，何必恨王昌"，鱼玄机被后人定义为个性解放的"娼女"，有人甚至说她诲盗诲淫。《三水小牍》中称，此诗是咸通戊子春正月（868年），鱼玄机在狱中所作，是诗人的一首绝笔诗；但宋代初期《北梦琐言》的作者孙光宪认为，这首诗是鱼玄机因怨恨情郎李亿而作，并非绝笔之作；《全唐诗》将之作为狱中诗，《唐才子传》则将之视为怨李诗……而真相究竟如何，我们还得从鱼玄机的情感生发缘起来看。

咸通九年（868年）春上，长安城内发生了一桩轰动京城的命案，案发在当时皇亲贵胄修行的咸宜观内。咸宜观位于唐长安城的亲仁坊，这里原本是唐睿宗李旦登基前的王府，也曾是名门望族、公卿大臣聚居饮乐的地方，安禄山、郭子仪、柳宗元等人都曾在这里居住过。开元年间，该坊被改造成了"肃明道士观"，宝应元年因为咸宜公主入观修行，遂更名为"咸宜女冠观"，咸宜观之名由此而来。此观紧邻艺伎们聚居的平康坊，这一带一直是京都繁华之所。这一年春天，因感情受挫而避入观中的女道士鱼玄机，笞杀婢女绿翘，结果被人告发，伏罪下狱，最终被处以死刑。

这则世人都耳熟能详的故事，后来被许多野史和传奇志怪作品不断演绎和改写，有的粗暴地将此案定义为"尼姑作孽"，而有的则费尽思量，为主人公鱼玄机掬上一捧心酸的泪水，譬如，晚明剧作家叶宪祖在其代表作《鸾鎞记》里，写晚唐诗人杜羔与赵文姝、温庭筠与鱼玄机故事，剧中所涉及的诸诗人，皆史有其人，但已非原貌。在这部剧里，鱼玄机被塑造成了一个清白、侠义的形象。元人辛文房作《唐才子传》，作者在这部书中换了一种视角，尽可能还原了鱼玄机的诗人面貌："玄机，长安人，女道士也。性聪慧，好读书，尤工韵调，情致繁缛。咸通中及笄，为李亿补阙侍宠。夫人妒，不能容，亿遣隶咸宜观披戴。有怨李诗云：'易求无价宝，难得有心郎。'与李郢端公同巷，居止接近，诗筒往反。复与温庭筠交游，有相寄篇什。尝登崇真观南楼，睹新进士题名，赋诗曰：'云峰满目放春情，历历银钩指下生。自恨罗衣掩诗句，举头空羡榜中名。'观其志意激切，使为一男子，必有用之才，作者颇赏怜之。时京师诸宫宇女郎，皆清俊济楚，簪星曳月，惟以吟咏自遣，玄机杰出，多见酬酢云。有诗集一卷，今传。"这段文字清楚地讲明了鱼玄机的一生，她的天分与才情，她的情感变故，以及她生前与之交往的诗人。

在文学史上，每一位女诗人的出场，几乎都伴随着各种各样的流言蜚语，就像世人津津乐道于李冶与皎然、薛涛与元稹的故事一样，坊间也同样流传着鱼玄机与温庭筠各种版本的故事。

《唐才子传》卷八中提到了鱼玄机与李郢、温庭筠交往唱和的事，这在鱼玄机留存下来的诗篇中都有记载，如《酬李郢夏日钓鱼回见示》："住处虽同巷，经年不一过。清词劝旧女，香桂折新柯。道性欺冰雪，禅心笑绮罗。迹登霄汉上，无路接烟波。"从这首诗中我们得知，李郢曾与鱼玄机同住一条街巷，有一次，李郢以"钓鱼归来"为由写了一首诗，赠予鱼玄机，但我们看到鱼玄机在诗中的回复颇为得体，大有清修自持的意态。《闻李端公垂钓回寄赠》是鱼玄机写给李郢的另外一首诗，"自惭不及鸳鸯侣，犹得双双近钓矶"，倒是在这首诗里，鱼玄机流露出了某种对观外生活的羡慕之意，比上一首更贴近她真实的内心世界。至于温庭筠，则是鱼玄机非常敬重和仰慕的诗人，传说她在十岁时，就认识了当时已经非常有名的诗人温庭筠，并长期保持着往来，相互之间多有诗歌酬答。作为年长鱼玄机三十来岁的男人，温庭筠或许是她才华的发掘者和推荐者，即便鱼玄机对他心存爱慕之意，也断然不会发展到世人想象中的双飞双宿的地步。温庭筠在世时才华横溢，名满京门，号称"温八韵"，但才华归才华，其实他一直郁郁不得志，常常流连于各种风月场所，据说他长相丑陋，"士行尘杂，不修边幅"（《旧唐书·温庭筠传》），人称"温钟馗"。大约是在鱼玄机十五岁时，经温庭筠撮合，她嫁给补阙李亿为妾。至于温庭筠为何要撮合他俩在一起，以及李亿的家事、性情、为人等，史书上都没有翔实可凭的记载。

在《冬夜寄温飞卿》一诗中，鱼玄机写道：

> 苦思搜诗灯下吟，不眠长夜怕寒衾。
> 满庭木叶愁风起，透幌纱窗惜月沉。
> 疏散未闲终遂愿，盛衰空见本来心。
> 幽栖莫定梧桐处，暮雀啾啾空绕林。

应该说，这是鱼玄机留存下来的所有作品中质量上乘的一首诗，显示出了诗人高洁的志向，一如她当年在游曲江观看新科进士们所题之诗时的感怀："自恨罗衣掩诗句，举头空羡榜中名。"（《游崇真观南楼睹新及第题名处》）造化弄人，古今一律，若非女儿之身，我们眼中的鱼玄机又会是怎样的命运呢？温庭筠的诗集里有一首《送李亿东归》的六言诗："黄山远隔秦树，紫禁斜通渭城。别路青青柳弱，前溪漠漠苔生。和风澹荡归客，落月殷勤早莺。灞上金樽未饮，燕歌已有余声。"这是一首普通的送别诗，既看不出李亿的身份，也没有任何端倪显示出温庭筠与鱼玄机之间有过情感交集，而且，温庭筠留存下来的诗篇中没有一首诗是直接赠酬鱼玄机的，倒是鱼玄机还写过一首《寄飞卿》："嵇君懒书札，底物慰秋情。"从中可以看出，一向懒散困顿的温庭筠并没有留给鱼玄机多少相思的空间，即便鱼玄机有意，温庭筠也是浪子无情。

　　唐代的女性诗人群体中，鱼玄机不一定是写得最好的，也不是当世最有名的，但肯定是最具有代表性、个性也最为突出的一位诗人。虽说世风开放，女性的地位有所提升，这个群体的存在空间也越来越大了，甚至还不时有女性走到了公共舞台的前沿，但总体上来看，女性诗歌的力量还很弱势，尤其是与那些呼啸而去、接踵而来的强力男性诗人群体相比较，就很容易看出她们的不足，无论是在题材上，还是在表现方式和思想深度方面，都显得中规中矩，情理之中的居多，情理之外的少见。李冶的《八至》算是一首例外之作："至近至远东西，至深至浅清溪。至高至明日月，至亲至疏夫妻。"但这种独特的发现和感受力，仍然是那时的稀有罕见之物。大多数女性诗歌有句无篇，有意无象，有情丝但缺乏情感冲击力。唐朝社会普遍认为，吟诗作赋会让人"心乱"，尤其不适合女性，这种观念直到宋代才逐渐改变。

　　鱼玄机写过不少以"寄子安"为主题的诗，或隔着翻卷的汉水，或者站在江陵愁望，这些诗歌基本上都属于闺中怨情诗，从希望到失落，从相思到愁怨："枫叶千枝复万枝，江桥掩映暮帆迟。忆君心似西江水，日夜东流无歇时。"（《江陵愁望寄子安》）品相不俗，亦有意蕴，但新意寥寥。如果对照阅读一下她早年给情郎的那首《情书寄李子安补阙》："饮冰食蘖志无功，晋水壶关在梦中。秦镜欲分愁堕鹊，舜琴将弄怨飞鸿。井边桐叶鸣秋雨，窗下银灯暗晓风。书信茫茫何处问，持竿尽日碧江空。"我们不禁疑惑，当年那位稚拙甜美的年轻女子幼微，是怎样一步步变成后来在男人堆中游刃有余、打情骂俏的鱼玄机的呢？"且醉尊前休怅望，古来悲乐与今同。"（《和新及第悼亡诗》）这样的疑惑过后，我们发现，也许它根本就算不上问题，因为人类文化的传承模式也在悄然塑造着个人的命运模式，而鱼玄机的命运似乎早已注定，即便她没有嫁给李亿为妾，也不一定能够赢得她所向往的人生。

让我们回到公元 868 年的那个春天。鱼玄机笞杀婢女绿翘之后，就将其尸草草掩埋在了后院，继续她平日的营生，吟诗作对，或接客访友。春日天气渐暖，草长莺飞。某日，邻里客人瞧见她家的后院青蝇飞舞，驱之复来。因为连续多天不见绿翘，而鱼玄机的回复又总是闪烁其词，于是便疑而告官。

"明月照幽隙，清风开短襟。"（《狱中作》）现在我们只能想象，鱼玄机身处狱中的情形了，由因爱生恨到因妒生恨，这位终生被情感碾压的女诗人，终究没有摆脱一般女性常有的心魔。绿翘之死后来在《太平广记》卷一百三十"报应"（引《三水小牍》）中，被演绎成了另外一种"志怪"版本，故事里的绿翘，被塑造成了一位刚烈的女性，其风采远远盖过了鱼玄机。这丝毫不奇怪。奇怪的是，案发之后审判鱼玄机的京兆尹温璋，居然也来自"一门三公"的温家，与温庭筠同为显赫的温氏后裔。史书上记载，温璋是标准的酷吏，向来以残暴的行事风格而著称。据说，鱼玄机伏法之后，温璋顿时心生杀意，却在表面上一直不动声色。从春天到秋天，他一直在静观着，他想看看究竟哪些人会来给这位名满京城的女冠说情。由于温庭筠卒年不详，因此，后世就流传出了两个版本：一是温庭筠在鱼玄机死前两年就已经去世了，他不可能替她找温璋求情，鱼玄机秋后被按时处斩了；二是温庭筠在事发之后，从他流落的江东赶回了长安，设法营救出了鱼玄机。无论是哪种结局，这两种版本都只不过是为鱼玄机的命运画上一个句号而已，区别仅仅在于，前面的那个句号是用墨笔画上的，后面的用了彩笔。

1916 年，袁克文动用他父亲袁世凯留给他的遗产的百分之一，大约是八百块银元，购得了那本从宋代陈起手上辗转了数百年，最终来到二十世纪初的《唐女郎鱼玄机诗》，此事在当时的藏书界引起过不小轰动。书在人在，这样的结局，对于这位只在人间活了二十多个年头的"女郎"来说，也算是不枉此生了。

此心安处

　　崇敬，爱戴，仰慕，钦佩，尊重，以及喜欢，若是让你用以上任一词语来描述你对苏东坡的感情，我相信，有相当多的人会与我一样，毫不犹豫地选择"喜欢"。喜欢是一种看似清淡实则高级的情感状态，稳定而绵长隽永。为什么会这样呢？这是因为我们在面对苏东坡的时候，时常感觉自己面对的不是一位高高在上的文学大师，而是一位亲密无间的良师益友，一位精神生活的燃灯者和引路人，甚至可以是一位在茫茫长夜围坐炉边促膝深谈的老友。简而言之，苏东坡与他历代的读者之间构成的是一种平视关系，犹如陶渊明与南山的关系一样，悠然而互见。他是如此血肉丰满地活在我们之中，渗透在我们几乎所有的日常生活的细节里，从庙堂之高远到厨炊之美味，以及肉身之冗赘，这个人总是能在不经意间化解我们的尴尬与困厄，并用身体力行的方式教导着我们人之为人的道理。这的确是中国文学史上非常罕见的现象：一个忠实于自己的写作者通过自己的言行，践行了文学与生活完全并行不悖的原则，而这一原则普遍存在于芸芸众生的内心深处，且始终根深叶茂，生生不息。

按照国人向来喜好以称谓来辨识人与人之间亲疏关系的惯例，苏东坡在不同时段、不同阶层的人眼中拥有着异常繁多的称呼："苏轼"是其父苏洵为他取的名字，所谓"轮辐盖轸，皆有职乎车，而轼独若无所为者。虽然，去轼则吾未见其为完车也。轼乎，吾惧汝之不外饰也"（苏洵《名二子说》）。苏洵意在以此名时刻提醒儿子，今后遇事为人不要太过直露张扬，要善于掩饰自我，谁知后来竟一名成谶；"子瞻"是其字号；"大苏""和仲"和"长公"是后人对他的尊称；"东坡居士"是苏轼流传最广的自号，人称"坡公"；"坡仙""苏仙""坡老""眉山公"等，皆是世人惯常对他的称呼；此外，还有"苏翰林""苏徐州"等职官称谓；"髯苏""髯公""髯翁""笠履翁"等，是朋友们对他的戏称；"戒和尚""妙喜老人""铁冠道人"是佛徒道友们的叫法；苏轼死后，在南宋孝宗时谥号为"文忠"，人称"苏文忠公"……有人做过统计，苏东坡一生前前后后共计拥有七十多个称谓，这还不包括"东坡肉""东坡羹""东坡笠""错着水""为甚酥""东坡肘子""东坡豆腐"等等，这些因其名而附会流传在人世间的各种所指对象。如此众多的称谓却径直指向一个人，这一事实，至少说明了苏东坡生前生后所受人喜爱的程度。"吾上可以陪玉皇大帝，下可以陪卑田院乞儿"；"吾眼前见天下无一个不好人"。从达官贵人到平头百姓，从玉堂金马到蓑衣笠翁，苏东坡广泛的交际圈也从一个侧面佐证着他豁达无羁的人生态度，以至于他最大的政敌王安石，在晚年也不由得生发出这样的感叹来："不知更几百年，方有如此人物！"

公元 1079 年（元丰二年）12 月 28 日，苏轼在狱中留下了长达两万多字的供状之后，终于结束了一百三十天的铁窗生涯，步履蹒跚地走出了柏树上栖满寒鸦的御史台，旋即把阴森狰狞的"乌台"甩在了身后，却没能随之将荫翳从内心深处一下子排解出来。恰逢岁末，正月初一，惊魂未定的苏轼在差役的押解下，带着长子苏迈启程前往黄州贬所。此时的汴州城内正沉浸在节日的喜庆之中，"爆竹声中一岁除，春风送暖入屠苏。千门万户曈曈日，总把新桃换旧符"（王安石《元日》）。按照神宗皇帝的批示，苏轼被革去了祠部员外郎和直史馆二职，责授检校水部员外郎充黄州团练副使，本州安置，不得签署公事。"平生文字为吾累，此去声名不厌低。"（《出狱次前韵二首》）这个一向桀骜不驯的人，这一次终于意识到了文字的潜在危险性，所谓祸从口出，文字为据。在经历了将近两个月的艰难跋涉之后，他们一行人抵达了位于鄂东南的荒凉偏僻的黄州小城，暂时栖身于一个名叫定惠院的小寺庙里。这一年苏轼年届四十四岁，正是一个男人智识的全面成熟期，却陷入了无妄之灾的泥潭。"小舟从此逝，江海寄余生。"在吟罢这首《临江仙》后，一代文豪的人生也由此进入了下半场。

如果说，苏轼的人生上半场是从二十二岁那年科考及第开始，有过一个完美开局的话，那么，他人生的下半场应该是从四十六岁那年，正式易名为"东坡"开始的："朝上东坡步，夕上东坡步。东坡何所爱，爱此新成树。"（《步东坡》）前两个"东坡"是地名，后面的"东坡"则换成了地主。这首随口吟得的小诀，从文采上来看倒是平淡无奇，但联想到当时诗人的处境，却显得极不平凡，绚烂归于平淡，至真以致至诚。这里再也没有朝廷纷争、钩心斗角了，只有一面荒凉的山坡，在等待一双勤劳务实的手。至此，人世间便诞生了一位自号"东坡居士"的人。

对于内心敏感的文人来讲，每一次易名都意味着一次重生。当"轼"退出朝堂，"东坡"就降生于旷野了。所谓"诗穷而后工"，苏东坡在黄州的生活回应和践行了他导师欧阳修的这一论断。生机盎然的《东坡八首》，为我们整体还原了诗人在那一时期的劳作现场和精神蜕变的心路历程，在筚路蓝缕中呈示出来的，已经不再是我们从前熟知的那位风华绝代、慷慨陈词的士大夫了，更不是一个诗人在酒足饭饱之余站在田间地头，一边反刍着口腔里的残渣余沫，一边观望农耕劳作时而发出的感叹，它向我们展示的是一个随遇而安的劳作者丰沛而自然的日常生活情貌："种稻清明前，乐事我能数"；"端来拾瓦砾，岁旱土不膏"……快乐与艰辛并存，怡然与寂寥共生。这种真实的动态的田园生活场景，其实更像是陶渊明在五百年后的回光返照。"竹杖芒鞋轻胜马，谁怕？一蓑烟雨任平生。"（《定风波》）坚定的信念和坦荡的人生态度，从这首骨骼清癯嶙峋的词中溢出，若水银泻地一般，在阴霾绵亘的山谷间熠熠生辉。事实上，苏东坡在黄州改变的何尝只是称谓和外在形貌，更是愈加强健的精神体态，纵身风雨任化，甘为浪里白条。

中华文明历经数代发展到北宋时期，已经在各方面都趋于极端成熟，文学更是如此，无论是文本形制，还是书写语言，总之，从肌到里，在经由了前人先贤的各种探索、积累、实践和淬炼之后，都具备了丰富而可观的形态体貌。也就是说，无论哪一种体式的诗赋，到了此时，只要是一个稍具才华的人都能够得心应手地运用，即便手段不算是十分高妙，但至少已经具足了文学的品相，这是因为，值得后人借鉴和沿袭的文学遗产太多太丰富了，每一个写作者只要稍加研习，变通，就能够写出锦绣章句。而作为天纵之才，苏轼当然不会止步于此，他甫一登场就引得了世人瞩目。

嘉祐二年（1057年），北宋公认的文坛领袖欧阳修主持礼部贡举，苏轼以"春秋对义"获得复试第一名。随后，仁宗皇帝亲自主持殿试，苏轼、苏辙兄弟双双进士及第。据说，试后皇帝老儿喜不自禁地回到后宫，对皇后说："我今天为子孙得到了两个太平宰相！"欧阳修在读罢苏轼的策论之后，也"不觉汗出"，感叹道："快哉，快哉！老夫当避此人，放出一头地也。"如同张九龄之于王维，贺知章之于李白，韩愈之于李贺、李商隐一样，欧阳修也非常注重培养后进，门下人才济济，而苏轼无疑是其中最为耀眼的一位。前辈与后进之间的薪火相传，既体现为诗文革新的层面，更体现在为人处世方面，这也是北宋早期文化得以繁荣不衰的内在动力所在。从景祐、庆历、嘉祐到熙宁、元丰年间，是中国文人整体崛起的又一高峰期，范仲淹、欧阳修、司马光、王安石、沈括、曾巩、柳永、晏殊、米芾、韩琦、富弼、文彦博、黄庭坚、秦观、周敦颐、程颢、程颐……当然，还包括"三苏"，可谓群星璀璨，足以比肩唐代开元盛世和元和一代的诗人风貌。如此众多的文人名士云集朝野，除了带来了文化的整体繁荣之外，也带了某些不确定因素，譬如，文人之间常有的妒忌、攻讦和钩心斗角、朋党之争等。而这一时期，也是北宋社会体制积贫积弱、外敌环伺、政局内外交困、朝野动荡的一个时期。如此盛乱交替的现状，为苏轼日后跌宕起伏的人生埋下了伏笔。

人生到处知何似，应似飞鸿踏雪泥。

泥上偶然留指爪，鸿飞那复计东西。

老僧已死成新塔，坏壁无由见旧题。

往日崎岖还记否，路长人困蹇驴嘶。

这是苏轼初入仕途时所作《和子由渑池怀旧》，充满了对漫长人生的希冀以及不确定感，他似乎隐约预见到了自己日后多舛的前途，但始终有一种坚毅和果敢的力量灌注其中。如今看来，苏轼后来的人生道路都在这首诗中得到了印证，或者说，这首在无意间写下的诗成了他人生最醒目的注脚。苏轼一生真正在朝任职的时间并不太长，且断断续续，总共不足十年时间，他入仕之后也确实如同"飞鸿踏雪"一般，辗转于全国各地，先后在凤翔、杭州、密州、徐州、登州、湖州、杭州、颍州、扬州、定州等地，担任签判、通判、知州等职。作为以济世救民为己任的地方官，苏轼勤于政事，善于疏导民心，在各地任上赈饥、抗旱、防洪、治蝗、止乱、防疫等各方面，均有不凡的建树。但是，到了晚年他却是这样自嘲的："问汝平生功业，黄州惠州儋州。"也就是说，在苏轼自己的心目中，真正将他导向人生化境，最终成就其心志的，其实是他在这些地方的受难之时。

苏轼生于宋仁宗景祐二年（1036 年），整个成长期都是在北宋这个最好的皇帝治下度过的；英宗时期，他先后为妻子、父亲居丧；他的为官期主要集中在野心勃勃的神宗皇帝统治时期，哲宗上台后即遭到贬谪，徽宗元年（1011年）苏轼去世。厘清这一条线索有助于我们弄清楚，一个文人的命运是怎样回应他所身处的时代，并与时代紧密关联的，他的性情、才学，以及他人生颠沛不已的迁逝之路，又是怎样暗合了一个王朝的起承转合。

元丰二年（1079年）苏轼来到湖州任上，因循惯例他要进谢上表，所谓"表"，无非是感念皇恩、抒发个人感慨之类的文字。当他的《湖州谢上表》传到朝廷时，群臣照例会纷纷传阅。此时的苏轼不仅政绩斐然，百姓拥戴，而且其盖世之才已经为天下认可，是继欧阳修之后的天下文宗。据说，宋神宗每次读到他的诗文奏章，都要忍不住一边读一边发出"天才"的啧啧赞叹。这次也是一样。读完后，神宗就在朝堂上夸赞苏轼的才华和成就。被皇帝夸赞原本是件好事，但对苏轼来说则未必如此。眼见这位多年前就有着"太平宰相"美誉的人，即将受到朝廷重用，苏轼平日里积攒和开罪的那些政敌，如御史中丞李定、监察御史里行何正臣、舒亶，以及王珪、蔡确、吕惠卿，包括沈括等人，都开始坐立不安起来，他们决定罗织"莫须有"的罪名，永除这块心头之患了。于是，便有了这场自北宋开国以来，由诗歌引发的最大规模的文字狱："乌台诗案"。

《湖州谢上表》是御史们在弹劾苏轼时，曾两度提到的重要"罪证"，何正臣、舒亶等人从这篇纯粹的官样文章里找出了如下几句："知其愚不适时，难以追陪新进；察其老不生事，或能牧养小民。"在他们眼中，"新进"是有特定含义的，意在讥讽新党人物，而"老不生事"则暗含他绝不合作之意，"牧养小民"简直就是公开指责变法了。

苏轼一入仕途就卷入了新旧两党之争，不是他生性好斗，而是他的政治观念以及学识都与王安石的新法做派格格不入，他的亲朋好友几乎无一例外都站在旧党一边。王安石人称"拗相公"，当他的政治理想与急欲励精图治的宋神宗走到一起时，其自负、固执、偏狭的人格便暴露无遗了。王安石一直视耿介率性的苏轼为政坛劲敌，多次劝神宗应及早贬黜苏轼，但宋神宗惜才，很希望能将苏轼的才华收为己用。熙宁新政的初衷是为了"去重敛、宽农民、国用可足、民财不匮"，美好的愿景却带来了变法派没有想到的民不聊生的困窘。新政失败之后，王安石被罢相，但是，一帮被他提拔起来的新党小人趁势掌握了朝中大权，如吕惠卿、蔡京之流迅速蹿身得势，一些士大夫也趁机趋炎附势，获取个人利益的最大化。从熙宁到元祐，新旧两党的争斗此起彼伏，而忠直耿介、视富贵为浮云的苏轼，自然成了所有既得利益者的眼中钉、肉中刺。

一个不能忽略的事实是，宋代出现了雕版活字印刷术，这一技术的进步，不仅为文字的传播提供了前所未有的便利，使诗文的刊印速度与传播范围开始呈几何倍数增长，而且从某种角度来讲，它也改变了社会的意识形态。作为那一时期风靡天下的大文豪，苏轼的诗文每每一面世就会风行天下，加上他素来性情随和，交游交友都极其广泛，遍布社会各个阶层，诗书画样样得心应手，作品常常被人当作珍品来收藏，阅读品鉴者更是数不胜数。如此一来，就为别有用心的好事者，提供了搜集和整理苏轼"罪证"的便利条件。

御史们在确定了目标后，就开始四处搜罗苏轼的诗文，很快就有了巨大的"成果"，他们把搜集的文字，连同苏轼刚刚问世的文集《元丰续添苏子瞻学士钱塘集》，一并用于呈堂证供。而且，更为可恶的是，凡是与苏轼有过文字交往的人士，包括他的弟弟苏辙，弟子黄庭坚、秦观，老臣司马光，甚至驸马王诜等人，无一幸免，均被勒令交出苏轼作品，无一遗漏。譬如说，苏轼与王诜往来从密，常有诗文唱和，王诜赠送给他的礼品，包括茶叶和字画墨宝等，也被当作赃物收缴了。杭州百姓不屑地称之为翻"诗账"。这些材料收集好之后，御史们又仔细研究，从字里行间寻找各种蛛丝马迹，随意联想，引申，断章取义，逐一罗列出骇人听闻的罪名，予以构陷。

"吴儿生长狎涛渊，冒利轻生不自怜。东海若知明主意，应教斥卤变桑田。"这首《八月十五日看潮五言绝句》是苏轼在杭州通判任上所作，诗人看见一些钱塘江上的弄潮人，为贪图奖赏而冒险出没于波涛之中，贪小利而轻生命，于是有感而发。但在舒亶等人的眼中，这无疑是一首讥讽之作，是对"陛下兴水利"的嘲讽。而事实上，苏轼在杭州最大的政绩就是疏浚运河和西湖："我凿西湖还旧观，一眼已尽西南碧。"更可笑的，是李定等人对《赠莘老七绝》一诗的攻讦："嗟余与子久离群，耳冷心灰百不闻。若对青山谈世事，当须举白便浮君。"他们称，苏轼的"意言时事多不便"，意在嘲讽圣上闭塞耳目，不纳良言，所以百姓情愿满腹牢骚，也不议朝政。总之是欲加之罪，何患无辞。乌台诗案中涉及的诗文共计有诗歌近两百首、各种札记文字十五篇，苏轼在狱中百口难辩，受尽折辱，然而，"捶楚之下，何求而不得"？最终，他只得一一招认，签名画押。见此情景，一些文人趁机落井下石，以便为自己垫高晋升石阶，譬如沈括，他与苏轼相识甚早，曾在熙宁前期同在馆阁任职，他到杭州后索要苏轼新作，苏轼不知是计，于是亲手誊抄于他，但沈括一回朝就将诗稿中影射新政的地方挑了出来，标明"词皆怨怼"字样，上呈给神宗。由于世风败坏，告密文化在这一时期达到了顶峰。围绕着苏轼一案，各种丑陋下作的情态，在这群文人们身上体现到了无以复加的地步。而受到此案牵连的士人，也多达数十人之众，有的被革职，有的被贬职，有的被罚铜，不一而足。

子曰："《诗》可以兴，可以观，可以群，可以怨；迩之事父，远之事君；多识于鸟兽草木之名。"所谓"怨"，即，"刺上政也"（孔安国注）。也就说，从孔子开始，"诗可以怨"便成了中国诗歌的传统精神之一。从先秦的"采诗"制度的设立，到唐代白居易作"采诗官，采诗听歌导人言。言者无罪闻者诫，下流上通上下泰"（《采诗官》），都说明，诗歌在某种意义上担当着为民生呼告、为民请命的社会功能。揭露社会的弊端，讥讽黑暗的社会现实，乃至抒发诗人内心的苦闷和哀怨，从来就是诗歌的本分。宋太祖立朝之初，曾以"不得以言罪人"为祖制，但这一祖训在"乌台诗案"中遭到了前所未有的践踏，也由此开创了高压政治和文化专制的恶劣风气。十多年之后，连司马光的《资治通鉴》也险遭禁毁。北宋的政治文化生态自此每况愈下，为王朝的覆灭埋下了祸根。经此劫难之后，文士们纷纷明哲自保，连苏东坡也开始调整自己的文学策略，再也不敢多作诗文，而是将兴趣爱好逐渐调整到填词和书画上来了。有人做过统计，苏轼一生写诗长达三十九年，平均每年创作的诗歌数量超过六十首；而写词的时间约有二十九年，平均每年作词十首。但是他到黄州之后，每年作诗不过四十来首，而作词总共达七十九首之多，而且这期间所写的诗多为应和随性之作，而词则多为名篇，如《念奴娇·赤壁怀古》等。这一看似表面上的兴趣变化和转移，其实潜藏着诗人深层的心理活动动机，因为在以诗赋为传统的古代中国，词一直以来都被视为文人遣情怡兴之小调，不足大观，真正能衡量一个人才学的仍是诗和大赋。东坡在黄州时曾写信告诉老友王巩："文字与诗，皆不复作。"由此可见，乌台诗案对他内心精神世界的冲击巨大，让他一直心存余悸。这种有意识的文体选择，固然有着政治方面的个人考量，但若是从整个中国文学史的发展脉络来追溯，则显得意味深长，作为文坛执牛耳者，词在苏东坡手里被广泛应用，极大激活和推动这一文体在后来的兴盛。

词这种文体，在中国文化史上，是一种相当独特微妙的存在。它萌芽于隋唐，随着民族大融合的不断推进，一些来自中土的音乐需要配以演唱的形式来传播，大量来自北方的胡人歌舞涌进中土，对中原文化艺术产生了强烈冲击，譬如，羯鼓疾如雨点，激越响亮，而琵琶音域宽广，繁音促节，极富表现力，这些个性突出、活泼生动的乐器，很快就取代了原有正统的用于祭祀郊庙的雅乐，也取代了从容雅致、平和中正的华夏正声。这就自然产生了一个难以回避的问题：如何为这样优美的乐音配上唱词呢？原有的整齐划一的格律诗显然已经难以适应参差不齐、变化多端的曲调了，即使加上和声、衬字，以及衍生的词句，也难尽如人意，于是乎，就出现了"依曲拍为句""倚声填词"的创作方式，这就是"曲子词"的雏形，简称为"词"。起初，词只是在民间小范围流行，后来被越来越多的文人吸纳利用，成为歌筵酒席上用来助兴的文学形式，即，所谓倚红偎翠，浅斟低唱。再后来，作为音乐附庸之物的歌词，就渐渐从单纯的表演中脱离出来，成为一种独立的崭新文学样式，既可随时融入音乐唱腔，又可独立成篇。按照吴熊和先生在《唐宋词通论》中的论述，词的体式大致可分为五类：一是以曲调为词调，比如《浣溪沙》《清平乐》《菩萨蛮》等；二是依曲调来分段，唐宋时期流行的曲调一般为一段到四段，填词之后就分为单调、双调、三叠和四叠了；三是依乐均押韵，均是音乐中的一个长度单位，相当于一个乐群，有长有短，相应的歌词韵位就有疏有密；四是依曲拍为句，节拍有长短，歌词自然就成了长短句式；五是依乐音定字声，古代声调有平、上、去、入四声之说，其中，上、去、入为仄声，平声又分为阴平和阳平，除入声外，上声、去声分别对应现代汉语的一、二、三、四声，入声则分别归到平、上、去声。上述五种体式基本上构成了词的创作特征。

在以诗赋为主调的正宗的唐代文坛，词一直只是一种纯娱乐、纯消遣的抒情文学，其主题也拘囿于书写男女之情、时光之叹、伤春悲秋之感。与诗赋不同，一般来讲，词并不存在明确的情感抒发对象，这种情感上的模糊性，让它可以在任意场合对任何人演唱；再则，词的语言大多都精致华美，风格妩媚婉转，音律曲折多变，形式错落多致，适于表达和传递人物内心的幽谧细微慎独的情怀。词的出现，让中国士大夫们在正统体面的文化场域之外，其精神世界又多了一块隐秘温柔的后花园。从此，"以男子而作闺音"成为文学史上司空见惯的现象，尽管这种现象在古乐府诗中也常见，但至此愈演愈烈。作为一种唯美的文学样式，词的题材总体狭窄单一，风格虽然绮靡，但品位不雅，个性也欠缺，这些因素都限制了它的成长，也与以儒学雅正为传统的士大夫文学南辕北辙，因此就造成了这样一种现象：词，民众喜爱，而朝廷排斥，常被斥为"好滥淫志"的郑音。

从晚唐到五代，再到北宋，词都一直在非常狭窄的空间里生存着，同时它也在不断的调整中寻找着适和自己的生存模式。在苏轼之前，范仲淹、欧阳修、张先等人都曾尝试过在题材内容，甚至整体气质方面拓展词的边界和空间，但总体上来看，仍然没有跳出一直以来的艳俗窠臼。而正当词需要一支如椽巨笔，打开自身全新境界之际，苏东坡出现了，整个唐宋词史也由他掀开了新的灿烂的一页。

如果说"一蓑烟雨任平生"是诗人坦荡豁达的人生自白，那么，《念奴娇·赤壁怀古》则将个人的生活遭际纳入了历史的烟云之中，壮阔的江山，悲怆的人境，如梦似幻的人生，这在以前的词中是前所未见的。在这里，苏东坡用一种长啸的腔调唱出了强者的心声。而这首具有强大艺术感染力的词，则把中国文人内心深处古老的激愤和豪迈感淋漓尽致地传达了出来，在沉郁中保持了高昂的生命力量，堪称词中绝响。

元丰七年（1084 年）三月，东坡接到朝廷诰命，授汝州团练副使，即将离开生活了近五年的黄州，但仍然前途莫测，他作《满庭芳》一词述怀："归去来兮，吾归何处，万里家在岷峨。百年强半，来日苦无多。坐见黄州再闰，儿童尽，楚语吴歌。山中友，鸡豚社酒，相劝老东坡。　　云何。当此去，人生底事，来往如梭。待闲看、秋风洛水清波。好在堂前细柳，应念我、莫剪柔柯。仍传语，江南父老，时与晒渔蓑。"诗人顾念他在黄州的岁月，说不尽的温情，道不完的惆怅，千般万难之中他已然洞悉了命运无常的力量，而厄运倒让他平添了几分直视命运的勇气。两年之后，苏东坡在汴京与王巩重逢，眼见这位因乌台案而遭受牵连的好友九死一生，从岭南归来，身边还带着容颜红润的侍儿宇文柔奴，他写下了《定风波》一词：

> 万里归来年愈少，微笑，笑时犹带岭梅香。
> 试问岭南应不好，却道此心安处是吾乡。

好一个"此心安处是吾乡"！当一个人真正具有了如此心境之后，还有什么力量能击溃他的生命意志呢？

元丰八年，北宋政坛隐雷阵阵。苏东坡在北上途中得知神宗皇帝驾崩，年仅十岁的哲宗继位的消息，哲宗改年号"元祐"，太皇太后高氏垂帘听政。当苏东坡信笔写下"山寺归来闻好语，野花啼鸟亦欣然"的诗句时，朝中反对他的人就御状不断，试图阻止他归朝。林语堂先生在《苏东坡传》中说，苏东坡总是能得到历朝皇后的荫庇，"在苏东坡的时代，四个皇后当政，都极贤德，并且有的十分出色。也许她们是女人，所以能明辨是非，在朝中能判断善恶"。我想，这必定与苏东坡的人格魅力有关，除了才华学识，男人征服世界最终倚靠的是博大坦荡的胸襟，而作为旁观者的女性，她们眼观朝堂，心知肚明，或许最具发言权。高氏听政后，即刻启用老臣司马光为相，大刀阔斧废除新政。苏东坡也在朝中急剧得势，八个月之内连跳三级，官至四品中书舍人，最后止于翰林学士知制诰，后来又兼皇帝侍读，可谓位极人臣了。由于"元祐更化"是以"母改子政"的形式出现的，相当于新朝将以前神宗的新政全部推倒重来了，如此一来，势必为后来的政局变化埋下了仇恨的种子。苏东坡深明此中大义，曾力劝主政的司马光预防后患，对待新法也要择善而从，但固执的司马光与王安石一样倔强，死活不听他的劝告，气得苏东坡大呼："司马牛！"不久之后，司马光病逝，乌云漫天席卷涌来，眼看一场更加猛烈的政治风暴即将来临，苏东坡见此情状，再三恳请，朝廷终于让他以龙图阁学士身份出任杭州太守，时年他已五十二岁了。

元祐八年（1093 年），垂帘听政长达八年的高氏病逝，十七岁的哲宗皇帝亲政，改年号"绍圣"，任用章惇为相。章惇当年与苏轼同时进士及第，早年两人关系密切，虽然分属新旧两党，但乌台事发时他也曾上书援救，东坡被贬黄州后，两人依然多有书信往来。章惇拜相后，为了赢得年轻气盛的哲宗皇帝信任，干脆假想所有的元祐忠臣都是新皇帝的敌人，一批拥护变法的大臣也迅速回归朝堂，吕惠卿虽因声名狼藉未能归位，但蔡京、曾布等宵小重新把持了朝政，他们把打击"元祐党人"作为上位之后主要的政治目标，尽情发泄他们多年遭受排挤的积怨，章惇甚至还奏请朝廷对司马光等人发冢斫棺，大有斩草除根之意。罢黜、贬谪的诏令一道接着一道，短期内就有三十多位朝廷官员被发配到了岭南等偏远之地。此时远在北国定州的苏东坡，早就料到会有这样一幕闹剧出现，果然，他也很快就接到了谪命，如同当年连升数级一般，这一次来了个大反转，他的品级短时间内被一降再降，从根本来不及赴任的英州知州，到虚授的建昌司马，再到惠州、儋州，离权力中心愈来愈远了。

"此生归路愈茫然，无数青山水拍天。犹有小舟来卖饼，喜闻墟落在山前。"（《慈湖夹阻风》）这是苏东坡在南下贬所的途中所作，云淡风轻，气定神闲，丝毫看不出一个戴罪之人的慌乱与惶恐。在经历了黄州之贬后，苏东坡已经练就出了处事不惊、宠辱皆忘的心性，何况他已经在那个污浊的红尘乱世中摸爬滚打了几十年，除却亲情之外，他早已不再对个人名利得失有任何挂牵，垂老远谪固然令人悲伤，但随遇而安又何尝不是另外一种解脱呢？

如果我们能读一下他在惠州写下的这则文字，就能进一步理解他了："余尝寓居惠州嘉祐寺，纵步松风亭下。足力疲乏，思欲就床止息。仰望亭宇，尚在木末，意谓如何得到？良久，忽曰：‘此间有甚么歇不得处？’由是心如挂钩之鱼，忽得解脱。若人悟此，虽两阵相接，鼓声如雷霆，进则死敌，退则死法，当恁么时，也不妨熟歇。”苏东坡在惠州把这样的人生观发挥到了极致，这也是他广受后人敬佩和喜爱的原因，因为他始终能在逆境之中向世人传达出生命的喜悦感，一如"挂钩之鱼，忽得解脱"。苏东坡一生与佛道有缘，他的好友里有不少高僧和得道之人，安贫乐道，达则兼济天下，穷则完善自我，这构成了他最基本的人生信条。

公元 1097 年初春的一天，苏东坡在嘉祐寺里伴着和煦的春风，睡了一场囫囵好觉，醒来后，他提笔作了一首小诗，《纵笔》："白头萧散满霜风，小阁藤床寄病容。报道先生春睡美，道人轻打五更钟。""纵笔"亦即随手，苏东坡晚期的大部分诗作都是这般信手拈来，随笔记下的，活到这般境界，文章于他而言只是附带的产物了。没料到，此诗后来经好事者之手传到了汴京，引起了章惇等人的嫉恨："子瞻居然还这么快活！"于是，朝廷下令将东坡贬往天涯海角之地：儋州，"责授琼州别驾，昌化军安置，不得签书公事"。面对着波涛掀天的大海，苏东坡尽管痔疮疼痛难忍，但他并没有丝毫的迟疑，他拖着六十二岁的病体横渡海峡，来到更加炎热潮湿之地。"岭南天气卑湿，地气蒸溽，而海南尤甚。夏秋之交，物无不腐坏者。人非金石，其何能久？然儋耳颇有老人，年百岁余者往往而是，八九十者不论也。乃知寿夭无定，习而安之，则冰蚕火鼠，皆可以生。"苏东坡置身此境，别无良策，唯有以随遇而安的心境来与恶劣的环境相抗衡。他很快就融入了当地民众的生活中，并在《汲江煎茶》中写道："活水还须活水烹，自临钓石取深清。大瓢贮月归春瓮，小杓分江入夜瓶。雪乳已翻煎处脚，松风忽作泻时声。枯肠未易禁三碗，坐听荒城长短更。"不知道这首诗传到汴京后，章惇之流又该当做何感想。

无尽的苦难非但没有泯灭苏东坡过人的才华，和与人为善的天性，反倒为这位旷世奇才锻就出了更加淡泊纯粹的心性，生活的热情随之被空前地激发了出来，挥发成了自由自在的生命喜悦感，圆润，通透，饱满，一如苏东坡的弟子黄庭坚所言，他后来的整个生命实际上都是在"细和渊明诗"。

"九死南荒吾不恨，兹游奇绝冠平生。"（《六月二十日夜渡海》）视一场又一场生活的苦役和灾变为生命中的奇景之游，这样的人生境界确非常人所能抵达和效法的，放眼中国文学史，又能有几个人呢？

阅读苏东坡的时候，我们总是很难将注意力完全集中到他的文学成就上来，虽然他留下来的那么多诗词，声声入耳入心，但我们总是希望，而且也总是能够，从他的身上找到我们苟活的全部理由和价值，他提供给世人的并非苟且偷生之道，也不是庸常意义上的逆来顺受，而是依存于人之为人的本心之中的一种生命善意，这种善意会时刻推动着我们把不值得一过的人生尽可能过得圆满，至少可以过得热气腾腾。从这个意义上来讲，苏东坡是真正将诗学经验与人生经验熔为一炉的诗人，他对中国诗歌的最大贡献，就在于，他让诗歌完全彻底地走出了庙堂、书斋、诗册或石壁，走向了无穷无尽的旷野，当然也就走进了大众民心。简而言之，他把自己活成了一首诗，一首行走在广袤人境里的不屈不挠、生机勃勃的诗。如同很少有人拥有苏东坡那么多的别名称谓一样，也没有人拥有比他更多的故事和传说，哪怕是牵强附会，以讹传讹。人们乐于谈论他，就像乐于向人倾诉自己的喜怒哀乐，而无论是极哀还是穷乐，都会滋养我们的生活。

元符二年（1099 年），正月初九，年轻的哲宗皇帝驾崩，其弟赵佶继位，是为徽宗。

元符三年二月，宋徽宗大赦天下，苏东坡及"苏门四学子"等人均获诏，或内迁，或重启。六月，苏东坡渡过琼州海峡，踏上北归之途。

"建中靖国"元年（1101 年）初，苏东坡又一次经过大庾岭，遥想数年前他由此踏入梅岭南海的那一幕，不禁思绪纷飞，望着眼前莽莽苍苍的雄关漫道，他想起了那些魂断于此的先行者，那些和自己命运相似的一具具被谪之身，"度岭方辞国，停轺一望家。魂随南翥鸟，泪尽北枝花。山雨初含霁，江云欲变霞。但令归有日，不敢恨长沙"（宋之问《度大庾岭》）。苏东坡提笔写下了《过岭二诗》：

> 暂著南冠不到头，却随北雁与归休。
> 平生不作兔三窟，今古何殊貉一丘。

一个本欲终老南海之人，这一次却又侥幸北归，但他依然保持着坦荡、淡然、无怨无悔之心。而此时，远在数千里之外的汴京，章惇、蔡京已被罢相，一批元祐老臣纷纷被起复重用，苏轼即将返朝入相的传闻四起，"进国陪论"看似已经指日可待，但苏东坡本人心如止水，随着年事日高，他已然进入了勘破、去执的境界："回视人间世，了无一事真。"（《用前韵再和孙志举》）"心似已灰之木，身如不系之舟。问汝平生功业，黄州惠州儋州。"（《自题金山画像）》

这年六月，身体早已被瘴疠之气侵蚀、体质日渐衰弱的苏轼，终于病倒在了真州，他预知自己将不久于人世，便给亲爱的弟弟苏辙写信嘱托后事："即死，葬我嵩山下，子为我铭。"七月，径山寺长老维琳从杭州匆匆赶来探望，两人以偈语应对："平生笑罗什，神咒真浪出。"维琳不解，苏轼索笔，写道："昔鸠摩罗什病亟，出西域神咒，三番令弟子诵以免难，不及事而终。"这便是苏轼的绝笔了。

青兕美芹

公元 1127 年，中国历史上发生了一件举世蒙羞的大事，即便是在时隔多年之后，"靖康"这个只在人类历史上存活了两年的年号，甚至这个词本身也带有晦气，被人视为耻辱的象征。这一年，北宋最后的两任皇帝宋徽宗和宋钦宗被金人一并掳走，分别被侮辱性地封为"昏德公"和"重昏侯"。不久，宋徽宗在囚禁之所郁郁而亡，死后连骨灰都没有被烧透；而宋钦宗也在不久之后被赛马踩死，落得个客死他乡的荒唐下场。如果你生活在北宋，尤其是在经历过辉煌时期的北宋后，你断断不会想到，历史居然会是这样一番走向和结局。尽管大宋并非我们想象中的盛世太平，但依然牢牢占据着当时世界一半以上的国民产值、每年高达一亿两白银的税收，仅凭此条，就彰显出了帝国的繁荣，更遑论它无与伦比的瓷器，和日常生活里司空见惯、普遍拥有的丝绸、茶茗。大厦的倾覆发生在一夜之间，而倾覆之后腾涌起来的尘垢却遮天蔽日，经久不息，让南方的汉人为此付出了多年蓬头垢面的沉重代价。

"靖康之难"发生在中国农历的丙午年，又被后世称为"丙午之耻"。十三年之后（1140年），力主抗金的大臣李纲病逝，而另一位抗金大将岳飞背负着"雪耻"的重任，率领"岳家军"一路北上，接连收复失地，眼见就要实现"直捣黄龙府"的光荣与梦想了，却被昏聩的宋高宗和秦桧连发十二道诏令班师南撤……就是在这片狼烟战火弥漫的中原大地上，在被金人占据的北方沦陷区山东济南，一个名叫辛弃疾的男儿来到了世上：

> 艰辛做就，悲辛滋味，总是辛酸辛苦。更十分向人辛辣，椒桂捣残堪吐。

若干年之后，辛弃疾在《永遇乐·戏赋辛字送茂嘉十二弟赴调》中，这样解读自己的姓氏与性情，所有的命理都围绕着沉浸在血脉中的这个"辛"字来展开。

辛家始祖辛维叶原本在甘肃狄道为官，后来升任大理评事后才举家东迁至济南。严格说来，辛家的迁逝之路也印证着北宋王朝的盛衰之变，从起初对大宋政权充满信心，到后来关外号角连天，失去了大宋的庇护，辛氏一族被迫接受金人的"怀柔",沦为"施恩"对象,这条线路在不堪回首的过程中,渐渐充满了隐秘的怨怼和复仇的冲动。辛弃疾的祖父辛赞作为"被污虏官",不得不委曲求全,"谛观形势":"每退食,辄引臣辈登高望远,指画山河,思投衅而起,以纾君父不共戴天之愤。"多年以后,辛弃疾在他著名的《美芹十论》里这样回忆当年与祖父在一起的时光,内心中涌荡精忠报国的豪迈之情。

《美芹十论》是辛弃疾南归后献给皇帝的一份奏论或策论,长达万余字,共计十篇,分别从审势、察情、观衅、自治、守淮、屯田、致勇、防微、久任、详战十个方面,陈述任人用兵之道,分析敌我双方的形势特征,提出了抗金救国、收复失地、统一中原的大计,显示出了辛弃疾过人的远见卓识和军事谋虑,具有极高的军事思想价值。"铁板铜琶,继东坡高唱大江东去;美芹悲黍,冀南宋莫随鸿雁南飞。"这是郭沫若当年为辛弃疾墓题写过的一副挽联,"美芹"几乎成了辛弃疾在人世间的代名词:"野人美芹而献于君。"由此可见其爱国忠君之心。

"百无一用是书生。"自古以来,中国历史上就不乏投笔从戎者,譬如班超、吴起、岑参、高适等,但他们大多只是侧身幕府,贡献智慧,记录战报,鲜有手刃强敌之实,能像辛弃疾那样"赤手领五十骑缚取于五万众中,如挟毚兔,束马衔枚,间关西凑淮,至通昼夜不粒食"(南宋洪迈《稼轩记》),毕竟罕见。关于辛弃疾缉拿叛将张安国的事迹,史书上多有记载，讲的是变节者张安国竟置大义于不顾，杀死义军首领耿京，叛逃至金营，卖主求荣，辛弃疾闻讯后直扑济州，将其绳之以法的故事。"壮声英概，懦士为之兴起，圣天子一见三叹息。"（《稼轩记》）实际上，在此之前还发生过一件让辛弃疾赢得"青兕"之称的事情：辛弃疾率部众投入耿京门下，稍后又介绍好友义端和尚加入，但不久义端偷窃帅印，打算以此向金人请赏。事发之后，辛弃疾一骑绝尘擒拿义端，义端死到临头求饶道："我识君真相，乃青兕，力能杀人，幸勿杀我。"辛弃疾不为所动，果断斩杀之。这便是后人常言辛弃疾"为青兕所化"的由来。青兕乃上古传说里的瑞兽，俗称犀牛，成年后的辛弃疾身材魁梧，孔勇有力，用他朋友陈亮的话来形容："眼光有棱，足以照应一时之豪；背胛有负，足以荷载四国之重。"无论真相究竟是怎样的，我们从这些闪烁其词的传说中不难看出，辛弃疾确乎胆识过人，且文韬武略兼具。

公元 1162 年，辛弃疾结束了在北方的抗金生涯，奉表归宋，开始了他南归后的第一个十年。此时，不管敌对双方是否愿意，宋金对峙已经成为定局。作为以收复江山社稷为己任的热血青年，辛弃疾始终保持着高昂热烈的进取之心，按照吴世昌先生在《辛弃疾传》里的说法：他"醉中醒来，直嚷着要做官"，"不但自己想做官，他也希望他的朋友亲戚都要做大官"，因为在那样的乱世，唯有做官，才能领兵打仗。然而，在朝廷眼中，这个血气方刚的年轻人不过是一名归正军官罢了，给他一个右承务郎已是礼遇。"庭院静，空相忆。无说处，闲愁极。"（《满江红·暮春》）这种闲愁状态在辛弃疾早年的词中随处可见，而在愁闷之中也常有英气逬发："留不住，江东小。从容帷幄去，整顿乾坤了。"（《千秋岁》）南归最初的十年间，辛弃疾一直担任着低微的职位，从江阴签判到广德军通判，再改为建康通判，最后迁至司农寺主簿任上，活动范围主要集中在江浙一带，政绩并不显赫，其主要文学成就体现在诸如《美芹十论》，以及上呈给宰相虞允文的《九议》这类文论中，他指点江山，侃侃而谈，但并未被满足于偏安一隅的南宋王朝采纳。当现实与理想产生巨大的落差时，诗人心中的不平之气也影响了他在诗词美学上的发挥。但在这并不顺心遂意的十年里，辛弃疾还是留下了一首流传千古的词，《青玉案·元夕》：

> 东风夜放花千树。更吹落，星如雨。宝马雕车香满路。凤箫声动，玉壶光转，一夜鱼龙舞。
>
> 蛾儿雪柳黄金缕。笑语盈盈暗香去。众里寻他千百度。蓦然回首，那人却在，灯火阑珊处。

这首词是辛弃疾在临安司农主簿任上所作，描写的是元宵灯会的盛况，上阕写灯，下阕写人，两相映照，相映成趣。在宋代的著名诗人里，似乎只有辛弃疾是完全写词的，或者说，只有他是将自己的文学才华完全投入了词这种新文体之中的。辛弃疾一生中创作了六百多首词，传世之作也有一百来首。相比之下，宋代其他的诗人如柳永、欧阳修、苏轼、李清照、陆游等，都是亦诗亦词。这一现象说明，词在传至辛弃疾手上时，已然摆脱了传统中国文人向来以诗赋为文学大宗的认知，成为当时被世人普遍接受的文体。世人皆言辛弃疾为"词中之龙"，主要是指他独特的词风，那种在普遍阴柔的世风之下所秉持的豪迈与高蹈的力量，他是真正将苏轼所开创出来的词之格局，加以进一步发扬和光大的诗人。然而，我们在这首《青玉案》里，读到的却是辛弃疾的百般柔情与婉转绮丽的语言风格。形成这种认识的原因不外乎两点：一是此时真正的"稼轩体"尚未完全成型，二是真正的"稼轩体"也并非我们印象中的一味豪放和高蹈，诚如清代谢章铤在《赌棋山庄词话》所言："学稼轩，要于豪迈中见精致。"

公元 1172 年，辛弃疾改任滁州宣教郎，这也是个不大的官职，从八品文官，但好歹也算是个地方大员了。期间，辛弃疾政绩卓越，不仅改变了流民四散的局面，还组织民众筑城砌墙，为防止金兵南下积极做出准备。滁州任满后，他改任江东安抚司参议官，深受时任留守的叶衡器重，一年以后叶衡为相，向宋孝宗大力举荐辛弃疾。此时，湖北江西一带茶寇起兵闹事，辛弃疾受命出任江西提点刑狱，兼湖北安抚，节制诸军，专门负责剿灭茶寇。事态平息后，又调任京西转运判官、江陵府知府兼湖北安抚使，紧接着，又改任隆兴府（今南昌）知府兼江西安抚使、湖北转运副使、湖南转运副使，以及潭州（今长沙）知府兼湖南安抚使，等等。这段时间，辛弃疾的职位几乎是一年一变，但阶位并无大的变化。如此频繁的调动显示出，朝廷对辛弃疾的任用是多有顾忌的，一方面看重他的才干，另一方面又有对他"归正军官"身份的考量。值得注意的是，在这十年里，辛弃疾内心世界也在发生变化，尽管他在每个职位上都尽忠职守，甚至表现卓越，但他已经开始为自己未知的前程准备后路了。

"稼轩居士"就是这一时期的产物。

1180 年，年满四旬的辛弃疾又一次改任隆兴府知府兼江西安抚使，连年辗转官场，又晋升无望，令他多少感觉有些倦意了。于是，在着手创办飞虎军的同时，辛弃疾开始考虑在上饶一带建造庭院和居所，安置家人，最后选址定在带湖附近，他根据地势亲自设计了庄园格局："高处建舍，低处辟田。"对家人说："人生在勤，当以力田为先。"这原本是古代文人们通行的做法，但作为一位为战场而生的将帅之才，做出这样的选择终究是一种无奈之举。

稼轩别墅及附近所属田土面积足足有一百七十余亩，内部装潢十分别致典雅。据说，朱熹当年曾多次来这里做客，在他的日记中对这座建筑也多有描述，"以为耳目所未曾睹"，尽管着墨不多，但欲言又止的笔法给人以很大的想象空间。如果说，南归后第一个十年里虽有理想与现实的落差，但对辛弃疾的心境影响并不太大的话，那么，第二个十年则大不相同了，尽管他官场地位稍有提高，但是并不见得事事遂意，尤其是他耿耿于怀的"雪耻"志念，始终得不到施展，宋室风雨飘摇，朝廷却尔虞我诈，嫉贤妒能之风盛行，在这样的境遇之下，辛弃疾不得不考虑个人的进退得失。

"桃李无言，下自成蹊。"在《一剪梅》这首词里，辛弃疾借用这则古谚语，诉说着他对当时的时局和个人处境的感受，在"独立苍茫"与"一片闲愁"之间他究竟该如何取舍。而事实上，类似的困扰辛弃疾早就有了，只不过被他强按在了心里。譬如说，这首当年写给对他有过知遇之恩的宰相叶衡的词《菩萨蛮》："青山欲共高人语。联翩万马来无数。烟雨却低回。望来终不来。　　人言头上发。总向愁中白。拍手笑沙鸥。一身都是愁。"这首词立意高远，意象俊朗，节奏自然又明快，充分显示出了诗人情理情景交融的炼句能力。虽说是一首献词，但其中也蕴含了作者对自身心境的写照：虽然有愁，但高古的心志让人不必言愁。真实的情况是不是这样呢？作于两年之后的又一首名词《水龙吟·登建康赏心亭》，进一步暴露出了作者的心迹：

　　楚天千里清秋，水随天去秋无际。遥岑远目，献愁供恨，玉簪螺髻。落日楼头，断鸿声里，江南游子。把吴钩看了，栏杆拍遍，无人会，登临意。

　　休说鲈鱼堪脍。尽西风、季鹰归未？求田问舍，怕应羞见、刘郎才气。可惜流年，忧愁风雨，树犹如此！倩何人唤取，红巾翠袖，揾英雄泪。

　　这首词可以视为辛弃疾南归以来各种复杂心境的真实流露，既有对宋室"献愁供恨"的不满，又有"断鸿声里"的哀鸣，以及报国无门的嗟叹。诗人登高望远，联想到眼前的时局和个人的处境，心中充满了抱怨乃至怨愤之情，而流年易逝，英雄揾泪，扼腕而叹。"辛稼轩当弱宋末造，负管、乐之才，不能尽展其用。一腔忠愤，无处发泄……故其悲歌慷慨、抑郁无聊之气，一寄之于词。"正是缘于"慷慨"与"抑郁"的性格，造就出了辛氏雄浑沉郁，又不失清丽的词学风格。

　　"三径初成，鹤怨猿惊，稼轩未来。"为庆贺即将落成的新居，辛弃疾写了这首曲调为《沁园春》的词。这是一首典型的言事之作，但事与情相互交织，在罗列敷陈中我们可以读出诗人的用心。辛弃疾开篇借用鹤和猿之口剖析自己，一直渴望着出将入相的沙场骁将，在此处与渴望淡泊宁静的诗人角力，甚至针锋相对，试图说服彼此。"稼轩未来"隐含着至少两种期待：一是他还没有做到真正放下，二是他的确思量过放下执念，回归田园。而"君恩未许"则在隐晦地表达自己对皇帝的期待，他告诉自己，用这种归隐的方式改变眼前尴尬的境遇，未尝不是一件可行之事，但又觉得圣上未必真的同意他这样做。纠结、犹豫和彷徨，依然是这一时期辛弃疾的思想主题。然而，没过多久，一场来自京城的变故断送了辛弃疾的各种念想，让他明白了现实的残酷，以及"稼轩居士"的存在意义。

淳熙八年（1181年）冬，辛弃疾接受朝廷指派，准备由江西安抚使调任浙西提刑，于他而言，这原本是一件稀疏寻常的职位挪动，并不涉及升迁，但却引发了言官王蔺的弹劾。王蔺弹劾奏章的核心内容是：辛弃疾"肆厥贪求，指公财为蠹囊；敢于诛艾，视赤子犹草菅。凭陵上司，缔结同类。愤形中外之士，怨积江湖之民"（《辛弃疾落职罢新任制》）。酷吏，暴戾，中饱私囊，民怨沸腾，这四条罪状如若成立，辛弃疾可谓"罪莫大焉"。王蔺在当时的朝堂上素来以秉笔直书、仗义执言著称，官员们对他敬畏有加。因此，奏章一出，庭上哑然。幸好孝宗皇帝对辛弃疾忠君报国之心一向持肯定态度，也对其多年来在各地的治理和政务非常欣赏，这才没有加以深究，让辛弃疾"落职"而非"撤职"。

这一年，辛弃疾四十二岁，在此后的十八年里，他一直过着隐居生活。

"绿野先生闲袖手，却寻诗酒功名。"（《临江仙·即席和韩

南涧韵》）如果说，在前两个十年之中，辛弃疾的词中充满了
"愁"字（愁闷和愁绪），那么，在后来的日子里，尤其是在被
弃用后的十年内，"闲"字就成了他在词中每每提及和书写的
人生主题。由于是被迫之"闲"，不得不"闲"，因此我们看
到，诗人总是会有意无意间流露出内心深处的不平不甘之气，
表面上的气定神闲之下，心中依然不停地激荡着苦涩的涟漪。
最典型的莫过于这首《洞仙歌·开南溪初成赋》：

> 婆娑欲舞，怪青山欢喜。分得清溪半篙水。记平沙鸥
> 鹭，落日渔樵，湘江上、风景依然如此。
> 东篱多种菊，待学渊明，酒兴诗情不相似。十里涨春
> 波，一棹归来，只做个、五湖范蠡。是则是、一般弄扁
> 舟，争知道他家，有个西子。

南溪筑成，稼轩居更添美景，诗人作了这首理应充满大欢
喜的词。上阕写的是景，下阕写的人，本应是，青山欢喜人也
欢喜，但我们看到诗人的真实心境却是落寞寂寥的，他既无法
像陶渊明那样感受到隐居之乐，从菊花渔樵那里获得人生的真
谛；又无法像范蠡那般纵情春波，总有西子相伴一侧。此中况
味，五味杂陈。辛弃疾在报国无门的情况下，只能寄情于诗酒
风流，他归隐田园，故作旷达，但字里行间弥漫的是隐痛，一
派风和日丽的景象，掩饰不住积于胸间的块垒。他必须尽快在

天地之间为自己的情感找到可以倚靠寄生的宿主，"白发苍颜吾老矣，只此地，是生涯"（《江神子·博山道中书王氏壁》）。既如此，他须得在不欢喜中为自己找到欢喜的理由。

公元 1188 年，闲居在带湖山居的辛弃疾写下了另外一首传世之作，《丑奴儿·书博山道中壁》：

> 少年不识愁滋味，爱上层楼。爱上层楼。为赋新诗强说愁。
>
> 而今识尽愁滋味，欲说还休。欲说还休。却道天凉好个秋。

"丑奴儿"是一种双调小令词牌名，通称"采桑子"，全词四十四个字，前后两片各三平韵，别有添字格，两结句各添二字，两平韵一叠韵。辛弃疾的这首词严格遵循了这一词牌格式，一唱三叹，气韵绵长。这首词的中心意思还是在说"愁"，少年之愁和今日之愁，但表达愁绪的方式却迥乎不同，今日之愁即便有千言万语，也只能顾左右而言他了。"欲说还休"取自李清照《凤凰台上忆吹箫》："生平闲愁暗恨，多少事、欲说还休。"在中国词史上，李清照与辛弃疾被推尊为"济南二安"（易安，幼安），后者对前者推崇备至，不仅改字"幼安"，在创作中也明确标榜过自己"效李易安体"。这种效法不只是停留于口头上的尊敬，还在语言上对李清照仔细揣摩研习，化为自己的词风。"易安体"在语言运用及创作方法上，主要特征是"以寻常语度入音律""用字奇横而不妨音律"。辛弃疾的这首词之所以被后来者反复推崇，成为词中经典，为世人所喜爱，是理所当然的，因为作为"豪放派"的代表词人，当他词风兼具"婉约派"的风格时，整体的共情力量会更大一些。而在另外一首《丑奴儿近》中，辛弃疾更是将他对"易安体"的效法发挥得淋漓尽致，通篇也是以寻常语入词，灵动，俏皮，无论是整体布局，还是信手拈来如拉家常般的语言，都深得李清照词的铺叙、回环之精髓。因此，清人沈曾植在《菌阁琐谈》中说道，词在李清照和辛弃疾之后，"难乎为继"。

正值壮年，身处闲置状态，为辛弃疾的人生迎来了新的转机，只不过这样的转机并不是他一直向往的功名，而是一种向内转、拓展精神空间的过程。及至此时，辛弃疾的人生阅历已经足够丰富，既有"西北望长安，可怜无数山"（《菩萨蛮》）的沙场经历，又有了"渡江天马南来，几人真是经纶手"（《水龙吟》）的宦海体验，更有"莫遣旁人惊去，老夫静处闲看"的冷静思索，当辛弃疾将这些过往的人生经验全部贯注到自己的创作中时，他无疑会比其他写作者更多一些深刻复杂的况味，更富有神采与姿色。这或许就是所谓"稼轩体"的真实由来。

所谓"稼轩体"，首先体现为一种极具特色的语言形式感，简而言之，就是词语之间的排列与组合的特殊效果，辛弃疾擅长将相互矛盾的词语，比如动与静、刚与柔、大与小、忙与闲、庄重肃穆与滑稽诙谐，等等，进行匠心独运的排列、并置和组合，在两相拉抻的物象之间寻找诗意的发生栖息地，产生出相互冲撞的节奏和效果。这种写法与苏轼层层推进的写作大不相同，也与李清照铺排回旋的风格有别，说到底，"稼轩体"的出现与辛弃疾自身的心理经验有关。南归的两个二十年已经过去，诗人原有的心志渐渐被磨损，仕不得，隐不得，忙不得，闲不得，就是在这种首鼠两端、瞻前顾后的状态之中，时光正在飞快流逝。"平生塞北江南。归来华发苍颜。布被秋宵梦觉，眼前万里江山。"（《清平乐·独宿博山王氏庵》）施以对先生在评价"稼轩体"的妙处时，用"正与反"来总结：倘若说南归的第一个十年，辛弃疾属于正话正说，第二个十年属于反话反说的话，那么，闲置之后的辛词就不能只看字面意思了，往往是亦正亦反，亦反亦正，见首不见尾。这才是他的"佳处"。当然，这样的佳处根源于辛弃疾内心的难处。

　　"醉里挑灯看剑，梦回吹角连营。八百里分麾下炙，五十弦翻塞外声。沙场秋点兵。　　马作的卢飞快，弓如霹雳弦惊。了却君王天下事，赢得生前身后名。可怜白发生。"写这首《破阵子·为陈同甫赋壮词以寄之》时，辛弃疾已经在带湖闲居了将近十年，生命也已经行进到了人生的后半程。好友陈亮（陈同甫）前来看望他，忆峥嵘岁月，看冷酷现实，不免自怜自艾，虽说暮年将近，但我们从中仍然能读到一股英气与豪迈，这也是后世许多读者喜爱辛词的重要原因，他的率性、刚烈，从人性深处迸发出来的旺盛的生命力，可能还不是仅凭"爱国诗人"这个定语就能完整定义的。"词至稼轩，纵横博大，痛快淋漓，风雨分飞，鱼龙百变，真词坛飞将军也。"（清·陈廷焯《云韶集》）

　　爱国与豪放是世人贴在辛弃疾身上的两个醒目的标签。事实上，标签的存在只对阅读者具有一定的时效性，而对于写作者，尤其是像辛弃疾这种有过复杂的人生经历，和丰富的情感生活的诗人而言，就显得过于简易和草率了。自古以来，生不逢时或生逢其时，一直是困扰着中国文人士子们重大的人生命题，然而，我们仔细想想，无论生长在哪一种时代背景之下，活在哪一种世相境遇之中，对于真正的诗人来说都是一种幸运，足够强健的诗人总是有能力将时代的悲剧、政局的混乱、民生的疾苦等，化为自身写作的另外一种滋养，譬如杜甫，譬如说苏轼，等等，他们的伟大溢出了时代的困扰和碾压，代替他们所置身的那个喑哑的时代发出了震耳欲聋的强健之音，所以悲哀从来都不属于他们。辛弃疾所处的时代也应作如是观，南宋政权服膺于苟且偏安的命运，但南宋的子民却在颠沛中积蓄着生生不休的生命意志。正是在这样的正面冲突下，我们阅读辛弃疾时才能感受到那种发自肺腑的力量，它是呼告，是抗争，也是吁求。

宋人王灼在《碧鸡漫志》中曾对词的兴起有过这样的表述："盖隋以来，今之所谓曲子者渐兴，至唐稍盛。今则繁声淫奏，殆不可数。"意思是，作为一种从异域传入中土、流传于民间的唱词，它来到后便与国运的盛衰相伴而存了。盛唐时期，词虽只存在于民间，但尚且清丽，到晚唐则陷入了靡靡之音的窠臼，成为消极避世的代表了。"簸风弄月，陶写性情，词婉于诗。盖声出莺吭燕舌之间，稍近乎情可也。"（宋·张炎《词源》）按照张炎的说法，词之美在于柔美、阴性之美，譬如晓风残月、罗巾歌扇、春花秋月、折柳牵丝，等等，似乎只有这样才合乎词的美学范式。《花间集》是中国文学史上第一部文人词选集，编纂于五代十国时期，多数是为歌伎演唱而写，作品的目的性限制了内容、题材，也规范了情绪和风格，但一直被后代视为词之"正宗"。这种状态延续到北宋，在苏轼以一己之力打破了"诗庄词媚"的传统文体格局之后，词这种原本处于弱势地位的文学体裁，才慢慢从个人生活的小情调，拉抻至社会、理想、报国、命运等重大的人生主题中，词开始学习，并逐渐能够处理一些从前文人们从不涉足的生活内容，咏花颂柳言情变成了怀古咏史感世，这样的变化，彻底修正了词的本来面貌，在词学中注入了全新的因子与活力。但无论是苏轼，还是后来者辛弃疾，他们仍然被视为词之"别格"，世人在不得不承认他们高妙的同时，也常常以"小词似诗"

"要非本色""不是当行语""不可歌",加以贬抑,其实,他们贬抑的还是词这种新的变体。直到清代,类似的议论也广泛存在着。而事实上,到了南宋,在词的基调被重新校定后,经由辛弃疾、陆游、李清照、陈亮等人的推动,词已经成了表达爱国之情的主要载体,辛弃疾的词包含着比苏轼更为深广的社会内容,"才情富艳,思力果锐,南北二朝,实无其匹,无怪流传之广且久也"(清·周济《介存斋论词杂著》)。不独辛弃疾,连素以"婉约"著称的李清照,都写出了"生当为人杰,死亦为鬼雄"的壮阔诗句。可以说,南宋著名的词人数量不比北宋多,但整体质量和风格毫不逊于前朝。

宋代的范开在《稼轩词序》中说:"器大者声必闳,志高者意必远。知夫声与意之本原,则知歌词之所自出。是盖不容有意于作为,而其发越著见于声音言意之表者,则亦随其所蓄之深浅,有不能不尔者存焉耳。世言稼轩居士辛公之词似东坡,非有意于学坡也。自其发于所蓄者言之,则不能不坡若也。"在世人眼中,辛弃疾的风骨是苏东坡的自然延续,常将苏辛并置,他们看到的还是其"器大声闳,志高意远"的一面,而另外一面,即"发于所蓄者言之",往往是读者很少去深究的,"蓄"就是独特的个人经验和感受力。刘辰翁也曾在《辛稼轩词序》里讲道:"词自东坡,倾荡磊落,如诗如文,如田地奇观,岂与群儿雌声学语较工拙;然犹未至用经用史牵'雅颂'入'郑卫'。自辛稼轩前,用一语如此者,必且掩口。

及稼轩，横竖烂熳，乃如禅宗棒喝，头头皆是；又如悲笳万
鼓，平生不平事并厄酒，但觉宾主酣畅，谈不暇顾。词至此亦
足矣。"辛弃疾写作的直接源头，应该属于屈原、李白那一脉
浪漫主义传统，"我志在寥阔，畴昔梦登天"（《水调歌头》）。
在与不尽如人意的命运做抗争的过程中，英雄主义气概与愚钝
不自知的一面也尽显出来，感伤和超脱成为他词学的两根筋
骨，而这一风貌恰与南宋时期的时代风貌吻合，因此，他的写
作便成了那个时代的绝响：

> 千古李将军，夺得胡儿马。李蔡为人在下中，却是封
> 侯者。
> 芸草去陈根，笕竹添新瓦。万一朝家举力田，舍我其
> 谁也。
>
> （《卜算子·漫兴三首》）

这首词写的就是不平和恨意，是滑稽可笑、古来有之的人
生结局。创作这首词的时候，辛弃疾已经六十有余了，仍旧抱
着天下兴亡匹夫有责的志念，而这样的志念，我相信，很多草
民皆有，且越是感到命运不公的人，这样的志念越是强烈。

宋宁宗嘉泰年间，朝中大臣韩侂胄拟对金开战，为了笼络
人心，他积极建议朝廷起用一批被废大臣，辛弃疾、朱熹、陆

游等人也在此列。公元 1203 年，辛弃疾被任命为绍兴府知府兼浙东安抚使。这年十二月，他被召至临安，见到了年长自己十多岁的诗人陆游，两人大有相见恨晚之意。"稼轩落笔凌鲍谢，退避声名称学稼。十年高卧不出门，参透南宗牧牛话。"陆游饱含深情写了首长诗《送辛幼安殿撰造朝》，赠予辛弃疾，同为力主抗金的爱国诗人，同是年迈垂老之躯，不免相顾而唔，唏嘘不已。两年之后，韩侂胄发动对金的战争，辛弃疾领命出任镇江府知府，招兵万余人，列屯江上，以壮国威。然而，没过多久，他又被人以"好色贪财，淫刑聚敛"之名弹劾，被免官。由于宋兵北伐溃败，朝廷再差辛弃疾出任绍兴知府兼两浙东路安抚使，被辛弃疾拒绝；后又召任江陵府知府、兵部侍郎，均被他主动辞免。

公元 1207 年，辛弃疾病逝，葬于铅山县南十五里的阳原山中。

> 万事云烟忽过，一身蒲柳先衰。而今何事最相宜。宜醉宜游宜睡。
>
> 早趁催科了纳，更量出入收支。乃翁依旧管些儿。管竹管山管水。

在这首题为"西江月·示儿曹，以家事付之"的词中，辛弃疾一改当年的激越和愤懑之情，用极为温情的笔触表达了对命运的归顺感。表面上看是拉家常式的口吻，气定神闲的状态，但若是将"宜"与"管"对照来读，又能从中体味出一丝丝苦涩。当一个心怀天下的人彻底退回到个人的小天地中，他的一呼一吸都会被放大。"不恨古人吾不见，恨古人、不见吾狂耳。知我者，二三子。"（《贺新郎》）这"二三子"中想必有陆游，因为陆游的墓志铭也可以看作是辛弃疾的墓志铭："死去原知万事空，但悲不见九州同。王师北定中原日，家祭无忘告乃翁。"（陆游《示儿》）

纸上苍生

    清嘉庆十八年（1813年），熟读经史又曾经过多年八股文训练的龚自珍，又一次信心满满地出现在了顺天府乡试考场，结果再一次落榜，这是他的第二次落榜了，他自然不知道接下来还会有四次同样的结局，在未来等候着自己。无独有偶，不久，新婚方才一年的妻子段美贞被庸医误诊，不幸病逝于徽州。面对这扑面而来的双重打击，时年二十二岁的龚自珍，写下了一首满纸苍凉的词：《金缕曲·癸酉秋出都述怀有赋》，其中有"纵使文章惊海内，纸上苍生而已"之句。多年以后，年近五旬的龚自珍在总结自己的创作时，时常流露出对词这种文体，尤其是对他早年创作的那些词的悔意，诗人甚至用"悔杀""悔存"来评价自己所写之词："不能古雅不幽灵，气体难跻作者庭。悔杀流传遗下女，自障纨扇过旗亭。"这是龚自珍在其后来传世之作《己亥杂诗》里发出的感喟。作为晚清时期的大诗人、大思想家，后世不惜以各种美誉来盛赞他的文学和思想成就。康有为就认为，龚自珍的文字为"国朝第一"，超越了唐宋八大家、诸子，进入了经学之境；梁启超曾说，他初读龚如遭电击，"晚清思想之解放，自珍确与有功焉。光绪间所谓新学家者，大率人人皆经过崇拜龚氏之一时期"。柳亚子更是以"三百年来第一流，飞仙剑客古无俦"来称颂龚自珍的才华；晚民大学者张荫麟对龚自珍的《己亥杂诗》推崇备至："自有七绝诗体以来，以一人之手，而应用如此之广者，盖无其偶。"总之，龚自珍是一位深刻影响了近代中国思想文化走向的人物，说他是"近代文学的开山祖师"也不为过。而恰恰是这样一位集大成式的人物，在他留下的卷帙浩繁的诗文之中，在他本人并不看重的早年的词作里，"纸上苍生"这个苍凉又萧瑟的词，凸显出了龚自珍日后跌宕的命运症候。我甚至觉得，这个词，比后人经常附会他在身上的"剑气箫心"或"万马齐喑"，等等，更能贴切地把握他人生的走向。

1792 年，龚自珍出生在杭州城东的马坡巷，一个诗礼传家、读书晋仕的名门望族。"自珍"这个名字是他外祖父朴学大师、考据学家段玉裁（《说文解字注》的作者）所取，有自珍自爱之意。与古时候的许多文人一样，龚自珍一生中有众多字号，如尔玉、璱人、定庵、巩祚、易简、伯定、碧天怨史、曼倩后身，晚年自号雨琼山民，学佛时号怀归子、观实相知者，也有人说他佛名为乌波索伽……我没有考据过一个人的字号与其性格之间有何关系，但从古人的习性来看，字号越多往往名堂越多，经历越奇崛，传奇色彩也就越浓厚。据史料记载，龚自珍自幼天资聪慧，博闻强记，加上家学渊源极其深厚，不仅有父母、外祖父亲授其学业，家人还延请了各路名师加以辅导，未及成年就展示出了过人的才华。"努力为名儒，为名臣，勿愿为名士。"这是段玉裁对他寄予的厚望。在这样的环境下成长起来的龚自珍，前途看似锦绣一片。但是，命运却与他开了一个天大的玩笑，或者说，日后龚自珍的命运走向，反过来映衬了晚清王朝悲剧性的结局。

从十九岁龚自珍第一次参加顺天府会试，到三十八岁勉强中了个同进士（清代科举分为三甲，头甲三人赐进士及第；中二甲者赐进士出身；三甲众多，赐同进士出身，算是给落第贡生的一点心理安慰），其间，中国的时局也在飞速地发生着变化。乾嘉盛况已不复存在，自嘉庆亲政始，国运日衰，至道光时期更是哀鸿遍野。"危哉昔几败，万仞堕无垠。不知有忧患，文字樊其身。"（《自春徂秋，偶有所触，拉杂书之，漫不诠次，得十五首·之十四》）一般来讲，社会危机越重，统治者对思想管控越严。在"文字狱"盛行的时代，有识之士不得不多用曲笔传达自己的思想，变戏法似的阐释他们对社会现实的观感。"卿筹烂熟我筹之，我有忠言质幻师。观理自难观势易，弹丸累到十枚时。"（《己亥杂诗·其十九》）这便是龚自珍向时代传达自己声音的技巧，也是那个时代正直的文人墨客们的发声技艺。

关于晚清的腐败与堕落，已经不用我在这里赘述了，我们只需厘清龚自珍的个人生活，究竟是怎样投射在时代的幕墙之上，并由此衍生出了一道诡异之光的，就能捕捉到某种命运的玄机。也许是某种巧合，也许是某种必然，龚自珍在京师官场宦海里沉浮的那二十年，正是才智平平、性格又阴郁多变的道光皇帝在位的二十年。1821 年道光登基，那年春天，龚自珍正式进入内阁中书任职。及至龚自珍去世时，道光已经做了二十年皇帝，再过十年他也驾崩了。从龚自珍的职场生涯来看，他一生并没有担任过什么显赫的官职，中同进士后一度升任宗人府主事，但很快调任玉牒馆纂修官，后又改任礼部主客司主事等，本有机会选授湖北同知，但他拒绝了这个正五品职位，原因是不愿远离政治中心。1839 年春，在京城越混越落魄无望的龚自珍自请辞官去职，以要侍奉老父龚丽正为由，连家眷也没有带，只是雇了两辆马车，一车载书，一车载己，怀着愤怒和伤心，回到了家乡杭州。遥想当年他应恩科会试曾作："一天幽怨欲谁谙？词客如云气正酣。我有箫心吹不得，落花风里别江南。"（《吴山人文徵、沈书记锡东饯之虎丘》）那般气干云天的豪情和挥斥方遒的雄心，再对照一下此刻的落寞和孤寂："我马玄黄盼日曛，关河不窘故将军。百年心事归平淡，删尽蛾眉惜誓文。"（《己亥杂诗·其二》）时光倥偬，美好的愿景似乎还未来得及展开，生命的晚景已近在眼前，人生的个中况味岂能一言而尽？

龚自珍在通往权力的途中无疑是个悲催的失败者，但是，如果我们不能从他的家庭出生背景、他的人生阅历，以及他的交游交友、个人学养等方面，来综合考察他的思想构成，就无法解读他"医国手"的形成原因和动机。

龚自珍是跟随父亲龚丽正逐步进入官场的，虽说是奉亲侍读身份，并无实质性官职，但他总有机会游宦于各种人际圈子里，近距离观察社会和官场，增加阅历和见识，这一点对他后来有的放矢地针砭时弊，非常重要。"欲为平易近人诗，下笔情深不自持。洗尽狂名消尽想，本无一字是吾师。"（《杂诗，乙卯自春徂夏，在京师作得十有四首·之十四》）科考的败绩自然令心高气傲的诗人郁愤难平，而这期间，龚自珍结识了许多对他后来的人生产生过重大影响的人物，譬如刘逢禄和王念孙，这二人分别是那一时期重要的今文经学和古文经学大师，他们经学致用的思想，对龚自珍有很大的启发；譬如时任吏部左侍郎的王鼎，他刚正不阿的清臣形象，让龚自珍看到了复兴国家的希望；譬如魏源，他俩可谓一见如故，同气相求，后来被人称为"龚魏"，成为近代中国第一批睁眼看世界的人；还有一位江沅，他是龚自珍学佛的第一位导师，江沅并非纯粹的佛教徒，同时还是考据派学者……龚自珍的知识结构非常复杂，他精通经学、史学、小学和舆地之学，接受并发展了乾嘉公羊经学家经世致用的合理部分，将学术研究与改造社会紧密结合。作为一个有争议的人物，他的反叛性从早年作诗撰文、交朋结友就开始了。我们应该注意到，龚自珍出任内阁中书时，已经年满二十九岁了，思想性格已经成熟，带着这种鲜明的性格特征和强烈的批判意识，进入庙堂的龚自珍，他面对的现实处境无疑是极其险恶的。

《自春徂秋，偶有所触，拉杂书之，漫不诠次，得十五首》，是龚自珍有感于国事或身世，集中表达自己的思想与抱负的一组诗作，显示出了诗人渴望追求理想的人生态度，和独立清高的思想品质，语言朴实，却又气势如虹：

> 所以慨慷士，不得不悲辛。
> 看花忆黄河，对月思西秦。
> 贵官勿三思，以我为杞人。
> （《其二》）

> 造化大痈痔，斯言韩柳共。
> 我思文人言，毋乃太惊众。
> 儒家守门户，家法毋徇纵。
> 事天如事亲，谁云小儿弄。
> （《其六》）

危哉昔几败，万仞堕无垠。

不知有忧患，文字樊其身。

岂但恋文字，嗜好杂甘辛。

（《其十四》）

我时常突发奇想，倘若龚自珍生活在唐代，他该是何等段位或品阶的诗人？从才华上来看，他的练字造句能力丝毫不逊于李杜；从对个人生活，以及对社会时局的感受力方面来讲，他也当属于情感最丰沛、感受力最强烈的那一类诗人。当然，这只是一种假设。在龚自珍出生的前一年，《红楼梦》刊印问世，这部改变了中国文学走向的现实主义长篇小说，不仅有力佐证了晚清的时代风貌，而且也从文体范式上，彻底确立了未来中国文学的主流趣味。也就是说，源远流长的格律诗传至晚清，已经丧失了文学大宗的地位，变成了文人墨客抒发心志、感时伤世的手段，功能上的趣味性已经淹没了原有的思想性和独创性。因此，即便是像龚自珍这样的强力诗人，也无法从根本上扭转格律诗日趋颓势的命运。"忏悔首文字，潜心战空虚。今年真戒诗，才尽何伤乎。"同样是在《自春徂秋，偶有所触，拉杂书之，漫不诠次，得十五首》里，龚自珍表达了对自我才华的疑虑，作为一位有着强烈的济世情怀的诗人，他最引人注目的无疑是诗歌方面的才华，而他最不甘心的，就是只做一个吟风弄月的诗人。所以，龚自珍时常徘徊在作诗与戒诗之间，一次次宣布"戒诗",又一次次"破戒"。

龚自珍流传下来的六百多首诗歌,以特有的浪漫主义和现实主义笔触,回应了那个时代的精神生活面貌,表现出了诗人超前的政治敏感度和直面时代的精神特色,具有异常强烈的艺术震撼力。而构成他诗歌中精神冲突的核心基调,就是理想与现实、个人与时代之间的强烈矛盾,最具代表性的无疑是《己亥杂诗》中的这首绝句:

> 九州风起恃风雷,万马齐喑究可哀。
>
> 我劝天公重抖擞,不拘一格降人才。

这是一首把奄奄一息的社会现实,与生气勃勃的人生理想和对人才如饥似渴的渴望之情,有机地结合在一起的诗篇,立意高远,字里行间风雷激荡,却朴实无华,更主要的是,它饱满高昂的情感打通了时代的局限,变成了一种具有普世意义的心灵呼唤。龚自珍的语言才华不是一般意义上的个性化书写,他总是能将自己对社会的忧患意识、时代的危机感,巧妙地转化为个人的情感表达,不是情绪化的牢骚和愤怒,而是深刻的悲怆情调,如同他在《题红禅室诗尾》中所说的那样:"不是无端悲怨深,直将阅历写成吟。可能十万珍珠字,买尽千秋儿女心。"当一位诗人真正具有了前瞻性的学识,和异常丰沛的人生经验之后,他的"阅历"就成了信手拈来的诗歌素材,随口吟来，总含情志。"忧患吾故物，明月吾故人。"（《寒月吟》）人与诗在这里形成了天然的合一与交融，达成了彻底的和解与互助。

1839 年，龚自珍终于离开他生活和奋斗了二十年的京师，虽说这是被迫的选择，但何尝不是对自我的解放？南归途中，一路上走走停停，有迎来送往的饭局，也有各种艳遇，直到今天仍然有各种添盐加醋的流言，用来形容他一路南归的狼狈和不堪。就是在马车上、驿馆里，龚自珍陆陆续续地随手写下了一堆"纸团"："忽破诗戒，每作诗一首，以逆旅鸡毛笔书于账簿纸，投一破麓中，往返九千里，至腊月二十六日抵海西别墅，发麓数之，得纸团三百十五枚，盖作诗三百十五首也。"（《与吴虹生书》）这就是被后来人称为"庞然大物"的《己亥杂诗》的由来。

《己亥杂诗》是大型组诗，由三百一十五首绝句构成，有的是可以单首成立的绝句，有的则是由十余首绝句共同组成的组诗，多样统一与单纯统一相互重叠在一起，这是前人没有过的诗歌规模。作者起先并无这样的写作计划，随感撰就，积累成册，内容非常丰富，包罗万象，主要表现了作者一生的心路历程，既有对现实生活的观感，又有对往事的追怀；既包含诗人对个人身世、事业、理想的慨叹，又包括他对国家安危、民生疾苦、时政得失的关切；既保持了作者一以贯之的战斗锋

芒，又有消极避世、无可奈何的思想体现。龚自珍亲自编订了
这些诗，大体按照写作时间顺序编排。由于它是作者在人生的
关键时期和特定的遭遇中写就而成的，因此，其客观上呈现出
来的完整性和深刻性，当是诗人前期写作所无法比拟的，完全
可以视为龚自珍艺术人生的总结和集大成。

古典诗歌格律森严，经由上千年的发展已经形成了严格的
戒律，晚清许多诗人只能在前辈定制的框架内，亦步亦趋，诗
作严谨有余而巧变创新不足，失去了原创能力，然而，龚自珍
却敢于僭越森严的格律规制，独树一帜，给这种业已凝固的艺
术形式赋予了崭新的富于流变的内蕴，无论是巧变，还是藏
拙，都显示出了过人的语言天赋和能力。

> 浩荡离愁白日斜，吟鞭东指即天涯。
>
> 落红不是无情物，化作春泥更护花。
>
> （《己亥杂诗·其五》）

中国古代诗歌向来以言志、言情为其固有传统，到了宋之
后开始有了言理的特色，尤其是苏轼，就曾在其诗歌中多有尝
试，"出新意于法度之中，寄妙理于豪放之外"（苏轼《书吴道
子画后》）。应该说，龚自珍的这首绝句就继承了苏东坡的这
一体悟，语浅意深，因物寄理，以淡泊之情浓缩了诗人坚执慨
然的人生理想。《己亥杂诗》里有太多类似的惊艳之句，譬如：

"白云出处从无例，独往人间竟独还"（《其四》）；"新蒲新柳三年大，便与儿孙作屋梁"（《其二十四》）；"人生宛有去来今，卧听檐花落秋半"（《其二百二十六》）；"今日帘旌秋缥缈，长天飞去一征鸿"（《其二百六十五》）；"设想英雄垂暮日，温柔不住住何乡"（《其二百七十六》）……众多的连珠妙语贯穿于这部《己亥杂诗》中，让这部看似散乱的绝句组诗具备了天然的一致性，甚至是天才的必然性。正因为如此，清末民初的一批诗人极其崇拜龚自珍，学龚、拟龚、集龚成风，甚至被人讥为"龚癖"。

"少年哀艳杂雄奇，暮气颓唐不自知。"晚年的龚自珍在《己亥杂诗》里回忆自己的诗学风格时，曾这样总结道。前人说龚诗"奥衍""奇""隐"，主要还是指龚自珍诗歌透露出来的独特美学趣旨，事实上，他在处理人与物、情与景的关系上，仍旧灵活地沿袭运用了中国诗学传统的比兴手法，从对自然现象的描述，转换到对社会现象的披露和展示，再到个人心志的抒发，情景交融，互为因果。这样的手法并不新鲜。真正让人过目难忘的，还是龚诗中雄奇廓大的气象，以及于此气象之下婉转凄迷的心理书写，如同他在《乙丙之际箸议第九》里所言："戮其能忧心，能愤心，能思虑心，能作为心，能有廉耻心，能无渣滓心。"其实，这心也就是赤子之心："少年哀乐过于人，歌泣无端字字真。既壮周旋杂痴黠，童心来复梦中身。"（《己亥杂诗·其一百七十》）李贽说："夫童心者，真心也……若失却童心，便失却真心，失却真心，便失却真人。"
我们只有在理解了诗人为何要以"童心来复梦中身"后，才能
进而理解他的"暮气颓唐不自知"。"不自知"缘于诗人依然葆
有一颗"童心"，当他行进在生命的"逆旅"之中，"怒马出
长安"时，这颗不断跳跃的"童心"挽救了诗人"暮气颓唐"
的晚景，他仍然用纯真而非污浊的眼睛打探这个时代，在"不
自知"中依然怀有难以纾解的济世之情："少年揽辔澄清意，
倦矣应怜缩手时。今日不挥闲涕泪，渡江只怨别蛾眉。"（《己
亥杂诗·其一百零七》）

龚自珍曾经写过一篇文章，《宥情》，文中假借甲、乙、
丙、丁、戊之口，相互诘难，分辨出人与铁牛、土狗、木马之
区别，得出了人是一种有情有欲之物的结论："有士于此，其
于哀乐也，沉沉然，言之而不厌"，"欲有三种，情欲为上"，
"阴气沉沉而来袭心，不知何病。龚子则自求病于其心，心有
脉，脉有见童年"。由此来看，龚自珍所言之"情"，乃是对
"童心"的感性说法。宥情论之说具有鲜明的时代指向，我们
一定要将它放在几千年封建社会行将接近尾声的大背景下来考
量，它反对的是宋明理学禁欲主义，也反对复古主义和形式教
条主义，特别强调人的真情实感是一切文学创作之根基。龚自
珍接过明代思想家李贽的"童心论"，强调所谓真，就是纯洁
得如同童心般的思想感情。

记得早年读《病梅馆记》，心中就涌荡着愤愤不平之气，作者用拟人化的手法将人比喻为梅树，把专制社会的各种屠戮比喻为摧残梅树生长的锄、盆和棕绳，表示自己一定要拯救这些病梅，"誓疗之、纵之、顺之，毁其盆，悉埋于地，解其棕缚，以五年为期，必复之全之"。作《病梅馆记》时正是龚自珍南归之期，作为一位在官场宦海抗争了一辈子的诗人，龚自珍即便铩羽而归，仍然不愿放弃他早年就立下的改造中国的宏愿。

龚家在苏州昆山有一座别墅，叫羽琌山馆，也即我们在前文里提到过的海西别墅，"杰阁三层绝依倚，高与玉山齐"，这座园子面积并不算大，但龚自珍十分喜欢这里。南归后稍作休憩，他便前往杭州见过父亲。这年九月，龚自珍再度北上，迎回眷属，安顿于此。从此之后，他时常往来于杭州、昆山两地，访亲拜友，也过得潇洒自在。1841 年春天，龚自珍担任江苏丹阳云阳书院讲席，不久父亲龚丽正去世，他接替父亲成为杭州紫阳书院主讲，同时也兼任丹阳书院教职。这也应验了龚自珍在《病梅馆记》中所发下的誓言，要用教育的方式解放这些"病梅"，从闻道、得道，到布道，龚自珍完成了他人生的角色转换。

1841 年 8 月，龚自珍暴病逝世于丹阳，死因不详。享年五十岁。

也是在这一年，鸦片战争的硝烟已经在南中国的大地上弥漫，中华民族的命运正在经历巨大的转变。作为坚定主张禁烟的大清臣僚，龚自珍早在辞职离京前两年，就曾作《送钦差大臣侯官林公序》，以鲜明的爱国立场，提出过禁烟的措施和策略，供林则徐参考，他甚至提出愿意随林则徐南下，参与禁烟行动，结果被后者婉拒。国难当头，举朝惶然且茫然的现状，想必龚自珍都已看在了眼里："罡风力大簸春魂，虎豹沉沉卧九阍。"（《己亥杂诗·其三》）时也命也，都是诗人凭一己之力难以扭转的了，而他更不能扭转的是他子嗣没落不堪的命运。龚自珍长子龚橙，自号"半伦"，藏书家，一生放浪不羁，虽精通满、蒙文字，甚至英文，却屡试不第，不得不靠变卖家藏书画等家产度日。龚半伦流落上海后，得到上海江海关税务司英人威妥玛器重，后被推荐给英国驻华全权专使额尔金，担任翻译。据说，龚半伦曾随八国联军进入过京城。这应该才是龚自珍最不愿看到的结局，而恰恰是这样的结局，进一步印证了晚清帝国不可收拾的残局。

"吟罢江山气不灵，万千种话一灯青。忽然搁笔无言说，重礼天台七卷经。"这是《己亥杂诗》里的最后一首诗，但还不是龚自珍人生中的绝笔，他的最后一首诗为《书魏槃仲扇》："女儿公主各丰华，想见皇都选婿家。三代以来春数点，二南卷里有桃花。"这首诗可以视为诗人对未来中国的美好期许，是徐徐展现在我们面前的纸上江山，无限辽阔而壮美，需要无数代苍生去前赴后继。

我见过黄鹤

第一次听说这世上有一种叫作"黄鹤楼"的东西（那时候我还不知道它是一座建筑），大约是在我五岁时。事情是这样的：我儿时形影不离的玩伴小方突然消失了几天，后来才知道他随他的父亲老方去了趟省城武汉。这个曾经熟悉的同伴回来后仿佛换了一个人似的，嘴巴里念念有词，尽说一些稀奇古怪的话，譬如，他会时不时地绕着我作单腿蹦跳状，一边转圈，一边叽里呱啦："发得玛德进宾得，日则思客斯读波克，各科成绩都顾得……"搞得我蒙头蒙脑的，很不开心。这样说吧，小方神经了几天，我就郁闷了几日。几天之后小方恢复了常态，我问他是怎么回事啊。"英语，我会英语了……英歌力士。"他答非所问，继续说道，"武汉好大好大啊，有长江大桥，上面走汽车，下面走火车，底下走轮船，对了，还有黄鹤楼……"至于他究竟叨咕了些什么，我已经不记得了，只记得那天他迷离的眼睛在突鼓的前额下面闪闪发光。小方一家人是两年前从外地搬到我们那儿的，他们来了后，我们家原来五进深的厅院被一分为二，方家六口人被分配到南厢房那排一长溜屋子里居住，天井是两家共用的。据大人讲，老方是水利专家。我成天与小方在一起玩耍打闹，却很少见到过老方。小方说老方整天在工地上忙碌，没有空回家。其实，那个年代，不仅老方难得一见，我连自己的父母也难得一见，大人与孩子之间好像脱节了似的，他们在忙他们的事（据说是在"修地球"），我们在玩我们的，像是两个世界里的人，只是到了吃饭的时间，而且大多是吃晚饭时，全家人才有机会凑在一盏煤油灯下，说上几句随风而逝的话。现在想来，我的整个童年都是在这种极其散漫随性的环境里度过的，白天漫山遍野，夜里浑浑噩噩，真有点"自学成人"的味道。有很多个晚上，我和小方在玩累了后就睡在他的房间里，那是一间由牛屋改造成的卧室，床是用砖头木板搭建而成的。有天早晨起床后，我看见老方站在屋檐下整理鱼竿，迎着朝阳不停地抖动明晃晃的塑料鱼线，他猛一扭头见到睡眼惺忪的我，笑着咕哝一句什么，小方说他是要我们等会儿和他一起去钓鱼呢。钓鱼?! 我自然是求之不得，赶紧回家洗了把脸，就着昨晚剩下的腌韭菜喝了碗稀饭，就跑了过来。那应该是我第一次有机会与老方近距离相处。我们吹着口哨，扛起鱼竿，拎上鱼篓，兴冲冲地去王狼沟水库钓鱼。一路上，只听见老方在和小方东扯西拉，我却听不懂老方在说什么。他说的是安庆话，小方小声告诉我。直到这一天，我才知道，这个世界上不只有荆门话，有什么英语，还有一种叫作安庆话的方言，而那时候我连安庆在哪个方向都不知道。

幼年时期我和小方去得最多的地方，自然是屋后的仙女山，和门前的岩子河。我们的活动半径大都是以家为圆心，去山上摘野果或滚石头，要么去河边捉螃蟹或游泳。但自从那一年小方去过武汉，老方和我说过话之后，我对这个世界的好奇心已经悄然发生了改变。具体说来就是，我不再满足于门前和山后的那些见闻了，心里产生了去远方看一看的朦胧想法，我也得去武汉看一看"黄鹤楼"嘛，我也得听一听外面世界的人在讲什么话。几年之后，老方落实政策回到了县水利局，不久小方也随家人搬进了县城读书。我时常独自一人爬上山顶，枯坐或眺望。那时候，焦枝铁路已经开通了，火车在浓烟中穿过东方杂树掩映的地平线，粗壮的汽笛声令我内心不停地震颤。又过了一些年，我与小方同时考进了武汉的华中师范大学，他进了数学系，我进了历史系。我们约好了同一时间去学校报到。那天，天空中飘着绵绵秋雨，我俩带着各自的行李登上了一辆开往武汉的绿皮火车。车厢里面早已人满为患，操着各种口音的人挤在逼仄的空间里，不适是肯定的，但一想到新世界的大门已经就此打开，眼前所有的不快都烟消云散了。我们站在拥挤的过道中，兴奋地张望着窗外一闪而过的夜色，直到襄阳站才等到了一个座位，我和小方轮换着坐到枣阳站，又等到了一个座位，而此时已是后半夜了。当朝阳射进车厢时，列车已经接近武汉。小方提醒我说，等会儿就要过长江大桥了，可别耽误了看黄鹤楼。此时，身边陆续醒来的人都将脑袋凑向了车窗，争相用手掌袖口擦拭着雾气蒙蒙的窗玻璃。在一阵轰隆隆的震颤声中，火车终于驶上了大桥，外面是朝天际奔流的江水，但直到车身完全驶过长江，我始终没有见到黄鹤楼的影子。小方憨笑着用手指了指头顶，说道：黄鹤楼应该就在这上面，我们从它下面经过了，等我们办完报到手续后再来看吧。为了宽慰略感失望的我，小方这样提议道。一周后我们如约来到长江大桥桥头，但见蛇山周围都被栅栏圈围着，黄鹤楼正在维修中。在远远地观望了几眼困在脚手架里的楼檐之后，我们从桥头下来，来到桥孔下面临江的汉阳门，站在江边，以大桥为背景照了一张合影。那是 1984 年秋天的一个上午，暮云低垂，将雨未雨，我和小方伫立在江畔，脸上挂着尚未来得及完全绽开的笑容，青春又稚气，清晰又模糊，这样的笑容一旦从那张黑白照片上消逝，就再也难得在别处看到了。

"层台迤清汉，出迥驾重娄。飞栋临黄鹤，高窗度白云。风前朱幌色，霞处绮疏分。此中多怨曲，地远讵能闻。"我在大学图书阅览室里有意识地翻找有关黄鹤楼的资料，无意中找到了这首据说是中国文学史上第一首正面书写黄鹤楼的诗：

《临高台》。作者系南朝陈代诗人张正见，之所以一下子就记住了这位诗人的名字，是因为他与我少时的曾用名仅有一字之差。现在看来，这种低劣的联想也许隐含着某种命运的张力吧。张正见主要生活在南朝梁陈之际，是这一时期留存作品较多的诗人之一，其笔力雄健清壮，尤善五言体，深受梁简文帝赞许。这首诗虽然未能全然摆脱南朝盛行的奢靡藻饰的文风，但至少"飞栋临黄鹤，高窗度白云"一联，已具有开阔盛大的气象，奠定了黄鹤楼在后世心目中雄霸天下的超迈格局。中国"二十四史"中居然有五史曾对黄鹤楼有过记载，这份殊荣即便是在建筑史上也是非常罕见的。而事实上，黄鹤楼最初只是一座临江负险、作军事瞭望指挥之用的岗楼，始建于长江边的黄鹄矶上，既不在我们现在看到的这个位置，也没有如今这般高迈挺拔。赤壁之战后孙权移都鄂州，设武昌郡，建夏口城，以此楼扼守天堑，作为其觊觎、称霸天下的瞭望之所。其实在张正见写这首诗之前，南朝宋代还有一位大诗人曾路过此处，写过一首《登黄鹤矶》，他就是后来在混乱中死于荆州的诗人鲍照。当时鲍照看见的应该是更为原始的岗楼，谈不上什么气象，他的这首诗并未直接描写此楼的面貌，而是侧重于黄鹄矶突兀九派之险峻，其余则一笔带过："木落江渡寒，雁还风送秋。临流断商弦，瞰川悲棹讴。"在浮光掠影中诗人营造出来的是一幅肃杀苍茫的景象，这大概与他个人的遭际有关，寒江飞雁，前途渺茫，诗人心中悲凉丛生。从孙吴时期到南朝，黄鹤楼一直作为军事岗楼在发挥着作用，功能单一，职能明确，其外观形制尽管史书里面很少记载，但大致不会有多少改变，侧重于实用而非美观。倒是夏口历来为兵家常争之地，在王朝更迭、尸骸遍野的历史丛林中，这样一座位于石矶之上的岗楼长时间屹立不倒，堪称奇迹。直到唐代唐敬宗宝历年间，权臣牛僧孺建江夏城，才首次将黄鹤楼与城垣分离，使之成为独立的观景楼，黄鹤楼至此才从一座军事岗楼变成雄奇壮观的观景楼阁，不仅在功能上，而且在形制体态上都发生了巨大变化，而这种改变对后来武汉这座城市的整体格局，都产生了深远的意义。

1985 年夏天，黄鹤楼在历史长河中湮没了整整一百年后，重新浮出水面，以崭新的面貌出现在了世人眼前。一百年前，即光绪十年（1884 年）八月初四傍晚，武昌城内一处作坊失火，火势随风蔓延，殃及黄鹤楼，致使这座建于同治七年（1868 年）的壮丽建筑化为灰烬，仅留下了重达两吨、由青铜铸就的宝铜顶，其余皆荡然无存。此后，重建的动议每隔一段时间都会出现一次，但始终未能如愿付诸实施。据说，张之洞主政湖北坐镇武昌时，鉴于黄鹤楼屡次毁于大火的厄运，曾雄心勃勃地表示要炼铁铸壁，重建此楼，但是直到他离汉也未能践诺。1904 年，湖北巡抚端方在黄鹤楼原址附近主持建造了一栋欧式楼房，后又在其侧加盖了一座高耸的警钟楼，但无论风格还是规模都无法与原有的黄鹤楼相提并论。1907 年张之洞的门生僚属筹资兴建"风度楼",为张之洞树碑立传,后被张之洞改名为"奥略楼",并亲自题写了楼额。由于这两座楼均位于被毁的黄鹤楼原址附近,老百姓也就习惯性地将它们视之为"黄鹤楼",其实它们不过是黄鹤楼的精神替身而已。黄鹤不再,楼湮烬中,这成了武汉人时断时续却又挥之不去的梦魇。我这也才恍然大悟,当年小方从武汉回去后,为什么只说他见过"黄鹤楼",却一直说不清楚它是什么了,因为其实他在当时并没有见到过黄鹤楼的真身,或许只是听老方给他讲述过一些黄鹤楼的故事,而这样的故事是每一个行走在武汉街头巷尾的人都能讲述或听到的。

那年夏天,我们在过完暑假重返校园后的第一件事情,就是来看重建重开的黄鹤楼。但是,很显然,这个愿望注定是要落空的,因为想看它的人实在太多了。龙灯狮头,敲锣打鼓,彩旗飘飘。我和几位同学在人山人海里挤进挤出,最终只能站在桥面上远远地看了几眼挂着大红灯笼的黄鹤楼的檐角。重建的黄鹤楼从原来临江的黄鹄矶上移了一百多米,来到了蛇山之巅。蛇山并不高,也不大,但因其逶迤秀丽,而成为武汉本土名胜古迹较多的三山之一(另两山为龟山和洪山)。蛇山在三国时有江夏山之称,北魏郦道元在《水经注》里谓之为黄鹄山,"昔有仙人控黄鹄于此山",又名黄鹤山。南宋陆游最早以蛇形命名此山,他在《入蜀记》中称:"山缭绕如伏蛇,自西亘东，因其上为城，缺坏仅存，州治及漕司，皆依此山。"到了乾隆年间，《江夏县志》里便开始出现"蛇山"之名了。蛇山顾名思义，状如长蛇，七峰绵亘，自西向东分别为黄鹄山、殷家山、黄龙山、高观山、大观山、棋盘山和西山，山体蜿蜒，头枕大江，尾摆东城，与汉阳龟山隔江对峙，地理位置极其险要。

而新落成的黄鹤楼就位于黄鹄山山顶，它以同治清式楼为蓝本，但不再是木质建筑了，取而代之的是钢筋混凝土和框架木质结构，飞檐五层，攒尖楼顶，金色琉璃瓦屋面，通高 51.4 米，底宽 30 米，顶层边宽 18 米，表面上看为五层，实际上内设五个夹层，楼中有楼，共为十层。楼外有铸铜黄鹤造型，以及胜像宝塔、牌坊、轩廊、亭阁等辅助性建筑物，将黄鹤楼主楼烘托得金碧辉煌，壮观之极。夕光照耀着正楼门楣上"气吞云梦""极目楚天舒"几行金光闪闪的大字，某种苍茫而廓大的精神力量，感染着所有前来观望它的人。但我在人群中不止一次听见有人在议论，大意是，它不像想象中的那座黄鹤楼了，不该用钢筋混凝土来建造，现在这座楼看上去太现代了，丧失先前黄鹤楼的"味道"。武汉人大多是重口味，为人做事喜欢讲"味道"，有"胃口"，所谓"味道"，自然得烟熏火燎，对这座簇新的建筑还得有个接受和习惯的过程。无论这样的议论有没有道理，至少可以说明，黄鹤楼早已根植在了普罗大众的内心深处，每一个人都希望能够通过它来找到自己与历史的对应和呼应关系。

我查阅过历代黄鹤楼的图影资料，从唐代《故人西辞黄鹤楼图》，到宋代的黄鹤楼图景，再到元代画家夏永的《黄鹤楼图》、明代画师安政文的《黄鹤楼雪景图》、明晚期的《江汉揽胜图》、明末清初的《武昌江岸图》、康熙年间的《湖广通志》中的黄鹤楼图，直到同治时期的黄鹤楼图等，这些图片无一例外地在陈述着这样一桩生生不息的事实：有些东西是任何战争、灾难都无法消灭的，你可以一遍遍践踏、蹂躏、毁损它，但它依然会死灰复燃，重新从大地深处生长起来，有着极其倔强的自我修复能力。黄鹤楼就是这样一种生生不息的精神航标。无论建造它的材质是土坯、石块、木头，还是钢筋混凝土，无论它的形制大或者小，高或者矮，都径直指向着我们的精神世界。从这种意义上来看，黄鹤楼的形制和外观其实已经不那么重要了，重要的是它所隐含的人类文明的动力。

在观楼与登楼、上楼与下楼之间，时光的流速与江水的流速保持着一致，站在楼顶上眺望浩荡江水的人，也是伫立在江边目送着江水远去的人。"这世上没有一样东西我想占有/我知道没有一个人值得我羡慕/任何我曾遭受的不幸，我都已忘记/想到故我今我同为一人并不使我难为情/在我身上没有痛苦/直起腰来，我望见蓝色的大海和帆影"。这是波兰诗人米沃什在《礼物》一诗中发出的感喟，隔着千山万水和历史烟云，传递着人类的某种情感共识，既像是黄鹤楼对自我的精神梳理，又像我们在面朝它时对自我的精神剖析。记得当年我读到这首诗的时候，正被某种沮丧的情绪所笼罩，青春似乎还没有来得及展开就匆匆接近了尾声，当我们各自拖着笨重而无用的行李走出校园，各自踏上驶往天涯海角的路途时，总感觉有一道沉默的目光在注视着我们的背影，但当你回头时，却又发现这目光并不存在。"故我今我同为一人"，直到多年以后，我才有所领悟：那一天，正是黄鹤楼在背后看着我，一如几年前我站在汹涌的人潮中看它一样，你曾给过它多少热情，它就会报之以多少关注。

没想到的是，到头来命运最终还是把我拽回了黄鹤楼跟前，而这一次，它再也没有松手让我离开的意思。

屈指算来，我已经在黄鹤楼下生活了三十多年。"我在黄鹤楼下搬过五次家。"这是我在一篇旧文中说过的一句话。现在重新读来，却发现它即便不是一个病句，至少也属于语焉不详。但在当时，我居然言之凿凿，以这句话作为那篇文章的开篇之语。黑字一旦在白纸上成型，总是充满了危险性，它们暴露的不仅仅是你身体的行踪，还包括你心灵认知上的浅薄。于我而言，黄鹤楼的存在究竟意味着什么呢？这个问题随着我在武汉这座城市里生活得越久，随着我对生活的理解越宽泛深入，其答案也将被不断修订，甚至重写。那么，是不是可以说，当我在纸上写下"我在黄鹤楼下搬过五次家"那句话时，我与黄鹤楼之间的紧张关系过于主观化了呢？事实上，对于所有生活在武汉的人来讲，只要你心中还想着黄鹤楼，只要你眼里还能看见黄鹤楼，内心的紧张感就会不得消停。也就是说，黄鹤楼对他人所产生的压力（或压迫）丝毫不逊于它带给我的压力。我们所有人都在终生围绕着它打转。而在这座城市里像我这样，"在黄鹤楼下搬过五次家"的人不知道有多少，因为，我们都生活在这样一座楼下，尽管它并不高，海拔仅有 85 米。

但是这些年来，我的的确确在距离黄鹤楼不远处的这座院子里，搬过五次家，如果加上另外两次调换房屋，那么，总共搬了七次。每搬一回，我就在心里对自己说：希望这次看不见它了吧。然而，无论怎么搬，它总在我视线之内。我终于明白，不是我在看它，而是它在看我；或者说，不是它想看我，而是我想看它。"黄鹤楼已经与我的内心构成了一种紧张的对峙关系，"在另外一篇文章中我终于这样坦承，"做一个文人，尤其是一个诗人，最好不要生活在黄鹤楼下，更不要轻易地去爬它。"

最早的时候，我住在这座院子里的一间 14 平方米大小的阁子楼里。除了面向走廊的一扇门，还有一扇朝南的窗户，透过这扇窗口可以看见人民医院制药厂的烟囱、一大片灰白色的水泥建筑、散漫无序的民居，以及武昌造船厂大型机车的猩红吊臂……我经常一步跨上窗台，翻过窗户，独自坐在由红色瓦片铺就的屋顶上，晒太阳，或看晚霞，还可以卧躺在瓦片上仰望清澈的星空。长江就在几百米开外的河道里无声地流淌，我听见沉闷的汽笛声在江面上此起彼伏，遥相呼应，而到了晚上，这呼应声越发密集、粗粝，却比白天亲切了许多。除非我从这扇窗口爬上屋脊，黄鹤楼是看不见的。我明知它就在我的背后，但胆怯让我转不过身来，也就不用去面对它。阁子楼的楼梯口是一座公共盥洗间，十几户人家共用，洗脸，洗菜，洗衣服，洗澡（夏天），都在那里进行。梳洗之余，我常常会走到那扇不大的关不严实的玻璃窗前，望着正北面的黄鹤楼，望着在阳光里闪亮的琉璃楼顶及其橙红色的飞檐，感觉它真有醒目提神的功用。为了多看它几眼，我时常在池边磨蹭，抽烟或发呆，直到狭窄的盥洗间人满为患，这才侧身而出。也就是在这种逼仄嘈杂的环境中，我完成了由单身汉向为人之夫、为人之父的角色转换；在一堆鸡毛蒜皮里越陷愈深，也挣扎得越来越起劲。

几年以后，我搬离阁楼，搬进了一间 17 平方米的单间，一扇窗户朝西，一扇朝北。由于这栋楼楼层不高，平日里根本就看不见黄鹤楼，只有在大型节假日里才可以看见从黄鹤楼顶上散发出来的灿烂的光晕，和那一簇簇一边盛开一边熄灭的焰火。现在想来，那是我与黄鹤楼最为疏离的一段岁月，我几乎忘了它的存在；要么是，它根本就没有把我放在眼中？而那段时间肯定也是我写作生涯中最为疯狂的一段日子。我把自己固定在朝向幼儿园方向的写字台前，心无旁骛，创作了大量的诗歌和中短篇小说。

时间在流逝，黄鹤楼以其固有的姿势踞守着属于自己的荣光，而我在这座曾隶属于两湖书院的院落里继续腾挪，从 17 栋搬到 25 栋，又从 25 栋搬到 24 栋，直到后来搬进 9 栋，就再也没有挪动过了……在一次次的搬迁中，黄鹤楼从各个角度向我展示着它的旧貌新颜，它忽隐忽现，忽高忽低，出没于我的视野。我一直不明白，为什么我会对它耿耿于怀，看不见它的时候想它，看见它后又想拼命忽视它，为什么呢？

很久以前，我曾陪同一位来自越南的年轻汉学者登过一次黄鹤楼。当我们上去又下来后，我问她的感受，她回答说人太多了。显然她是答非所问，但我却觉得她回答得很妙，因为在她那里，黄鹤楼终于被还原成了一座建筑，不再是一座携带着文化基因的塔楼，它高于我们的头顶，只是适于登高望远罢了。而在我们这里，黄鹤楼被附加了太多的内容，以至于你无论从哪个角度去看它，它都给人以压迫感。自古中国就有"酒楼""花楼""书楼"之说，黄鹤楼则被世人定义为"诗楼"，只因历朝历代有太多的文人骚客在这里留下了太多的诗篇。如今黄鹤楼给我辈所造成的"压迫感"，并非是因为它雄踞在江城山顶，可以目击四野，而是由于它在我们文化心理上的地位过于高大了，让后来者既有觊觎之心，又有"我生晚矣"的悲

愤之情。从这种意义上来看，这世上其实只有"我看楼"，而
并无"楼看我"，我们所有的压力均来自我们自身。

　　这么多年来，我的生活一直在围绕着黄鹤楼打转。从解放
路到民主路，从彭刘杨路到小东门；抑或，从张之洞路、首义
路、复兴路，到大东门、中山路、中华路……我和你、和他一
样，像个陀螺，越转越慢，终至停了下来，站在一条条道路的
尽头，远远地看上一眼它，然后默默地回到宽大的书桌前，任
由光阴流逝。如果没有疾驶的车流、拥挤的人潮，如果不是出
于安全的考虑，我甚至可以闭上眼睛穿街过巷，信步登上楼
顶。对黄鹤楼的熟悉并不意味着对它的拥有，恰恰相反，越是
熟悉它的人越是疏远它。曾经有将近三年时间，几乎每天下
午，黄昏，准点准时，我会拎着保温饭菜盒，从家里出发，步
行至黄鹤楼下的实验中学，去给女儿送饭。为了打发途中的无
聊，我发明一种计数法：数着步子去学校，或计算着时间去学
校，譬如，有一天我走了3068步，而在另外的一天，这个过程
花去了24分钟……我发现，当我这样换着花样计数的时候，没
有一天是雷同的。也就是说，同样一件事情，同样的结果，过
程却千差万别。由此我断定，天天如此并不等于重复，而是一
种面朝生命纵深处的徐徐推进。有一次，在返回家的路上，我
站在司门口人行天桥上，抬头打量近在咫尺的黄鹤楼，桥下依
然是川流不息的车辆、行色匆匆的人群，头顶是淡淡的夕光、

稳重的云层，我看见黄鹤楼朝东北方向翘起的那一角楼檐，树梢在轻晃，一列快车正将自身的力量通过铁轨远远地传递过来……那一刻，我竟有了一丝感动，为这庸常而不知所踪的人生，感觉到了生而为人的些许欢快。

无数个夜晚，我推开门窗，星月皆无，唯有这样一座高楼雄踞于蛇山之巅，它不是传说中的大鸟，也不是我此刻的迷惘，那么，它是什么？三十多年过去了，我早已从湍急的青年过渡到了平缓的中年，谁也不曾留意过我的改变，唯有它，见证了一个写作者无以名状、难以遣怀的悲伤和喜悦。

黄鹤楼原址在濒临长江的黄鹄矶上，它在世人心目中的形象当然离不开关于"黄鹤"的传说。在古汉语里，"鹤"与"鹄"虽有通用的现象，但指向的却是两种不同的鸟类。鹄是自然界实有之物，亦称黄鹄，俗称天鹅，比雁大，羽毛白而有光泽，也有黄鹄、丹鹄之分，它们生活在湖海江河，是人们眼里高贵纯洁的鸟类；然而自然界中并不存在"黄鹤"这种鸟，只有白鹤和丹顶鹤。那么，世人为什么要将一种实有之物与虚拟之物杂糅在一起呢？思来想去，无非是想借助这种想象的产物，在予以栩栩如生的描绘后，寄托和彰显某种情感罢了。龙凤龟鹤向来是中华先民尊崇的四大灵物，"鹄（鹤）生五百年而红，五百年而黄，又五百年始苍，又五百年为白，寿三千岁矣"（任昉《述异记》）。在道教的理念中，鹤无疑是羽化长寿的象征，也是中国古代诗歌中最经常出现的意象之一。时至今日，人们依然保留着对鹤的神奇想象，而黄鹤楼脚下是蛇山，隔江对峙着龟山，龟山脚下是长江最大的支流汉水的入口处，那里有一座龙王庙，中国古代生物观中最有灵气、最吉祥长寿的几种灵物，就这样自然又绝妙地搭配组合在了一起，更让人对黄鹤楼浮想联翩。

关于黄鹤楼的传说实在是太多了，有的离奇，有的则牵强附会，但说来说去大多离不开两个人物，一个是费祎，一个是吕洞宾，都与道教有关。费祎是江夏人，后蜀重臣，为诸葛亮赏识，执掌后蜀军政大权。为了联吴抗曹，他曾出使东吴游说，在蜀汉政权交困之际他力主休养生息，为战火连连的蜀国赢得了短期的喘息之机。后为魏降人郭循刺死。也许正是费祎的这种休兵止戈的政治方略，暗合了道教"无为而治"的理念，他死后就被道家赋予了羽化登仙的形象，以此表达民众对理想中的清明政治的一种期盼。唐人阎伯理写《黄鹤楼记》中有："州城西南隅有黄鹤楼者，《图经》云：费祎登仙，尝驾鹤返憩于此，遂以名楼。事列《神仙》之传，迹存《述异》之志。"自唐始，就有人在黄鹤楼旁建有费祎洞、费公祠，以纪念费祎登仙后在人世间的这处栖息之所，直到现在黄鹤楼东北处还有费祎亭。有人推测，费祎驾鹤之说，有可能是由《述异记》中仙人驾鹤的故事转化而来的，文中的仙人荀瓖字叔伟，而费祎字文伟，在习惯上以表字相称的年代，人们对"费叔伟"十分陌生，而对"费文伟"比较熟悉，加上费祎名气较大，又是江夏人，是以以讹传讹，渐渐将两人混淆了。而吕洞宾则是世人皆知的"八仙"之一，关于他在黄鹤楼上显神迹的故事，更是被后人演绎得活灵活现。相传，黄鹤楼原名辛氏楼。辛氏在山头卖酒，有一位道士常常来喝酒，辛氏却从不向他索要酒钱。道士后来要离开此地了，临别时用橘皮在辛氏酒家的墙壁上画了一只鹤，并对主人说："若有客来，你就拍手，鹤会飞舞侑酒的。"辛氏依计而行，果然，此后酒家的生意越来越兴隆，辛氏也逐渐富裕起来。十年之后，那位道士又来了，拿出他所佩戴的铁笛连吹数声，不一会儿，一朵白云自空中兀自飞来，那只鹤也从墙上飞下来，当众舞蹈了一番，然后道士乘云骑鹤而去。辛氏感念仙恩，便在道士跨鹤升天的地方建了一座辛氏楼。因橘皮画的鹤呈黄色，后人就把辛氏楼称为黄鹤楼。这是一则更符合民间百姓心理诉求的关于知遇报恩的传说，因此流传甚广，也更加深入人心。

对于任何一处景点来讲，民间传说越多越丰富，就越能夯实它的影响力，黄鹤楼也是这样。但是，真正让黄鹤楼从普天之下众楼之中独立出来，成为一座世所瞩目的"诗楼"的，还是诗人崔颢的到来。

据《新唐书·崔颢传》记载，年少轻狂的崔颢当年因作《王家少妇》一诗，中有"十五嫁王昌，盈盈入画堂"之句，曾遭户部郎中李邕的斥责，此后便"名陷轻薄"，被视为有才无行之人，进士及第之后仕途一直颇为不顺。为平复内心的孤愤，有许多年里他都在外四处漫游。在开元一代诗人群体中，崔颢虽说颇有诗才，但并不算特别突出，他早期的作品多写闺情，后来游历边关，诗风才逐渐变得沉雄陡峭起来。李邕乃江夏人氏，没想到崔颢后来游历到了他的家乡故里，究竟是有意还是无意，我们不得而知，只知道，公元723年前后，崔颢"登黄鹤楼，感慨赋诗"，写下了《黄鹤楼》一诗。正是这首诗，成全了崔颢，也成就了这样一座楼——

> 昔人已乘黄鹤去，此地空余黄鹤楼。
>
> 黄鹤一去不复返，白云千载空悠悠。
>
> 晴川历历汉阳树，芳草萋萋鹦鹉洲。
>
> 日暮乡关何处是？烟波江上使人愁。

这是《黄鹤楼》一诗在后世流传的通行版本，却不是唯一的版本，如今我们耳熟能详的这首诗，一直以多种面孔流传于世。作为历代选本的宠儿，崔颢的《黄鹤楼》从诞生之始就频频入选各种诗文集中，唐人诗选《国秀集》《河岳英灵集》《又玄集》、五代十国时期后蜀韦縠编选的《才调集》，以及敦煌现存的抄本中都曾收录过此诗，然而，这首诗在几乎每一个选本中，都存在着或多或少的文字上的差异性。譬如《国秀集》里，不仅版本文字有别，连标题也改成了"题黄鹤楼"：

"昔人已乘白云去，兹地空余黄鹤楼。黄鹤一去不复返，白云千里空悠悠。晴川历历汉阳树，春草萋萋鹦鹉洲。日暮乡关何处是，烟波江上使人愁。"在这个版本中，"黄鹤"变成了"白云"，"此地"变成了"兹地"，"千载"变成了"千里"，"芳草"变成了"春草"。而在其他的版本中，"兹地"又有作"此地"（《河岳英灵集》《才调集》）的，"空余"作"空遗"（《河岳英灵集》），又作"空作"（《才调集》），"千里"又作"千载"（《河岳英灵集》《又玄集》《才调集》），"何处是"又作"何处在"（《河岳英灵集》），"萋萋"作"青青"，"烟波"作"烟花"……我们知道，在格律诗时代，真正的好诗向来有"一字不易"之说，每一处改动都有可能会影响诗意的走向。但是，崔颢的这首《黄鹤楼》在流传后世的过程中，所遭遇到的各种误传或误读，一再提醒我们，好诗的生命力虽说是由字词逐一搭建而成的，但还有一种超越字词的神秘力量存在，即，真正的好诗所依赖的，应该是它迥异奇崛的筋骨，以及无限延展的美学空间，有时候这种力量会突破一字一词的拘囿，别样生花，达致另外一番共情的效果。

在印刷术出现之前，以手抄本的形式流传于世的诗文，何止万千，它们在不同的抄录者手里也经历着各自被修订的命运，甚至抄录者本人，也会不断地参与到创作者的精神世界里，窥视，斟酌，凭借着自己的理解和认知加以再度"创作"。这种广泛存在的"多情阅读"，在印刷术出现之前确实是一种普遍现象，阅读者常常会化身为创作者，参与到原作的命运中。但是，像《黄鹤楼》这样广为流传的经典之作，在一次又一次被修订后，竟然仍旧不失大致面貌的情况，在文学史上并不太多见。永恒的宇宙，过客的人生，无尽的愁绪，无情的岁月，这种有限与无限、短暂与永恒、多情与无意、苍茫与渺小的生命辩证法则，在崔颢的《黄鹤楼》里被特别突出地渲染了出来，愁绪绵绵无期，却又参透命理，直达人心。正是这样一种璞玉般的质地，确保了这首诗的内核越凝越紧，不会因修订而耗散。所谓以诗立意，而不因词害意，或许，正是因为诗人乃至后来传诵此诗的读者，都遵从了这样的创作原则，崔诗才最终逃脱了被毁损的命运，成为经得起后世反复误读和改写的名篇杰作，成为唐七律中罕见的高耸入云的经典，被后人推崇为题写黄鹤楼的绝唱。"此诗万难嗣响，其妙则殷璠所谓'神来，气来，情来'者也。"（元·赵熙）

"楼真千尺回，地以一诗传"，清人赵瓯北因此而感叹，而在他感喟之余，崔颢早已永久性地占据了黄鹤楼先临者的位置，这位置有如君临之势，全方位地俯瞰着随后蜂拥而至的登临者，崔颢也因此一劳永逸地拥有了对黄鹤楼的永久的署名权。

那么，问题来了：在有了崔颢的绝唱之后，后来的登临者又当如何感怀斯楼呢？

"一拳搥碎黄鹤楼，一脚踢翻鹦鹉洲。眼前有景道不得，崔颢题诗在上头。"这是一则被后世津津乐道的、事关后来者大诗人李白的民间故事。明嘉靖大儒杨慎在《升庵诗话》中做过翔实的考证："李太白过武昌，见崔颢《黄鹤楼》诗，叹服之，遂不复作，去而赋《金陵凤凰台》也。其事本如此。其后禅僧用此事作一偈云：'一拳搥碎黄鹤楼，一脚踢翻鹦鹉洲。眼前有景道不得，崔颢题诗在上头。'傍一游僧亦举前二句而缀之曰：'有意气时消意气，不风流处也风流。'又一僧云：'酒逢知己，艺压当行。'元是借此事设辞，非太白诗也，流传之久，信以为真。"考证归考证，民间百姓却不会作这般考量，他们宁信其有，穿凿附会，在口口相传的过程中，一再放大着诗人之间相互影响与相互遮蔽的关系。事实上，李白早期下江南，以及在后来入赘安陆的那些年里，曾多次路过黄鹤楼，先后写过数首关于黄鹤楼的诗篇，如《黄鹤楼送孟浩然之广陵》《望黄鹤楼》《与史郎中钦听黄鹤楼上吹笛》《江夏送友人》等，也写出过"孤帆远影碧空尽，唯见长江天际流""黄鹤楼中吹玉笛，江城五月落梅花"等名震江湖的诗句，但好事者还是不依不饶，非得将诸如《醉后答丁十八》之类的打油伪作，强加在李白的身上不可，目的显然是借以抒发"吾生晚矣"的胸间块垒，甚或积恨，这块垒、积恨与其说是李白的，毋宁说是他们自己的，是一代又一代登临者反复叠加上去的。

由于无法超越，有人索性把对崔诗的溢美之词推向了极端。我们看到，在崔颢的《黄鹤楼》问世之后的若干世代中，诗人文士们对这首诗的赞颂之词日趋极致，明末清初金圣叹在《贯华堂选批唐才子诗》里谈及崔诗时，有一段评析文字颇有代表性，他说："此诗正以浩浩大笔，连写三'黄鹤'字为奇耳……四之忽陪'白云'，正妙于有意无意，有谓无谓。通解细寻，他何曾是作诗，直是直上直下放眼恣看，看见道理却是如此，于是立起身，提笔濡墨，前向楼头白粉壁上，恣意大书一行。既已书毕，亦便自看，并不解其好之与否。单只觉得修已不须修，补已不须补，添已不可添，减已不可减，于是满心满意，即便留却去休回，实不料后来有人看见，已更不能跳出其笼罩也。且后人之不能跳出，亦只是修补添减俱用不着，于是便复袖手而去，非谓其有字法、句法、章法，都被占尽，遂更不能争夺也。此解又妙于更不牵连上文，只一意凭高望远，别吐自家怀抱，任凭后来读者自作如何会通，真为大家规摹也。五六只是翻跌'乡关何处是'五字，言此处历历是树，此处凄凄是洲，独有目断乡关，却是不知何处。他只于句上横安得'日暮'二字，便令前解四句二十八字，字字一齐摇动入来，此为绝奇之笔也。"在我看来，金圣叹对崔颢《黄鹤楼》的这段评析，附加了太多的主观想象成分，几近于野狐禅了。这样的评析也许合乎那些自以为是的评论家或者普通读者的口味，却与写作者的审美意趣相差甚远，至少不合写作者的心理常规，因为诗歌的神秘性恰恰在于诗人自己的无解，诗与人刹那间的相互照见。尤其是对于像李白这类强力诗人来说，他怎么可能在面对既有的高度时心生怯意，望而却步呢？后来的事实也证明了，强力诗人之间的角逐往往会超出普罗大众的想象和期待，因为在他们的心目中，好诗存在的根本目的，就在于等待后来者去超越，而且，这世上绝无无可超越的好诗，只有不一样的好诗。

如此，自然就牵扯出了我们在面对黄鹤楼时，无论如何都绕不过去的"崔白之争"。有趣的是，在这场旷日持久的争战中，先来者崔颢一上来就占据了有利的位置，却始终处于守势，无论后来者是何方神圣，攻击点在哪儿，他都置若罔闻。而强悍如李白者，虽然攻势凌厉，愈战愈勇，最终也只得铩羽而归。但是，李白终归是李白，他后来还是以一种我们意想不到的方式保全了他天才的颜面。

"东望黄鹤山，雄雄半空出。四面生白云，中峰倚红日。岩峦行穹跨，峰嶂亦冥密。颇闻列仙人，于此学飞术。一朝向蓬海，千载空石室。金灶生烟埃，玉潭秘清谧。地古遗草木，庭寒老芝术。蹇予羡攀跻，因欲保闲逸。观奇遍诸岳，兹岭不可匹。结心寄青松，永悟客情毕。"（李白《望黄鹤楼》）公元760年，原本因参与永王李璘"谋逆"的李白，在流放至夜郎的途中，幸遇新皇登基大赦天下，侥幸逃脱厄难，自零陵归至江夏，当他此时再望黄鹤楼时，跌宕起伏的一生已经接近尾声了，不禁思如泉涌。诗人想起自己追逐仙踪的一生，黄鹤楼应该是一块醒目的坐标。从某种意义上来讲，李白一生中追踪仙人的行旅生涯，应该是从黄鹤楼开始的，当诗人的气质与宇宙自然物象之间突然产生暗合关系时，某种冥冥之中的命运遭际就会应运而生，且无可挽回了。黄鹤楼的仙迹踪影当年唤醒了李白天马行空的想象力，如若诗人在内心深处找不到与之呼应的精神联系，他岂肯善罢甘休？从这种意义上来看，李白在黄鹤楼反复题写的真正动机，实际上是为了平息自我内心的波涛，而不仅仅是因为崔诗高举在前的缘故。

如前文所述，崔颢的《黄鹤楼》是以多种版本在后世流传的，李白所读到的那个版本究竟是何种面目，我们现在已经不得而知了。无数论家后来在反复考证中渐渐达成了这样一个共识：既然李白如此看重崔颢《黄鹤楼》的存在，那么，我们是不是可以通过他后来写出的那首著名的诗篇《登金陵凤凰台》，来反推当初他读到的那首《黄鹤楼》的真容呢？这种可能性是显然存在的，因为既然世人都认为，后来者受到了先临者影响，那么，我们就能从后来者那里找到先临者的部分遗传基因。

公元 748 年前后，一直对崔颢耿耿于怀的李白，第二次来金陵游历，这次距离他第一次来金陵已经过去了二十多年，上次来的时候他留下了《长干行二首》等诗篇。而这一回，他突然灵机一动，决定另起灶炉，写一首关于凤凰台的诗，而且他暗自要求这首诗，一定要能足以与崔颢的《黄鹤楼》相媲美。

作为一位强力诗人，李白的不甘不屈之心的确显得天真可爱，甚至多少还带有一点孩子气，但正是这种纯粹的同行之间的竞技行为，成就了一段诗坛佳话，也为中国文学带来了后浪推前浪、前浪堆后浪的活水之源——

> 凤凰台上凤凰游，凤去台空江自流。
> 吴宫花草埋幽径，晋代衣冠成古丘。
> 三山半落青天外，一水中分白鹭洲。
> 总为浮云能蔽日，长安不见使人愁。

如果将李白的这首《登金陵凤凰台》与崔颢的《黄鹤楼》两相对照起来读，我们将很容易看到，这两首诗的大致意趣多么相似，不仅主题是紧密相连的，甚至韵脚也基本上被保留和延续了下来，其结构也有诸多重叠之处。从"空"到"愁"，同样是人境空蒙，人生困苦，但因诗人心绪不同，传达心境的语境又有所区别，从而形成了两首隔山隔水隔时空，却又遥相呼应的杰作。"崔诗直举胸情，气体高深；白诗寓目山河，别有怀抱。其言皆从心而发，即景而成，意象偶同，胜境各擅。"这是后世有识之士在甄别二者时得出的公论：两首诗并无高下之分，更不是后者对前者的简单临摹或仿写。而且，作为互动文本，白诗再一次确定了崔诗的真容，明清时期的编选者已经基本上能确定，崔颢《黄鹤楼》的首句是："昔人已乘黄鹤去", 而非"昔人已乘白云去", 其依据就是, 李白《登金陵凤凰台》里的回旋句式, 极有可能是受到了崔诗的启发。在崔诗中, 连续三个"黄鹤"形成的密集句群, 起笔就提升了《黄鹤楼》一诗的气势, 而在白诗的首联也是两只"凤凰"齐飞, 这种旁若无人的大格局, 也只有强力诗人才会信手拈来, 而心无芥蒂。

由此来看, 强力诗人之间的角力和竞技, 更应该视为一首诗与另一首诗、一位诗人与另外一位诗人之间的相互致敬、相互成全的关系, 李白与崔颢之争并不是无可理喻的意气之争, 而是一种互文与互动、刺激和再创造的过程。表面上看, 前者对后者形成了压力和掣肘, 但同时又何尝不是一种激励和启发呢? 由于角力者的初心足够纯粹, 角力的目的足够明确, 被严格局限在了诗艺的范畴内, 因此, 他们之间的博弈甚或炫技, 便构成了"超级稳定和高妙的艺术禅让机制", 竞技者双方你来我往, 互相缠绕, 从而有效地避开了一方覆盖和取代另外一方的后果和命运。而作为晚生者的李白, 最终也以"凤凰台"一诗体面地释放了积郁于胸的块垒, 完成了他对另外一片江山的拥有和占据。前有崔氏楼, 后有李白台, 各美其美, 美美与共。

"诗者, 志之所之也, 在心为志, 发言为诗。情动于中而形于言, 言之不足故嗟叹之, 嗟叹之不足故永歌之, 永歌之不足, 不知手之舞之足之蹈之也。情发于声, 声成文谓之音。治世之音安以乐，其政和；乱世之音怨以怒，其政乖；亡国之音哀以思，其民困。故正得失，动天地，感鬼神，莫近于诗。"（《诗大序》）将诗歌视为诗人彼时彼地真情实感的自然流露，向来体现了中国古典诗歌最高的理想和原则。所谓"修辞立其诚"，一首诗成败的关键，首先在于诗人是否有十足的"诚意"，而这里的"诚意"，并非指简单的情感上的真诚和诚实，还含有对诗歌这门古老的语言艺术的虔诚匠心，唯有匠心独具、苦心孤诣的写作者，才能创造出杰出的诗篇来。我相信，李白在登临黄鹤楼、面对崔颢的诗作时，发出的感佩是足够真诚的，不然他就不会一次次临池研墨，望楼试笔，甚至，为了转移这种"吾生晚矣"的压迫感，李白故意把视线投向了黄鹤楼之外的鹦鹉洲那里，怅望着不远处奔腾的江水，他写下了一首《鹦鹉洲》：

鹦鹉来过吴江水，江上洲传鹦鹉名。

鹦鹉西飞陇山去，芳洲之树何青青。

烟开兰叶香风暖，岸夹桃花锦浪生。

迁客此时徒极目，长洲孤月向谁明。

我们看到，这首诗的前三句几乎照搬了崔诗的韵律，全然落入了崔氏设置的窠臼，这样的结果让人尴尬，无疑也让心高气傲的李白无比沮丧，当然沮丧归沮丧，又反过来激发了强力诗人的斗志。从视而不见到纠缠不休，从《鹦鹉洲》到《登金陵凤凰台》，当很多的后来者面对崔诗，或故意背转身去，或随意唱和，行敷衍之举，或以至高赞誉掩饰内心深处的怯懦时，作为大诗人和诗歌赤子的李白，其纯粹的诗歌品质更显得宝贵与独特，更让他的存在无可替代，且无人能及。李白的加盟，让崔颢题诗的故事终于有了一个更加圆满的结局，无论是他的搁笔行为，还是他后来的斗诗行径，都更好烘托出了黄鹤楼的诗化效果，而最大的获益者，其实并非诗人，而是黄鹤楼本身："崔颢吟成绝妙辞，不因捶碎世谁知？"（清·孔尚任）的确是这样，如果没有李白后来的意气风发，黄鹤楼不可能以一诗之名而雄踞千古。

因为一首诗而将一处名胜据为己有，这对于任何写作者而言，都无疑是一桩风光无限的雅事，但风险性也同时存在，因为这意味着，诗人必须穷尽自己的才华和心智，才能完成这样的一次性书写。李白以万箭齐发、志在必得之态，面对黄鹤楼，一会儿强攻，一会儿佯攻，在反复书写，即使已经写出了不朽金句，但依然犹感不足时，他宁愿带着遗憾和沮丧抽身离去，也不愿意胡搅蛮缠地活在满腹牢骚之中，结果最终在同一条大江的下游创造出了另外一番胜景，之后，诗人才心满意足地归来；那么，作为这座名胜拥有者的崔颢呢？他难道是一次性地完成了对《黄鹤楼》的书写吗？又有研究者继续深挖死掘，终于后来发现他也不是。在崔颢和李白的身前，还横亘着一位叫沈佺期的初唐诗人。沈佺期是初唐时与宋之问齐名的诗人，也是律诗定型时期的代表性诗人之一。宋人严羽就指出："《鹤楼》祖《龙池》而脱卸，《凤凰》复倚黄鹤而翩跹。《龙池》浑然不凿，《鹤楼》宽然有余。《凤台》构造亦新丰。"意思是，崔颢的《黄鹤楼》其实脱胎于沈佺期的《龙池篇》，虽说他以此为蓝本而作，但却卓然不拘，写出了自己的风骨和气势。当然，李白的《登金陵凤凰台》更是这样。沈佺期的《龙池篇》我们现在读来并非什么了不得的神品，但是据说，当年崔颢曾反复揣摩其结构：

> 龙池跃龙龙已飞，龙德先天天不违。
> 池开天汉分黄道，龙向天门入紫微。
> 邸第楼台多气色，君王凫雁有光辉。
> 为报寰中百川水，来朝此地莫东归。

这是一首让我们感觉眼熟的七律，尤其是在我们熟悉了崔诗和白诗后，这样的感觉更加明显，最起码，这首诗的构架让我们似曾相识。但沈诗似乎并不是一首题写名胜之作，而是奉诏面题的诗，语言炫技成分远大于实质内容。明人田艺蘅在研究了它们一番之后，发现了三者之间存在着某种共同的书写模式："沈诗五龙二池四天，崔诗三黄鹤二去二空二人二悠悠历历萋萋，李诗三凤二凰二台，又三鹦鹉二江三洲二青……机杼一轴，天锦灿然……"他说，这几首诗啊，如同用一架织机、一把织梭织出来的锦缎一样，有着相似的纹理图案。如果果真是这样的话，那么李白的处境看上去就更加艰难了，因为他不仅要超越崔诗，还要同时超越沈佺期，也就是说，他要连翻挡在自己前面的两座大山，才能登临属于自己的峰顶。但我还是觉得田艺蘅的这种类比阅读的方法，有其狭隘性的一面，诗人毕竟是个体精神创造者，越是处于文明下游的诗人，越是可能会重复上游诗人的划水动作，衡量和评判一个诗人、一篇诗作之高下的核心要素，并不在于划水这个动作本身，而在于这一动作的合理合体性和有效性，以及由此带来的速度和激情。

"诗的影响不是一种分离的力量，而是一种摧残的力量——对欲望的摧残。""诗没有来源，没有一首诗仅仅是对另一首诗的应和。诗是由人而写就的，而不是无名无姓的'光辉'。越是强者的人，他的怨恨就越强……"我在青年时期就读到过著名批评家哈罗德·布鲁姆的《影响的焦虑》，随着我后来在诗学中浸淫越深，越感觉类似的"焦虑感"其实也是一种命运的必然。在这部影响巨大的专著中，布鲁姆坚持认为，欧美十八世纪以后的大诗人都生活在弥尔顿的阴影之下，而当代的英美诗人则活在那些与弥尔顿做过殊死搏斗之后，最终幸存下来的诗人的阴影里。几乎无一例外，每个写作者都不能幸免于这种命运的蛮力。布鲁姆甚至断言，历史上所有的强力诗人都无法摆脱迟到者身份的影响焦虑。我们看到，这一论断不仅在李白身上，哪怕是在更晚者杜甫身上，都得到过确实的印证。"人事有代谢，往来成古今。江山留胜迹，我辈复登临。"这是同为唐代诗人的孟浩然在《与诸子登岘山》中生发出来的感叹，每一位诗写者在登临复登临的过程中，如何完成自己对眼前江山物象的命名，真是一桩"哀莫大于心死"的事情，但怎样去克服和战胜这样的哀怨和心魔，重新激活自己的内心世界，却是考察一个诗人心智的晴雨表。

公元 769 年，已经在无可挽回的命运之途中行至人生暮年的杜甫，拖着病体残躯来到了岳麓山的道林寺，望着覆满藤蔓和苔藓的石壁，他写下了《岳麓山道林二寺行》一诗，"二寺"即道林、麓山二寺。在这首诗的末联，诗人写道："宋公放逐曾题壁，物色分流待老夫。"意思是，现在我走到此处，抬头就看见了宋之问的题壁诗，赫然而醒目，但这又能奈我何呢？江山如此廓大，景色四季更新，周而复始，总有一方天地留待我来题写吧。"江山如有待，花柳更无私。"而在《后游》一诗中，杜甫更是直抒胸襟，坦陈心迹，显示出了另一番大诗人的气度与格局。杜甫在这里显然已经承认了，自己处于迟到者的不利位置，但面对无可逃避的命运，他选择相信造物主的公正和博大，还有对自我才华的充分信任感。与李白执拗的行事风格不太一样，杜甫始终相信，无论多么逼仄的人世间，仍有可以题写的空间在等待着他，甚至是专门为他的到来而静静等候在那里的。尽管留给后来者的可题写之处，很有可能只是前人剩余的"物色"，但即便是边角废料，这又有何妨？正是这样一种坚执与自信，让我们在文学史上看到了一个与李白全然不同的大诗人形象，而这种形象，也完全与我们心目中的那位吟哦着"诗是吾家事"的诗人情貌相吻合。

说到底，写作永远是这样一种不断克服心魔的工作，或曰未竟的事业，迟到者的命运总是与我们如影相随，没有人能轻易地逃离这一魔掌。杜甫在道林寺那里，用一种近乎自谑的轻松方式消解了前人带来的压力，四两拨千斤，完成了对人间"物色"的再次分配和拥有，他也理所当然地成为道林寺的永久占据者，以至于晚唐诗人崔珏再来道林时，根本就不再提及先前题过词的宋之问了："我吟杜诗清入骨，灌顶何必须醍醐。"以示弱之势行霸气之实，杜甫反宾为主的做法，不得不令人叹服，难怪后来者嗟叹："壁间杜甫真少恩。"（唐扶《使南海道长沙题道林岳麓寺》）不留余地，倾尽才华，这才是杜甫作为晚来的大师面对命运这一重大的人生命题时，葆有的诗人本色。

化劣势为优势，变被动为主动，后来者究竟应该怎样克服"影响的焦虑"，这不仅是一个简单的诗学问题，其实也是复杂的心理学命题。布鲁姆借助弗洛伊德的精神分析学，从中发展出了一套心理阐释理论，用以揭示强力诗人在面对这一处境时的行为方式，从内心冲突到自我防卫，再到书写的最后完成，他们总会找到某种与前人写作的呼应关系，创作出一种互文性的写作范式，以此躲过命运的盘诘，让自己反败为胜。"愿意工作的人将生下他自己的父亲。"这是基尔凯戈尔在《恐惧与战栗》中的论断。尼采在此基础上补充道："当一个人缺少好的父亲时，就必须创造出一个来。"与其在焦虑面前缩手缩脚，倒不如放手一搏。问题是，如若已经有了一位好"父亲"或好"祖父"，作为后辈晚生究竟有没有勇气和能力去"弑父"？如是，就造成了这样一种我们屡见不鲜的现象：死去的前者会依附于正在书写的后来者身上，重新复活，犹如沈佺期依附在崔颢那里，沈、崔二人又从李白身上找到了自身存在的价值，他们在相互纠缠中共同完成对同一个梦境的塑造，和再塑造，这个梦境就是最高和最后的诗，是关于诗的终极价值的。而事实上，这是一个先来者与后到者相互唤醒、相互成全和相互致敬的过程。李白与杜甫采取的路径不同，但是他们都各自完成了对前人的超越，至少后来者与先临者打成了平手。无论是黄鹤楼、凤凰台，还是道林寺，都经由他们之手完成了自足的文学构造，诗人也因此参与了对江山、自然、社稷的重建，并由此获得了不死不朽的豁免特权。

中国历史上所有著名的景点，无论是云台寺庙，还是河流山川，大到云山雾水，小到花草树木，一切自然人文景观，既是物质的，同时也是精神的。一个简单的事实是，凡是没有被诗歌（文学）照亮的地方，无论它多么优美丰饶，都是人类文明的精神偏僻之乡。诗歌的"照见"功能在"诗教"浓郁、重视自然书写的古典中国，一直具有无可替代性。我们在前文中所提及的物与名之间的"互文性"，至少应在两个向度内展开：一是必须确立自然物象与诗歌语言意境之间的互动关联，二是要激发出先到者、后来者之间的精神互动和掣肘。在第一类关联中，诗歌的缺席造成了对自然物象的实质性遮蔽；而在第二种关联中，后来者如若无法从先到者那里获取进取的能量和动力，又会造成一种凝重呆滞的覆盖现象，而这种覆盖属于另一种实质性遮蔽。

"心生而言立，言立而文明，自然之道也。"（刘勰《文心雕龙·原道》）"文"因为言而得以"明"，是为"人文"，与"天文"相辅相成，两者共同构成了整个人类文明的基石。诗歌作为中国文明传承中重要的组成部分，正是"文"经由"心"与"言"，而最终达致的对自然万物的彰显，而最好的彰显效果一定会构成文、心、言的三位一体，和同频共振。一旦我们确立了上述事物之间的稳定关系，再回过头来反观崔颢、李白和杜甫们的写作时，便能够获得一种宽阔原宥的视野，即，无所谓早者，或晚来者，所有的写作都是对同一个主题的反复书写，而所有的名胜楼台都不过是漂浮在大千世界里的能指符号罢了。

　　在新建成的黄鹤主楼东面、白云阁西南有一座"搁笔亭"，是世人用来纪念"崔颢题诗李白搁笔"这段佳话的。清康熙四十八年（1709 年），戏曲家、诗人孔尚任应邀来到武昌观游黄鹤楼，念及崔颢题诗李白搁笔之事，大为感佩，于是起意将主楼附近的一座无名小亭命名为"搁笔亭"，并为之赋诗。此后，便不断有人为该亭作过多副亭联，如："搁笔题诗，两人千古；临江吞汉，三楚一楼"；"太白无诗，竟成千古恨；长安不见，更上一层楼"，等等。搁笔亭由此也成为后世文人唱酬兴叹之所。每一次去蛇山，我都要绕到黄鹤楼主楼背后，在这个挤满传说的亭子里坐上一坐。悠悠天地，世事苍茫，有人得道升天，有人蝇营狗苟，大多如我者还身陷红尘，苦苦挣扎，而每一位登临此亭的人，都避免不了"后来者"的命运，都心怀"我生晚矣"的心念。

　　"黄鹤高楼又拆碎，我来无壁可题诗。"这是晚清诗人、主张"诗界革命"的发起人黄遵宪，在 1898 年登临此处时所作，与其说他的牢骚与抱负是针对楼毁无壁可题而发，不如说他依然延续了李白当年"眼前有景道不得"的感时伤怀。无楼可登与无壁可题，看似不大一样，但放在晚清中华文明内外交困、大厦将倾的大背景之下，二者之间又有何本质区别呢？在黄鹤楼以一座实物的形象从世人眼里消逝的那段岁月里，我们看到仍旧有无数的文人墨客前来爬"楼"，题"壁"，留下了难以尽数的诗墨。但这些题在心头、刻在眉间的文字诗章，始终难以摆脱集体精神湮灭的凄清困境，充满了怀古、凭吊、感伤、颓靡、怨忧或自嘲的气息，再也无法还原盛唐文化高邈廓大的人生气象了，更难伸展"天生吾才必有用"的宏图大略。"浪流滚滚大江东，鹤去楼烧矶已空。"作为这一时期风流人物的代表之一，康有为尚且如此，更遑论他者了。

诗人固然可以在名胜楼阁不复存在的地方，通过一遍遍顽强地题写，将业已消逝的辉煌的楼宇重新召唤至世人面前，用文字垒砌出一座想象中的"黄鹤楼"，但是，诗人却无法用倾颓衰败的精神意念，重建这样一座曾经惊世骇俗的文明地标。从这个意义上来讲，毁于大火中的黄鹤楼，同时也是毁于民族精神世界里的黄鹤楼，只是这一次，再也不是名与实之间的相互寻找了，而变成了名与实之间的相互背弃。

清代有一位无名氏，曾在搁笔亭题写过这样一副楹联："辛氏有楼谁贳酒，谪仙搁笔我题诗。"这种豪迈与佯狂在楚天夕光之中不会短暂消逝，依然能激发起一颗颗跃跃欲试之心，"题"的愿望依然强烈，甚至比从前更为强烈，然而，提笔者总会在提笔之际，无端地四顾彷徨，他不知道该把目光投向何处，又该怎样审视自我的心灵处境。毕竟，沧海桑田，世道已变，连我们言说的语境都发生了巨大的变化，诗意也早已不是白云悠悠的景象了。所以，后来就有了另外一副与之针锋相对的楹联："楼未起时原有鹤，笔从搁后更无诗。"倘若说前者尚存一丝雄心，哪怕是一厢情愿的自荐之志，那么，后者则是完全接受了徒然的命运，这命运就是对"后来者"身份的彻底顺从，就是屈从于过往时光里那些强力诗人的强力挤压，他唯一能做的，似乎只有，再一次提起手中之笔，将先辈们笔下的那些伟大诗篇重新抄录一遍，用隶书或是正楷，用狂草或是篆体，变化的只是字迹而已。

在崔颢写下了《黄鹤楼》之后，我们究竟该如何作诗？
"李白之问"犹在耳畔，"李白之答"谁可企及？
可是"诗"，并未结束自己在世人内心深处闪烁幽冥的旅程。

后来的一天黄昏，我沿着那条熟悉得即便是闭上眼睛也可以行走的路线，再一次来到了搁笔亭。我依稀记得，那天也是在给实验中学念书的女儿送过晚餐之后，信步走到这里的。亭子里异常安静，亭子周围几株腊梅花树正在落梅。通红的落日尚未完全融入西天，西天之上布满了妖艳的晚霞，一道道霞光依着云团的形状而变幻，给云层镶上了金边。我转而侧身向东，无意间从亭檐的一角看见了一轮满月，起初是淡淡的一圈乳白的光影，混迹于细碎的梅花丛影背后，后来越来越素净纯白，比梅花更白更大，也更团结。当它轻巧而舒缓地越过树梢时，我站起身来，走到树下，怔怔地凝望彼时的长空。这是武汉这座茫茫九派之城少见的日月同辉的时刻，尤其是当你置身于这样一座喧嚣的城市头顶时，仿佛一切都在瞬间安静了下来，眼前车流无声，远处是若叶般的轮船在波光中起伏。我脑海里瞬间又冒出了孟浩然的那句诗："人事有代谢，往来成古今。"是的，月亮已经升起来了，落日只管尽情地落下去，没有什么大不了的，变幻的不过是时空，而诗歌已经"转世"了。想到这里，我不禁长舒了一口气。

我确信，我在那天傍晚所看见的景致，崔颢曾经见过，李白更是无数次置身其中，当然还有更多的诗人都曾亲历。长久的凝视带来的后果是，你总能从空蒙中发现某些似有若无的东西，它们在天空中翻飞，形似江鸥、大雁、白鹤，状如纸片、风筝或飞机。可是，当它们越飞越高、越飞越远时，你又会觉得它们其实什么都不是。一种什么都不是的东西，在漫无边际的长空里飞舞着，随意改变着自己的形体和动作，远去又折返，继而又再度远去。这样的情形，如同我在《奇异的生命》里所感受到的那样："两张纸屑在首义广场上空飞舞/婉转，轻逸/肯定不是风筝。我发誓/当它们降下来/以蛇山的沉郁为背景/我可以感受到它们的重量/而当它们高于山顶/我的视线难以为继/如此被动的飞/看上去却是主动的……"无论是主动的飞还是被动的飞，一旦有了托顶着它们的背景，便摆脱了俗世的纠缠。我想，这应该就是传说中的"黄鹤"了，再也没有什么，比这种什么都不是的飞翔更接近飞翔的本意，更接近我们人类空寂而博大的心灵。

图书在版编目（CIP）数据

不如读诗 / 张执浩著. -- 武汉：长江文艺出版社，
2023.1（2023.5 重印）
ISBN 978-7-5702-2742-6

Ⅰ.①不… Ⅱ.①张… Ⅲ.①随笔—作品集—中国—
当代 Ⅳ.①I267.1

中国版本图书馆 CIP 数据核字（2022）第 087967 号

不如读诗
BURU DUSHI

————————————————————————————————

策划编辑：谈　骁
责任编辑：王成晨　　　　　　　　　责任校对：毛季慧
封面设计：祁泽娟　　　　　　　　　责任印制：邱　莉　　王光兴

————————————————————————————————

出版：长江出版传媒 长江文艺出版社
地址：武汉市雄楚大街 268 号　　　　邮编：430070
发行：长江文艺出版社
http://www.cjlap.com
印刷：湖北新华印务有限公司

————————————————————————————————

开本：787 毫米×1092 毫米　　1/32　　印张：9.875　　插页：4 页
版次：2023 年 1 月第 1 版　　　　2023 年 5 月第 2 次印刷
字数：166 千字

————————————————————————————————

定价：58.00 元

————————————————————————————————